講談社文庫

凪《なぎ》の残響

警視庁殺人分析班

麻見和史

講談社

目次

第一章　ショッピングモール……7
第二章　ベイエリア……109
第三章　ジャーナリスト……195
第四章　ランドクルーザー……275
解説　西上心太……387

凪の残響

警視庁殺人分析班

◉おもな登場人物

〈警視庁刑事部〉

如月《きさらぎ》塔子《とうこ》……捜査第一課殺人犯捜査第十一係　巡査部長
鷹野《たかの》秀昭《ひであき》……同　警部補
早瀬《はやせ》泰之《やすゆき》……同　係長
門脇《かどわき》仁志《ひとし》……同　警部補
徳重《とくしげ》英次《えいじ》……同　巡査部長
尾留川《びるかわ》圭介《けいすけ》……同　巡査部長
神谷《かみや》太一《たいち》……捜査第一課　課長
手代木《てしろぎ》行雄《ゆきお》……捜査第一課　管理官
鴨下《かもした》潤一《じゅんいち》……鑑識課　警部補
河上《かわかみ》啓史郎《けいしろう》……科学捜査研究所　研究員
柴田《しばた》郁美《いくみ》……カフェ　アルバイター
山科《やましな》成二《せいじ》……アクセサリーショップ　店長
笹岡《ささおか》達夫《たつお》……ノンフィクション作家
高崎《たかさき》瑞江《みずえ》……教材販売会社　社員
仙道《せんどう》滋《しげる》……大都新聞　記者
小杉《こすぎ》広司《こうじ》……大都新聞　記者
大志田《おおしだ》潔《きよし》……居酒屋チェーン　社員
大志田卓也《たくや》……潔の弟　食器メーカー　社員
安達《あだち》謙哉《けんや》……条南大学工学部　教授
安達真利子《まりこ》……謙哉の妻
富倉《とみくら》……物流会社　社員
関《せき》丈弘《たけひろ》……ホームセンター　社員
関秀治《しゅうじ》……丈弘の父
中尾《なかお》規子《のりこ》……宝飾店経営者
影山《かげやま》竜次《りゅうじ》……ＴＯＲＱ　リーダー
松島《まつしま》豪《ごう》……ＴＯＲＱ　メンバー
矢沢《やざわ》励人《れいと》……ＴＯＲＱ　メンバー

第一章　ショッピングモール

1

店内には明るいクリスマスソングが流れている。

毎年十二月になると必ずかかる曲で、これを聞くと心が浮き立つ人は多いだろう。ただ、こう繰り返し聞かされると、さすがに飽きてくる。

柴田郁美《しばたいくみ》は洗いかごのコーヒーカップを拭《ふ》きながら、あくびをこらえていた。

今夜はかなり冷え込むという予報だが、カフェの中はいつものように暖かい。いや、この店ばかりではなく、ショッピングモールを歩いても暖かいし、専門店エリアやゲームコーナーに行っても暖房がほどよく効いている。大きな建物全体が、いつもエアコンで快適な温度に保《たも》たれているのだ。この中にいると、外の気温の変化に疎《うと》くなってしまう。

郁美が働くカフェは、江東区青海《こうとうあおみ》のショッピングモール・東京マリンタウンの中にあった。

東京臨海高速鉄道りんかい線・東京テレポート駅から徒歩数分。かつては閑散としていた埋め立て地にこの商業施設ができて、買い物客や観光客が集まるようになったと聞いている。

とはいえ、少し南に歩けば空き地も多く、まだ開発途上という雰囲気があった。この秋、早番の帰りに空き地をぶらぶら歩いていたら、赤とんぼが飛んでいたので驚いたことがある。郁美がとんぼを見たのは、たぶん十年ぶりぐらいだ。

一通り食器の片づけが終わると、手があいてしまった。そういうときは自分で何か仕事を探すように、と店長に言われている。しかしその店長は今、厨房《ちゅうぼう》の奥で食材のチェックをしていた。少しくらい郁美がぼんやりしていても、気づくことはないだろう。

携帯をいじりたいところだが、さすがにそれはできそうにない。郁美は背後の壁に目をやった。お洒落《しゃれ》なデジタル時計が時刻を表示している。十二月三日、午後六時五十五分。今日のシフトは閉店の九時までだから、まだ二時間以上ある。

郁美は小さくため息をついた。忙しすぎて仕事が回らなくなるのは嫌だが、客が少なすぎるのも困りものだ。何かしていないと眠くなってしまう。

新しいオーダーでも入らないかな、と思って郁美は店の奥に視線を向けた。

今、店内にいるのは男性客ひとりだけだ。四人掛けの席に座ってクランベリーソーダを飲んでいる。赤いクランベリージュースに炭酸水を加えたソフトドリンクだが、あれを注文する客は珍しかった。

いくつぐらいなのだろう、と郁美は考えた。下はジーンズ、上は黒いウインドブレーカーで、店に入っても上衣を脱ごうとはしなかった。髪はやや長めだが、鬱陶《うっとう》しいというほどではない。濃い色のレンズが付いた眼鏡《めがね》をかけているし、あまりこちらに顔を向けないので表情は見えなかった。

彼がこの店に入ってきたのは十分ほど前のことだ。背負っていたリュックサックを下ろしてノートを取り出し、ずっとページをめくっている。服装からするとフリーターのように思えるが、もしかしたら青海に多い倉庫会社の社員かもしれない。あるいは、この辺りの研究施設に勤める人だろうか。

――今年のクリスマスも、ひとりなんだよなあ。

生まれてこの方、郁美には彼氏ができたことが一度もない。大学時代にも男子からまったく声をかけてもらえなかったし、派遣会社に勤めていたときも、そこを辞めてフリーターになってからも、チャンスが巡ってくることはなかった。十二月初旬の今、何も当てがないのだから、クリスマスイブになっても同じことだろう。それとも、残り二十日ほどで何か劇的なことが起こる可能性はあるだろうか。

いや、それはないよな、と郁美は思った。また小さなため息が漏れた。

男性客はストローを使ってクランベリーソーダを少しずつ飲んでいる。あの人は誰かと一緒にクリスマスを過ごすのだろうか、それともひとりでビールでも飲むのかな、と郁美は考えた。グラスを揺らす仕草《しぐさ》がどことなく優雅に見える。

やがて彼は、ノートをリュックに収めて帰り支度を始めた。郁美のそばにやってきて伝票を差し出す。

「お会計、六百円になります」

郁美が言うと、彼は黙ったまま六百円をキャッシュトレイに置いた。わずかな時間だったが、郁美は相手の顔を見ることができた。眼鏡のせいで目元はよくわからない。しかし頬《ほお》や口の感じからすると、おそらく三十代から四十代だろう。服装はぱっとしないが、身長は百七十五センチほどあるから、並んで歩いてもさまになりそうだ。もしつきあうなら、多少歳《とし》が離れている人でもいいかな、と思えた。

だが、そんなことを郁美が考えているうち、その男性はドアを開けて店の外に出ていってしまった。レシートを渡す暇もなかった。

モールに出て歩き去る男性客を、郁美は目で追った。彼は通路を西のほうへ去っていく。

──やっぱり、特別なことなんて起こらないよね。

これで客はひとりもいなくなってしまった。また退屈な時間が続きそうだ。

トレイを持って郁美は奥のテーブルに向かった。男性客が座っていた四人掛けの席を確認したが、忘れ物はないようだ。財布を置いていく人は少ないが、眼鏡や小物を忘れていく人は意外と多い。

紙おしぼりやお冷やのコップ、ストローの袋などを手早くトレイに載せていく。最後にクランベリーソーダのグラスに手を伸ばしたとき、郁美はふと眉《まゆ》をひそめた。

グラスに半分ほど残っている赤い液体の底に、何かが沈んでいる。

トレイに載せてから、郁美はそのグラスに目を近づけた。かすかに泡立《あわだ》つクランベリーソーダの中に、奇妙な形の物体があった。

おかしな話だが、それを見て郁美は食べ物を連想してしまった。何日か前に食べたハーブ入りのソーセージだ。白っぽくて弾力があり、皮の裂けた部分からは香りのいい肉汁が滲《にじ》み出《で》ていた。

郁美はグラスを回転させて、沈んでいるものをよく観察してみた。そこで思わず息を呑《の》んだ。

──これ、指じゃないの？

呼吸を止め、両目を見開いて確認する。間違いない。人間の指が二本──。グラスの底に沈んで、わずかな気泡をまとっている。

郁美は悲鳴を上げ、トレイを落としてしまった。グラスが床に落ちて、硬い音を立てた。

クランベリーソーダが辺りに飛び散り、二本の指が床の上を転がっていく。爪に塗られたピンク色のマニキュアが、やけに生々しく見えた。

＊

山科成二《やましなせいじ》はパソコンのそばを離れて、売り場に向かった。

毎年この時期は、アクセサリーショップの稼ぎどきだ。多くの人がクリスマスに合わせて宝石やアクセサリーを探しに来るから、こちらとしても積極的に対応しなければならない。

ただ、山科が今売り場に出てきたのは、単に接客をするためではなかった。先ほどから、どうも気になる客がいるのだ。

山科は三メートルほど先にいる男性客に注目した。

黒いウインドブレーカーを身に着け、サングラスかと思うような、濃い色のレンズの眼鏡をかけていた。服装にお洒落なところはひとつもない。プレゼントを探しているのだとしても、場違いな印象があった。

　要注意だな、と山科は思った。人を見た目で判断してはいけない、と親は子供に教えるが、社会に出ればそんな話は通用しない。特に客商売をしていれば、この手の恰《かっ》好《こう》をした人物がどういう属性かというのはだいたいわかる。

　外見で決めつけるな、と言う客もいるだろう。だが疑われたくなければ、妙な恰好をしなければいいだけの話だ。粋《いき》がってそんな眼鏡をかけているから、チェックされることになるのだ。

　山科が店長を務めるこの店はティーンズ向けの商品だけでなく、少し高めの品も扱っている。今、その男が見ている展示台には、売価が一万円を超える商品もあった。バッグのように大きなものならわかりやすいが、アクセサリーの場合、下手《へた》をすると気がつかないうちに万引きされてしまうことがある。油断できないのだ。

　盗まれてからでは遅い。警察を呼んで厳重注意して、盗品は取り返せるかもしれない。しかしそれにかかる時間と手間はすべてこちらの損失だ。本社に報告するのも面倒だし、もっと防犯に力を入れろと注意される可能性もある。そうなれば山科の査定にも響くだろう。とにかく面倒なことばかりだ。

　だから山科は、できるだけ早くこの客が出ていってくれるよう祈った。いや、祈っているだけでは成果がないと考え、自分から行動を起こすことにした。

「いらっしゃいませ」

新しく入ってきた女性客に声をかけたあと、山科は商品を整えるふりをしながら、少しずつ眼鏡の客に近づいていった。こうしてプレッシャーをかければ、まさか目の前で万引きするようなことはないだろう。

男性客が熱心に見ているのは、ファッションリングが並ぶコーナーだった。さまざまな装飾の付いたリングが、ひとつずつ小さなジュエリーケースに収めてある。

失礼にならない程度に、山科は男性客の様子をうかがった。

ここまで近づいてわかったのだが、男性客は商品を手に取るつもりはないようだった。目を凝《こ》らして品物を見てはいるが、触ろうとはしない。

――いや、俺がそばに来たから警戒しているのかも。

もしそういうことなら、しばらく近くにいたほうがいいだろう。仮にごく普通の客だったとしても、この際、早く出ていってもらったほうがいい。客ひとり逃したところで、何万円も売り上げが減るわけではないのだ。

やがてその客はファッションリングのコーナーから離れ、振り返ることなく店から出ていった。ショッピングモールを東のほうへ歩いていったから、建物東側の出入り口に向かうのだろう。

「ありがとうございました」

男性の背中に声をかけてから、山科はファッションリングのコーナーに近づいた。何か紛失していないかと確認したが、商品はすべて無事だ。よかった、と安心しかけたとき、山科はぎょっとして目を見張った。もともとそのコーナーにはなかったものが、ふたつ置かれている。異様な細長い物体。それは人間の指だった。

2

ＪＲ有楽町《ゆうらくちょう》駅付近の店は、どこもかしこも華やかに装飾されていた。流れてくるＢＧＭも、明るく楽しいものばかりだ。

クリスマスが近いため、プレゼントを買い求める人が多いのだろう。何か話しながらブティックに入っていく男女の姿が見えた。早めの忘年会なのか、居酒屋の前に集まった会社員のグループなどもいる。

そんな人たちの間を縫って、如月塔子《きさらぎとうこ》は歩道を進んでいった。喧噪《けんそう》を逃れて、駅から少し離れた路地に入っていく。

この通り沿いには飲食店が多い。メモを見ながら歩くうち、指定された店にたどり着いた。看板には《焼き鳥　志乃田《しのだ》》と無骨な字で書かれている。

——ええと、ここでいいんだよね？

今目の前にあるのは、こぢんまりした焼き鳥屋だ。想像していたのはもっと大きな店だったから、塔子は意外に思った。個人的にはこういう店が好きなのだが、今日の会食の趣旨には合っていないような気がする。

塔子はコートを脱いで、入り口の引き戸を開けた。

温かい空気と焼き鳥のにおいが外に流れ出た。客たちの笑い声が聞こえてくる。初めて来たのに、何かほっとした気分になれる店だ。

なるほど、と塔子は思った。こういう店のほうがいろいろ話しやすい、ということかもしれない。

店は奥に長い造りで、カウンター席が十二、三ある。右手には四人掛けのテーブル席がふたつ。午後七時を過ぎた今、店内はほぼ満席だった。

どこだろう、と知り合いの顔を捜してみたが見当たらなかった。まだ来ていないのだろうか。

「いらっしゃい」

カウンターの中にいた五十歳ぐらいの男性が声をかけてきた。塔子は軽く頭を下げて、尋ねてみた。

「待ち合わせをしているんですけど……」

「ああ、神谷《かみや》さんのお連れさんね。二階ですよ」

彼が指差すほうに狭い階段があった。会釈をしてから、塔子はぎしぎし音のする階段を上っていく。思ったより急な角度だから、手すりを使わないと不安だった。

二階はすべて半個室になっていた。廊下から見た感じでは、おそらくここもほぼ満席だろう。階段そばのテーブルには、すでにビールから日本酒に替えてすっかり出来上がっている男性客がいた。飲むとみな声が大きくなるから、店内はかなり騒がしい。

廊下に女性店員がいたので、神谷の名を出してみた。「はいはい、お待ちですよ」と答えて、彼女は塔子を案内してくれた。

ほかの席から離れた場所に、外から見えない完全個室があった。ここは予約席になっているのだろう。

ノックをしたあと塔子は扉を開けた。中を覗《のぞ》くと二畳ほどの部屋で、六人が座れる掘りごたつ式の席が用意されている。窮屈な印象ではあるが、落ち着いて飲めそうな個室だ。

「来たか、如月」

ビールを飲んでいた男性が、顔を上げて塔子を見た。

唇を引き結んだ顔には意志の強さが感じられる。仕事の現場では大きな声を出すが、ただ部下を叱咤《しった》するのではなく、一緒になって問題の解決に当たろうとする人物だ。

警視庁捜査第一課の課長・神谷太一《たいち》だった。たしか五十六歳のはずだが、まだ白髪が少なく、潑剌《はつらつ》とした印象があった。

「遅くなって申し訳ありません」

「問題ない。まあ、座れ」

ひとつ頭を下げたあと、塔子は下座に座った。

「俺は焼き鳥の盛り合わせと、さつま揚げを頼んだ。おまえも好きなものを頼むといい」

「ありがとうございます」

店員に飲み物や料理を注文すると、塔子は瓶《びん》ビールを持って神谷に酌《しゃく》をした。

それから、あらためて上司の表情をうかがった。神谷は約四百人いる捜査一課のメンバーを統括する立場にある。いち捜査員、いち巡査部長でしかない自分が気軽に会える相手ではない。

いったい何の話があるのだろう、と塔子は考えた。ひとりで捜査一課長に呼び出されることと自体が珍しいし、事件のないときに外で会うのは初めてだ。何か込み入った話なのではないか。

こちらの心配には気づかずに、神谷はのんびりした口調で言った。

「如月が約束に遅れてくるとは珍しいな。何かあったのか」

「はい。出ようとしたら鷹野《たかの》主任に呼ばれまして」

塔子は鷹野秀昭《ひであき》警部補の姿を思い浮かべた。身長百八十三センチ、ひょろりとした体形でいつも飄々《ひょうひょう》としている人だ。塔子の教育係であり、相棒でもある先輩刑事だった。

「ふうん、鷹野か。何の用だった?」

「そんなに急いでどこへ行くのかと訊《き》かれました。食事の約束があるので、と私が答えると、書類を一枚チェックしてから帰るよう指示されて……」

ほう、と神谷は興味深そうな顔をする。

「あいつ、如月の反応を調べようとしたのかな。仕事を断って帰るほどの用事なのか、多少遅れてもいい用事なのか、知りたかったのかもしれない。結果として、如月は仕事を優先したわけだ」

「あ……すみません」塔子は座ったまま、姿勢を正した。「決して、課長との会食を軽んじていたわけではないんですが」

「わかっている。で、そのあとどうなった?」

「急いで書類を提出して帰ろうとしたら、今度は尾留川《びるかわ》さんに声をかけられました。

今日はデートか、と訊かれまして」

神谷は大きく眉を上下させた。

「今度は尾留川か。デリカシーのない奴《やつ》だな」

尾留川圭介《けいすけ》は塔子の四歳上の先輩だ。十一係のムードメーカーといった立場だが、歳が近いせいか、ときどき塔子をからかうことがある。

神谷に先を促《うなが》され、塔子は話を続けた。

「それで私、デートじゃありません、と答えたんです。そうしたら尾留川さんからいろいろ訊かれてしまって……。食事の相手は誰だ、俺に言えないような奴なのかと」

「そこで俺の名を出したわけか」

「いえ、課長のお名前は出していません。口止めされていましたので」

塔子の言葉を聞いて、神谷は意外だという表情になった。それから彼は笑いだした。

「別に口止めしたわけじゃないぞ。周りの人間にはあまり喋《しゃべ》らないほうがいいと言ったんだ。俺と如月が密会しているなんて、変な噂《うわさ》が立ったら困るだろう」

どう答えていいのかわからず、塔子は曖昧《あいまい》な笑みを浮かべた。冗談だとわかってはいるが、すぐには気の利いた返事ができなかった。

そんな塔子の反応を、神谷は楽しんでいるように見える。どうも居心地が悪かった。思い切って、塔子は尋ねてみた。

「それで、課長、今日私をお呼びになったのは……」

「ああ、そうだったな。俺は今夜、如月との約束を果たしたかったんだ」

「約束、ですか？」

「この前、五日市《いつかいち》署の管内で起こった立てこもり事件……。あのとき、おまえに危険な任務を与えたのは俺だ。その命令のあと約束したじゃないか。事件が片づいたら、行きつけの店でご馳走《ちそう》してやるって」

「そういえば……」

現場ではひどく緊張していたし、思いがけないことが立て続けに起こったから、約束のことなどすっかり忘れていた。だが、たしかに塔子は課長に頼んだのだ。今度、父の話を聞かせていただいてもいいですか、と。

ノックの音がして、先ほどの女性店員が姿を見せた。飲み物や料理がテーブルの上に並んだ。それを見て塔子は、自分がかなり空腹だったことに気がついた。

店員が出ていったあと、神谷がビールの瓶を手に取った。

「さあ、一杯いこう」

「はい、では一杯だけ」

グラスを手に取り、恐縮した表情で神谷から酌を受ける。ただ、グラスに軽く口をつけただけで、ビールを飲みはしなかった。

「どうした。飲まないのか?」

「あ、いえ、私はこちらで」

塔子は横に置いてあったウーロン茶のグラスを指差した。もともとそのつもりで注文していたのだ。

「おや? 如月はいけるクチだと聞いていたんだが」

「今は待機番ですから……」

塔子たち十一係は先日ある捜査を終えて、今週は待機番を務めていた。何か事件が起これば、すぐ現場に臨場しなければならない立場にある。

実際には、待機番であっても帰宅して一杯やる刑事はいるだろう。もし相手が気心の知れた同僚であれば、塔子もビールを飲んでいたに違いない。だが神谷課長の前では遠慮すべきだと思った。

「おまえは真面目《まじめ》だな。そういうところ、親父《おやじ》さんとよく似ているよ」

神谷はなつかしそうな顔でビールを呷《あお》った。塔子は手を伸ばして瓶を取り、彼のグラスにまた酌をする。

「ああ、すまないな」

ビールの瓶をテーブルに戻し、少し考えてから塔子は口を開いた。

「父のことで思い出すのは、新聞なんです」

「新聞？」

「家にいるとき、父は隅《すみ》から隅まで新聞をじっくり読んでいました。困っている人がいないか調べてるんだ、なんて言っていましたけど、本当に熱心でした」

「あいつはマメな性格だったよ。細かい情報をよく集めて捜査に活《い》かしていた。上司にも言うべきことは言ったし、部下からの信頼も厚かった。……いや、まいったな。こうして考えてみると、俺なんかよりよほど優秀だったんじゃないか？　生きていれば、あいつが捜査一課長になっていてもおかしくなかった」

塔子の父、如月功《いさお》は以前、警視庁捜査一課の刑事だった。一時は神谷とコンビを組んで捜査に従事していたのだ。だが十八年前に起こった昭島《あきしま》母子誘拐事件で負傷し、しばらく体調不良が続いて、今から十一年前に亡くなった。当時、塔子はまだ高校生だった。

「あのとき俺は、おまえのお母さんに会うのが嫌でなあ……」

「母が何か失礼なことを？」

「いや、それはない。でも、心の中では俺を恨んでいるんじゃないかと思ってね。おまえの父親が怪我《けが》をしたとき、一緒にいたのは俺なんだから」

母・厚子《あつこ》の顔が頭に浮かんできた。たしかに母の中には割り切れない思いがあったようだ。父が亡くなったのは誘拐事件から七年後だったが、あのときの怪我が引き金になったのではないかと、母はずっと気にしていた。本当のところはどうだったのか、それは誰にもわからない。

塔子はあえて明るい表情を見せた。

「母も承知していたと思います。警察官の仕事に危険はつきものだって」

「結局はそう考えるしかないんだが……」そこで神谷は、塔子の左手に視線を向けた。「それ、親父さんのものなんだって?」

塔子の左手首には男女兼用の腕時計がある。父の形見で、これまでずいぶん捜査に役立ってきた。塔子をピンチから救ってくれたこともある。

「一度壊れてしまったんですが、どうにか直すことができました」

「そうか。それは大事にしないとな」

まあ食え、と言って神谷は焼き鳥を勧めてくれた。これは貴重な部位の肉なんだ、などと説明しながら取り皿に串《くし》を載せてくれる。課長にそんなことをされて、塔子は恐縮してしまった。

「最近どうだ。仕事以外で何か楽しみなことはあるか? たとえば趣味とか」

「趣味と言えるほどのものはありませんけど……。あ、じつは母と相談して、今度猫を飼うことにしたんです。今、どんな種類にするか考えているところです」

「ほう、それは楽しみだな」

「前から飼いたいと思っていたんですが、やっと夢が叶《かな》いそうです」

もともと塔子は猫が好きだったが、普段ほとんど家にいないから、世話をするのは無理だとあきらめていた。ところが先日、たまたま家でテレビを見ているとき、猫の番組が始まった。そこで、いつか猫を飼いたいね、と塔子が言ったら、じゃあ飼いましょう、と母が応じたのだ。

急なことだったから塔子は驚いてしまった。しかし訊いてみると、最近母は知人と猫のことを話して、かなり興味を持っていたそうだ。そこへ猫の番組を見て、塔子が飼いたいと言ったものだから、それならば、という気分になったらしい。翌日から母は猫関係の本や雑誌を買い、ネットでも熱心に情報を集めている。

「『普段あんたが家にいないから寂《さび》しいのよ』と母が言うんです。それはわかるんですが、『猫にトウコって名前をつけようかしら』と言われたときには困りました」

そいつはいいな、と言って神谷は笑った。ビールを飲み、さつま揚げをつまむ。それから何か思い出した様子で、彼は表情を曇らせた。

「おまえが部長から特別待遇を受けている、という噂があるだろう」

「『女性捜査員に対する特別養成プログラム』のことですね？」

「あれを決めるとき、誰を対象にすればいいかと吉富《よしとみ》部長に訊かれたんだ。俺は即座に、如月塔子がいいでしょう、と答えた」

初めて聞くことだった。箸《はし》を使う手を止めて、塔子は尋ねた。

「神谷課長が推薦してくださったんですか」

「ちょうど時期が合っていたんだよ。おまえが捜一に来るのと、特別養成プログラムのスタートが同じタイミングだったからな。……いや、もちろん如月が所轄で頑張っているのは知っていたから、それも評価した上で決めたんだが」

「ありがとうございます」

「ただ、ひとつ不思議なことがあった。そのとき部長がこう言ったんだ。『そうだよな、如月でいいよな』とね。なんだか、おまえを知っていたようだった」

「それは不思議ですね。刑事部長が私みたいな捜査員をご存じだなんて」

「まあ、あの如月功の娘だから一部では有名だったんだろう。とにかく、いろいろとタイミングがよかった。鷹野も相棒を亡くしたあとだったから、おまえと組ませることができた」

現在、鷹野・如月組といえば、凸凹コンビとして庁内でもよく知られている。だが四年前まで、鷹野の相棒は沢木《さわき》という捜査員だった。彼が殉職してしまったため、塔子があらたな相棒になったという経緯がある。

「とにかく、おまえが贔屓《ひいき》されているなんて言う奴がいても気にするな。いろいろな意味で、巡り合わせがよかったということだ」

巡り合わせ、と聞いて塔子は考え込んだ。

たしかに運がよかったのかもしれない。鷹野が相棒を亡くしたあと塔子が捜一に異動し、しかも同じ時期に特別養成プログラムが始まった。その結果、自分は鷹野とコンビを組むことになった。

そういえば、と塔子は思った。

――亡くなった沢木さんは、公安とニアミスしていたとか……。

鷹野から聞いた話だ。沢木を殺害した犯人は今も捕まっていないが、当時、事件現場付近で公安部が活動していた事実があるという。

何か引っかかるような気がするのだが、それが何なのか塔子にはわからない。

沢木と公安部の件をここで話すべきだろうか、と塔子は考えた。だが、結局やめておいた。鷹野がひとりで調べていることを、後輩の自分が勝手に報告してしまうのはよくない。

「どうかしたのか？」

神谷に尋ねられ、塔子は慌てて首を横に振った。

「いえ、なんでもありません。……課長、追加で何か頼みましょうか」

「ああ、そうだな。俺は厚焼き玉子を」

神谷課長とふたり、塔子はさまざまなことを話した。初めは緊張していたのだが、思っていたよりずっと話しやすい人だとわかってきた。気がつくと三十分ほどが過ぎていた。

塔子が次の飲み物を頼もうかと思っていたところへ、ぶぶぶ、と携帯電話の振動音が聞こえてきた。

「すまん、電話だ」

神谷はスーツの内ポケットから携帯を取り出し、通話ボタンを押す。

「はい、神谷……。ああ、お疲れさん。何かあったのか」

しばらく話すうち、神谷の表情が変わった。昔話をしていた柔和な顔から、仕事をする警察官の顔に戻っている。

「わかった。特捜本部を設置することになりそうだな。これからそっちに戻る。……ああ、知っている。待機番は十一係だろう？」

神谷の言葉を聞いて、塔子ははっとした。特別捜査本部が設置されるのだ。何か事件が発生したため、これから大規模な捜査が始まるのだろう。

「東京湾岸署《わんがんしょ》に特捜本部ができる」電話を切ったあと、神谷はこちらを向いた。「悪いが会食は中止だ。桜田門《さくらだもん》に戻るぞ」

「わかりました」

塔子はバッグとコートを引き寄せた。こうなることを予想していたわけではなかったが、やはり今夜は飲まなくてよかった、と思った。

タクシーが警視庁本部に到着したのは、午後七時五十分ごろのことだった。

神谷とともに塔子はエレベーターに乗り込み、六階に上った。捜査一課の執務室――いわゆる「大部屋」に入って十一係の島に向かう。

早瀬《はやせ》泰之《やすゆき》係長の姿を見つけると、神谷は大股《おおまた》に近づいていった。塔子もあとに従った。

「お疲れさまです。お呼び立てしてすみません」

眼鏡の位置を直しながら早瀬は言った。それから塔子の姿を見て、おや、という顔をした。

「如月、課長と一緒だったのか？」

「あ、はい、ちょっと……」

「仕事の状況を尋ねていたんだ」神谷が説明してくれた。「部下の話を聞くのも、俺の役目だからな。それより早瀬、状況を教えてくれ」

神谷課長に促され、早瀬係長は手元のメモ帳に目を落とした。

「十九時十分ごろ、江東区青海にあるショッピングモール・東京マリンタウンにあるふたつの店舗から、相次いで通報がありました。店内に人間の指が遺棄された、というものです」

「人間の指？」

塔子は眉をひそめた。死体遺棄事件ということか。いや、指だけであれば、殺人事件とは限らないかもしれない。

「ふたつの店で二本ずつ、計四本です」早瀬は続けた。「今、東京湾岸署と機動捜査隊が事件現場で情報を集めています。我々十一係もこのあとすぐ現場に向かいます」

神谷は腕時計を確認しながらうなずいた。

「わかった。メンバーは集まりそうなのか？」

「鷹野がまだ残っていましたので、これから一緒に臨場します。……ああ、如月もですね。ほかのメンバーとは現地で合流します」

早瀬がそう話しているところへ鷹野が近づいてきた。彼は口をへの字に曲げて、難しい顔をしていた。

「今電話で確認しましたが、嫌な事件ですね。指を置いていくというだけでも異様なのに、二店舗続けてとは……」

塔子は先輩の顔を見上げた。鷹野の身長は百八十三センチ、それに対して自分は百五十二・八センチで、ふたりの身長差は三十センチほどもある。凸凹コンビと呼ばれるゆえんだ。

「ふたつの遺棄事件は、間をおかずに起きているんですか？」と塔子。

「ああ。十分以内に二件発生したようだ」

「ずいぶん大胆な犯行ですね」

そうだな、と言いながら、鷹野は右手の指先でこめかみを掻《か》く。ふたつの事件現場について説明したあと、彼は腕組みをした。

「まだ犯人像がわからない。何か目的があるのかどうか……」

「いずれにしても、難しい事件になりそうだ」神谷が早瀬に命じた。「至急、臨場してくれ。人の多い場所だから、対応が遅れると騒ぎが大きくなる」

「了解です」早瀬はメモ帳を閉じてポケットにしまった。「特捜本部の設置は明日になりますが、今夜中に可能な限り情報を集めます」

早瀬は自分の机に戻って、外出の準備を始めた。

鷹野もパソコンの電源を切り、鞄《かばん》に資料を詰めている。その様子を見ながら、神谷課長が話しかけた。

「鷹野。しっかり頼むぞ」

「ええ、全力で捜査に当たります」

「如月のこともよろしくな」

「はい？」手を止めて、鷹野は神谷に尋ねた。「如月がどうかしたんですか？」

「いや、おまえは如月の指導役なんだから、しっかり面倒見てやってくれ」

「いつも指導していますが、なぜ今になって？」

不可解だと言いたそうな顔で、鷹野は神谷を見ている。神谷はわざとらしく咳払《せきばら》いをした。

「初心を忘れるなということだ。さあ、現場に行ってこい」

「……了解しました」

よくわからない、という顔をして鷹野は答える。それから塔子のほうを向いた。

「如月、もう出られるか？」

塔子はジャケットの上にコートを着て、バッグを肩から斜めに掛けた。こうしておけば、どんな場面でも両手が自由に使える。

「いつでも行けます、鷹野主任」

先輩にそう答えたあと、塔子は神谷課長に向かって一礼した。それを見て神谷は重々しくうなずく。

鷹野や早瀬係長のあとを追って、塔子は廊下へ出た。

3

三人はタクシーで湾岸エリアに向かった。

車は首都高速を走り、じきにレインボーブリッジに差し掛かった。思ったより風があるようだ。窓の外に見えるのはすっかり暗くなった海と、華やかな光をまとった東京の街並みだった。斜め後方を振り返ると、遠くに東京タワーが見える。その手前の海岸には倉庫やトラック、貨物船などの明かりがあった。

やがてタクシーは青海地区に入り、目的の東京マリンタウンに到着した。渋滞がなかったため、ここまで二十分もかからなかった。

午後八時三十五分、塔子たち三人はショッピングモールに入っていった。建物の中はかなり暖かい。コートを脱いで通路を歩きだした。

出入り口付近にあったパンフレットを手に入れ、塔子はざっと目を通してみた。

東京マリンタウンは東西に長い建物で「屋内型モール」と呼ばれているそうだ。倉庫のような構造だから、各ショップから建物の外を見ることはできない。フロアには長い通路があり、それに面して店舗がずらりと並んでいる。

今自分たちがいるのは、ショッピングモール東側《ひがしがわ》の生活用品店エリアだとわかった。モールを歩いていくと家電量販店、インテリアショップ、時計店、玩具《がんぐ》店などがある。この時刻でも、買い物をしている客がかなりいた。

「物販店やカフェは夜九時まで、レストランは夜十一時までですね」パンフレットを見て塔子は言った。「最初に通報のあったカフェはこの先にあります。アクセサリーショップはその向こう、専門店エリアです」

先を急いでいると、早瀬の携帯に着信があった。捜査員から情報が入ったのだろう。しばらく相手と話してから、彼はこちらを向いた。

「まもなく鑑識の作業が終わるそうだ。カフェにはトクさんがいる。尾留川たちはアクセサリーショップだ」

早瀬の指揮によって、捜査員はふたつの現場に分かれていた。こうした事件では初動捜査が重視される。店員たちの記憶が薄れないうちに、できるだけ多くの情報を集めなければならない。

生活用品店エリアが終わったところに、第一の現場となったカフェがあった。まだ営業時間内だがシャッターが下りていて、従業員用の通用口だけが開いている。

早瀬係長がそのドアから中を覗き込んだ。誰かと言葉を交《か》わしたあと、彼は鷹野と塔子を手招きした。三人は白手袋を嵌めて店舗に入っていく。

特に高級という感じではなく、カジュアルな印象のカフェだった。入り口付近にレジカウンターがあり、飲食スペースにはテーブル席が十五ほど用意されている。

店内には活動服を着た鑑識課員や、スーツ姿の捜査員が十数名いた。鑑識の作業はほぼ終わっているようだ。

「カモさん、お疲れさま。状況はどうだ？」

早瀬が声をかけると、鑑識課員のひとりがこちらにやってきた。帽子をかぶっているのだが、癖《くせ》っ毛《け》があちこちではねている。几帳面《きちょうめん》な鑑識活動で定評のある、主任の鴨下潤一《かもしたじゅんいち》警部補だった。

「ずいぶん早かったですね」そう言ったあと、鴨下は塔子に小声で話しかけた。「この前の事件は大変だったんだって？　力になれなくてすまなかった」

十月に五日市で起こった事件のことだろう。できるだけ明るい調子で塔子は答えた。

「私、運はいいほうですから……。今もこうして、ぴんぴんしていますし」

「あまり無理しないようにな。いや、鑑識の俺が言うことじゃないけど、どうにも如月が気になってさ」

「ありがとうございます。気をつけます」

うん、とうなずいたあと、鴨下は早瀬のほうを向いた。

「徳重《とくしげ》さんが来ていますよ。異物のあったテーブルを見ています」

鴨下の案内で早瀬と鷹野、塔子は店の奥へ移動した。

テーブル席のそばで中年男性が腰をかがめている。椅子を丹念に観察しているようだ。

「お待たせしました、トクさん」

早瀬がうしろから呼びかけると、彼は腰を伸ばして塔子たちを見た。人のよさそうな顔に太鼓腹。七福神の布袋《ほてい》さんを思わせる風貌《ふうぼう》だ。

「ああ、お疲れさまです。ここが被疑者の座っていた席だそうです。何か気がつくことはないかと思いましてね」

トクさんと呼ばれたのは、同じ十一係の徳重英次《えいじ》だ。五十五歳になったそうだが、階級は塔子と同じ巡査部長だった。ずっと昇任試験を受けずにいた結果、この歳になってしまったのだと本人は話していた。彼は上司である早瀬係長よりも現場経験が長い、最古参の捜査員だった。

「何かわかりましたか?」早瀬は尋ねた。

部下ではあるが、徳重は早瀬より年上だ。だから気をつかって、早瀬は丁寧な喋り方をする。

「この席自体はごく普通ですね」徳重は太鼓腹をさすりながら答えた。「奥まった場所なので、店員にあまり顔を見られなくて済むというメリットはあります。ですが、それより気になるのは、その男がクランベリーソーダを注文したことでして」

「なぜこの寒い時期にそんなものを、ということですか？」と早瀬。

「いえ……。建物の中は暖かいですから、冷たいものを頼むのはそれほど変ではないと思います。ただ、さっきウエイトレスさんに聞いたんですが、その男は席に着くと、迷わずクランベリーソーダを注文したそうです。あまり見かけない飲み物ですから、以前この店に来たことがあったのかもしれません」

うしろのほうでカメラのフラッシュが光った。塔子たちは一斉にそちらを見る。鷹野がデジタルカメラを構えて店内を撮影していた。

「そうだとすると、このショッピングモールに詳しい人物だった可能性がありますね」鷹野は塔子たちのほうを向いた。「何か個人的な恨みを持って犯行に及んだのか、それともほかの理由があったのか……」

早瀬係長の指示を受け、塔子は第一発見者となった女性を捜した。柴田郁美というそのアルバイト店員は、厨房の中にいた。

「あちらでお話を聞かせていただけますか？」

塔子が声をかけると、郁美はぎこちなくうなずいた。見たところまだ二十代前半という感じで、流行の服を着ているが、それほど派手な印象はない。彼女はかなり緊張しているようだった。

「大変でしたね。驚いたでしょう」

彼女がリラックスできるよう、穏《おだ》やかに話しかけながら、塔子は店の奥へ進んだ。問題のテーブルのそばで、郁美は捜査員たちに深く頭を下げた。

みなを代表して早瀬係長が質問する。

「できるだけ詳しく話してください。わからないことは、わからないと答えていただいてけっこうです。まずその男の服装ですが、覚えていますか？」

「ええと……ジーンズに黒いウインドブレーカーという姿でした。顔には濃い色のレンズが付いた眼鏡をかけていました」

「サングラスですか？」

「いえ、サングラスよりは色が薄めでした。……それから、リュックサックを背負っていました」

「年齢は？」

「はっきり顔を見たわけじゃないんですけど、三十代から四十代ぐらいじゃないかと思います」

彼女の話によると、その男が店に入ってきたのは午後六時四十五分ごろだった。メニューを開かずにクランベリーソーダを頼んだあと、ずっとノートを見ていたそうだ。

「そのお客さんが席を立ったのは七時過ぎです。レジでお会計をして……あ、レシートは受け取らずに出ていきました。そのあと私がテーブルを片づけに行ったら、グラスの底に二本の指が……」

「クランベリーソーダの中に沈めてあったんですね」

「はい、飲み物は半分ぐらい残っていました」

ほかに、男の特徴などで気づいた点はないという。礼を述べて、早瀬は郁美を厨房に戻らせた。

彼女がテーブル席から充分離れたのを確認してから、早瀬は鑑識課員のほうを向く。

「カモさん、現物を見せてくれるか」

鴨下は部下から透明な保管容器を受け取り、みなの前に差し出した。

「さっきの柴田さんはグラスを落としてしまったそうです。幸いグラスは割れなかったので、きれいな指紋が採れました。ブツは床に転がっていました」

保管容器には奇妙な物体が入っていた。指だと聞かされていたが、塔子にはどうもぴんとこない。人間の指は切り離すとこんなふうに見えるものなのか、と不思議な気分になった。

早瀬は眼鏡のフレームを押し上げたあと、鴨下に質問した。

「この指を見て、何かわかることは？」

「さすがに難しいですね。今わかるのは、これが最近切断された人間の指であること、形状からおそらく左手の小指と薬指だと思われること、それぐらいでしょうか。マニキュアが塗られていますが、女性の指かどうかは詳しく調べてみないとわかりません」

ふたりが話しているそばで、塔子は保管容器に目を近づけた。二本の指をじっと観察する。その横で鷹野はデジタルカメラを構え、指の写真を撮った。

何か思い出したという表情になって、早瀬は店の天井を見上げた。

「カモさん、この店に防犯カメラはあるのか？」

「ここにはありません。でも外のモールに出れば、カメラがあります。防災センターで集中管理しているようです」

「じゃあ、録画データを借用できるよう依頼を……」

「大丈夫です。もう部下に手配させました」

「さすがだな、カモさん」

早瀬にそう言われ、鴨下は顔をほころばせた。

店内を見回したあと、早瀬は部下たちに声をかけた。

「よし、次の現場に移動だ。トクさんはもうしばらくここにいてください。何かあったら俺の携帯に連絡を」

「了解です」徳重は短く答える。

鑑識の鴨下も、一緒にもうひとつの現場へ行くという。早瀬、鷹野、鴨下、塔子の四人は通用口を抜けて、モールに出た。


ここから西に進むと専門店エリアになる。通路の両側にはファッション、雑貨、インテリアなどの店が続いている。

専門店エリアの営業終了まであと十分ほどだが、まだ買い物客があちこちに残っていた。それらの客に、スーツ姿の男たちが話しかけている。捜査員が目撃者を捜しているのだ。

モールを歩きながら、塔子は小声で鷹野に尋ねた。

「それにしても、なぜ人目の多い場所にブツを置いていったんでしょうか。一般市民の前に姿を見せているし、相当リスクが高いと思うんです。こんな犯行、今まで聞いたことがありません」

「リスクをものともしないのが、愉快犯という奴なのかもしれない。とはいえ如月の言うとおり、聞いたことがないタイプの事件だよ。気になるな」

わざわざ目につく場所に指を残していくということが、塔子には理解できなかった。仮に愉快犯だとしても、指の遺棄は隠れて行うのが普通ではないだろうか。

前を歩いていた早瀬係長が、渋《しぶ》い表情でつぶやいた。

「被害者はどこかに拘束されて指を切られたんだろうな。犯人はいったいどんな奴だ？　暴力団の人間だろうか」

「あるいは、組織に所属しない犯罪者が個人的な恨みを晴らしたのかも……」

鷹野がそう言うと、早瀬は忌々《いまいま》しげに舌打ちをした。

「気に入らないな。まったく気に入らない事件だ」

被害者は今どんな状況にあるのだろう、と塔子は考えた。指を切られただけなら、まだ生存している可能性は高いと言える。

――どうか生きていて……。

塔子がそう思うのには理由があった。自分たち殺人班は、被害者が死亡してから捜査を始めることが多い。だが今回は、殺害される前に発見できるかもしれないのだ。なんとかして被害者を助け出したかった。

一分ほどのち、塔子たちはシャッターの下りた店を見つけた。先ほどのカフェと同様、通用口が開いていたので中に入っていく。

広さはカフェと同じくらいだが、内装はかなり異なっていた。壁はクリーム色で統一され、全体的に明るい印象がある。展示台にはファッションリングやイヤリング、財布やバッグなどが並んでいた。下は高校生ぐらいから、上は三十代ぐらいの女性客をターゲットにしているようだ。

普段は華やかな売り場なのだろうが、今、店内にはものものしい雰囲気があった。捜査員や鑑識課員が険《けわ》しい表情で動き回っている。

「如月も昔はこういう店に来ていたのか？」鷹野が尋ねてきた。

「そうですね、友達と一緒に……」

「おまえの目から見てどうだ？　この店には隙《すき》があるだろうか」

「隙、ですか？」

意外な質問を受けて、塔子はまばたきをした。店の中を見回してから、こう答えた。

「売り場の面積に比べると、商品の棚や展示台の数が多いように思います。つまり店員にとっては死角があるということです」

「やはりそうだよな。この事件の犯人も、そのへんを考慮したんだろう」

左手のほうの展示台に十一係の先輩がいた。刑事にしては髪が長めで、ブランドもののコートを手に持っている。胸元から覗いているネクタイも、たぶん外国製の高級品だろう。今は見えないが、ベルトの代わりにお洒落なサスペンダーを使っているはずだ。

十一係のムードメーカー、尾留川圭介だった。彼は三十一歳だが、階級は塔子と同じ巡査部長だ。

「お疲れさまです」

尾留川は軽く頭を下げながら、こちらにやってきた。普段は軽い冗談を飛ばすことの多い人だが、さすがに今は硬い表情を浮かべている。

「カフェのほうはどうでした？」と尾留川。

「ジーンズに黒いウインドブレーカー、リュック。それに濃い色のレンズが付いた眼鏡を着用していたそうだ」

早瀬係長が答えると、尾留川は何度かうなずいた。

「こっちの店に来た男と、特徴が一致しますね。店長はそいつを見て万引き犯じゃないかと疑ったらしいんですが、何も盗《と》っていかなかった。その代わり、異物を置いていったわけです」

塔子たちは尾留川の案内で、ファッションリングの展示台に近づいていった。

鑑識の鴨下が部下に確認したところ、すでに店内の指紋採取は終わっているそうだ。

「ファッションリングは種類がすごく多いんですよね」尾留川は展示台を指差した。

「異物が置かれていたのはこの台ですが、展示してあるのはどれも外国製だそうです」

数多くの指輪が並んだその展示台を、塔子は観察した。一部の宝石はおそらくイミテーションだろうが、精巧に作られているため安っぽい印象はない。

鷹野はあちこちの棚や展示台を見て、また写真を撮っていた。本来、現場写真の撮影は鑑識課の仕事だが、鷹野は自分でもマメに撮影する。あとでそれらが事件解決のヒントになることがあるからだ。

「男の行動について、詳しい証言はとれたか？」と早瀬。

「うまい具合に、この店には防犯カメラが設置されているんです。けっこう価格の高い商品もありますんで」

尾留川は塔子たちを、店の奥にある事務室に案内した。事務室といっても狭くて細長い、給湯室のようなスペースだ。一方の壁際にパソコンデスクがあり、ノートパソコンやファクシミリ付き固定電話などが置かれている。

パソコンの前に四十歳前後の男性が腰掛け、難《はか》しい顔でマウスを操作していた。髪に緩《ゆる》いパーマをかけて、細身の茶色いズボンを穿《は》いた人物だ。

横に若い鑑識課員がいた。状況を尋ねると、ちょうど事件発生時の映像を調べるところだという。茶色いズボンの男性は山科といって、この店の店長だそうだ。

「午後七時二分、ここですね」

山科店長はマウスから手を離してこちらを振り返った。塔子たちは首を伸ばして画面を覗き込む。そこには、天井付近から売り場を撮影した画像が映されていた。正面奥が店の出入り口で、今まさにモールから入ってこようとする男の姿があった。カフェで証言されていたとおり黒いウインドブレーカーを着て、ジーンズを穿いている。靴は緑色のスニーカーだ。髪はやや長め。濃い色の眼鏡をかけているから、人相はわからなかった。

「進めてもらえますか」

早瀬が言うと、山科は止まっていた映像をスタートさせた。画面の中で、不審な男はゆっくり店に入ってきた。気まぐれに訪れた客という雰囲気だ。

彼はファッションリングのコーナーに行き、こちらに背を向けた。まるでカメラの位置がわかっているかのような行動だった。

「この場所からしばらく動かなかったので、万引きするんじゃないかと思ったんですよ」

山科の言葉どおり、男は三分ほどそこから動かなかった。やがて画面手前から男のほうへと、山科が近づいていくのが見えた。商品を整えるふりをしながら、彼は男の様子をうかがっている。

山科の存在に気づいたのか、男はこちらを見ないまま店から出ていった。画面端の時刻表示を見ると、午後七時五分だ。

そのあと男がいた辺りの展示台を、山科が確認し始めた。数秒後、山科は指を発見したようだ。音声は出ていないが、店内が騒然としているのがよくわかる。

「その男はモールを東のほうへ進んでいきました。この建物の東側の出入り口に向かったんじゃないかと思います」

緊張した表情で山科は言う。

塔子は左手首の腕時計に目をやった。現在の時刻、午後九時三分。不審な男が店を出てから、すでに二時間ほどが過ぎていた。

「緊急配備はできませんか？」

塔子は早瀬の顔を見て尋ねた。だが早瀬は首を左右に振る。

「強盗や傷害事件とは違う。この段階でキンパイは無理だ」

塔子は唇を噛《か》んだ。今ならまだ、犯人が近くにいる可能性もあるのだが――。

山科店長に礼を述べたあと、塔子たちは事務室を出て売り場の隅に移動した。

「カモさん、ここで見つかったものは？」

「これです」

鴨下は保管容器を差し出した。そこには人間の指が二本収められている。どちらもカフェの指より長い。

「すべて同一人物の指かどうか、調べてくれ」

「このあとすぐ手配します」と鴨下。

鷹野は売り場の中を歩いて、犯人の行動を確認しているようだった。

「防災センターに行ってみよう」早瀬は部下たちを呼び寄せた。「男がアクセサリーショップを出たのは十九時五分だとわかっている。モールの防犯カメラで、奴の逃走経路が追跡できるはずだ」

「どこの出入り口から出ていったか、わかるかもしれませんね」尾留川がうなずく。

塔子は容器に収められた二本の指をじっと見つめた。もはや指輪を嵌められることもないその指は、人形のパーツか何かのように感じられる。爪に塗られたピンク色のマニキュアが、いかにも作り物めいた光沢を放っていた。

――今、この人はどこにいるんだろう。

暗い場所に閉じ込められ、死の恐怖を味わっているのではないか。被害者が生きていてくれるようにと、塔子は祈った。

4

どれくらいの時間、気を失っていたのだろう。

ブルーシートの上で私は目を覚ました。最初に感じたのは、寒い、ということだった。

吐く息が白くなる。体の芯《しん》まで凍《こご》えそうだ。私は身震いをした。意識がはっきりしてくるにつれて、体中の痛みがぶり返してきた。

今はいったい何時なのか。そう思って私は腕時計を見ようとした。だが左腕を上げると、右腕も引っ張られて一緒に動いた。胸の前で、私の両手首はきつく縛られていた。

いや、両手だけではない。パンプスを履いた足も、ジーンズを穿いた腰もきつく縛られていて、起き上がることができなかった。私は自由を奪われ、みっともない恰好で床に横たわっている。

小さな常夜灯の明かりで腕時計を見ると、八時四十五分になるところだった。外を見ることはできないが、相当長い時間がたったのではないか、という気がする。たぶん夜の八時四十五分だろう、と思った。

ぼんやりする頭で私は考えた。あの男に拉致《らち》されたのは昨日の夜十一時過ぎだった。ということは、あれから丸一日たとうとしているのではないか。だとすると今日は十二月三日だ。私が事件に巻き込まれたことに、職場の同僚たちは気づいているだろうか。それとも、単なる無断欠勤だと思われているのか。

誰かが家を訪ねてきてくれていたら、と私は思った。管理人に頼んでマンションの部屋に入り、私が帰宅していないことを察してくれたら――。通報を受けた警察はすぐに捜索に取りかかり、私を助け出してくれないだろうか。

――お願いです。私はここにいるの。助けて！

だが声を発することはできなかった。私の口には猿ぐつわがかませられている。低い呻《うめ》き声が漏れるばかりだった。

ブルーシートの上で尿は垂れ流しになっていた。下半身が冷えてこの上なく不快だったが、どうすることもできない。

床に倒れたまま、私は昨夜のことを思い返した。

コンビニで買い物をしてマンションまで歩いているとき、突然私は襲われた。暗がりに青白い光が見えたかと思うと、背中に激しい痛みが走った。あいつは私にスタンガンを押しつけ、さらに警棒のようなもので殴ったのだ。抵抗できず、私は男の車に押し込まれた。後部座席で手足を縛られた上、猿ぐつわをかまされた。

この部屋に着くと、あいつは時間をかけて私を痛めつけた。激しく殴り、ときどき私の猿ぐつわを外してあれこれ質問した。私は奴の言いなりだった。反抗する気力など、まったく残っていなかった。

いくつもの問いに答えるうち、私は悟った。奴が聞き出そうとしているのは、おそらくあのことに違いない。私は懺悔《ざんげ》の言葉を口にした。泣きながら詫《わ》びて、なんとか許してもらおうとした。

だが謝罪を受けても、あの男は容赦してくれなかった。能面のように無表情な顔で、奴は私を殴り続けた。

午前五時ごろになって、ようやく暴行が終わった。男は部屋を出て、外から鍵《かぎ》をかけたようだった。私は床に倒れたまま、意識を失った。

そして今――。目を覚ました私は、これからまた痛めつけられることを想像して、唇を震わせている。恐ろしくてたまらなかった。


かち、とドアのほうで錠を外す音がした。

はっとして私は目を見開いた。寒さに震えながら首を動かし、入り口のほうを見る。

壁のスイッチが押され、室内は白っぽい明かりで照らされた。まぶしさを感じて、私は思わず目を細めた。

昼間どこかへ出かけていたあの男が戻ってきたのだ。私は絶望的な気分でその姿を見つめた。サングラスのように濃い色のレンズが入った眼鏡。ジーンズに黒いウインドブレーカー。両手には革手袋を嵌めている。

こちらへ近づいてきて、奴は私のそばにしゃがんだ。

「一生の中で、人間の性格は三度変わる」奴は低い声で言った。「他人に騙《だま》されたとき。仲間に裏切られたとき。そして理不尽な攻撃を受けたときだ。おまえはどうだ？」

奴は冷たい視線を私に向けた。私はなんとか声を出そうとしたが、呻き声が漏れるばかりだった。

「おまえは生まれながらの悪人だ。性格が変わったとしても、どす黒くなっていくだけだろう。善人には絶対になれない。俺とおまえとでは価値観が違いすぎる」

私は顎《あご》を動かし、首を横に振ってみせた。伝わらないとわかっていたが、ひたすら呻き続けた。

「うるさい女だな」

奴は私の髪をつかんで頭を持ち上げたあと、後頭部を床に叩《たた》きつけた。強い痛みが走る。私は身をくねらせ、動物のような唸《うな》り声を上げた。

それが気に入らなかったのだろう、奴は革手袋を嵌めた手で私の顔を殴った。二発、三発と拳《こぶし》を振り下ろす。

「おまえ自身が招いたことだ。責任はおまえにある」

そう言うと、奴は特殊警棒を手に取った。

——やめて。お願いです、助けて！

私はロープで縛られた両手を前に突き出し、顔をかばおうとした。そのとき、左手に負わされた傷が目に入った。私は昨日、左手の五本の指を切り落とされたのだ。今、切断面には赤黒い血がこびり付いている。

「おまえには、おまえにふさわしい最期《さいご》がある」

その言葉を聞いて、私はパニックに陥《おちい》った。最期というのは、どういうことだろう。私はもうおしまいなのか。うう、うう、と呻きながら、みっともなく涙を流し続けた。

そんな私の姿を、あいつは無表情な顔で見つめていた。

5

十二月四日、午前七時三十分。今朝は思っていたより、かなり気温が低くなった。

空を見上げたあと、塔子は東京テレポート駅を出て南のほうへ歩きだした。コートのポケットには使い捨てカイロを入れている。母がドラッグストアでまとめ買いしておいたものを、いくつか持たせてくれたのだ。

駅前のロータリーを出て、通り沿いに南西へ進んでいく。

青海地区には東京臨海新交通臨海線――ゆりかもめの高架線が走っている。この地区には博物館がふたつあった。船の科学館のそばで塔子は左に曲がり、日本科学未来館の手前で道路を横切る。そこに目的地の警視庁東京湾岸警察署があった。

署の近くにはすでに数多くの車が集まっていた。カメラを抱《かか》えた男性やマイクを持った女性が、何か打ち合わせをしているようだ。

──今日はずいぶんマスコミが多い。

塔子は表情を引き締めた。

商業施設に指が遺棄されたというインパクトが、新聞社やテレビ局の注目を集めたのだろう。これから本格的な報道が始まれば、一般市民たちも大きな関心を寄せるに違いない。

一日も早く犯人を捕らえなければ、警察を批判する声が出てくるだろう。いや、それよりも、殺人事件になる前に被害者を救出しなければ、という思いがある。

記者たちを横目で見ながら、塔子は署の建物へと急いだ。

特捜本部が設置されているのは講堂だ。エレベーターのケージを降りて、塔子は廊下を歩いていく。窓からは青海地区の一部と東京湾が見渡せた。白い波を立てて進んでいくのは、個人の所有するプレジャーボートだろうか。遠くには貨物船らしきものの影も見える。

「どうした、如月。海が珍しいのか?」

うしろから声をかけてきたのは、先輩の尾留川だった。今日も高級そうなスーツを着ている。

「おはようございます。……昨日地図帳を見たんですが、この地区はかなり特殊な場所ですよね。民家もアパートもないし、そもそも建物が密集していないし」

「そうだね。高層マンションは何棟かあるけど、ほかの所轄と比べると住人の数はずいぶん少ないだろうな」

「あとはオフィスビルとかホテルとか……。こういう場所ですから、しっかりした目撃証言は集めにくいでしょうね」

たしかにな、とうなずいたあと、尾留川はスーツの下のサスペンダーをいじった。

「でも逆に言えば、ここは閉鎖された場所だ。青海地区からよそへ移動するには鉄道を使うか、いくつかある橋を渡らなくちゃいけない」

移動手段が限られているから捜査員にとって有利な面もある、ということだろう。

「ゆうべからずっと考えているんですが、なぜここだったんでしょうか」塔子は首をかしげた。

「俺も不思議に思った。下手をすれば逃走経路をふさがれてしまうような場所で、どうして大胆な犯行に及んだのか。そこで、愉快犯という考え方が出てくるわけだ」

愉快犯、愉快犯、と塔子は口の中で繰り返した。そうするうち、署の外に集まっていた記者たちの姿を思い出した。

「もしかして、犯人はマスコミを利用して目立ちたいと思っているのでは……」

それを聞くと、尾留川は前髪をいじりながら考え込んだ。

「どうだろうな。いくら自己顕示欲が強くても、そこまでするか？」

「尾留川さん、犯人の気持ち、わかりませんか」

髪をいじる手を止めて、尾留川は顔をしかめた。

「犯人は俺みたいな性格だって言いたいの？」

「いえ、まさか……」予想外のことを訊かれ、塔子は慌ててしまった。「先輩に向かってそんな失礼なこと、言いませんよ」

「まあ、そういうことにしておくか」

どうやら、尾留川にからかわれたようだ。

腕時計に目をやってから、塔子は講堂に向かった。

特捜本部にはセミナールームのように長机が並んでいた。すでに二十名ほどの捜査員が集まっている。ここ東京湾岸署の刑事や近隣署からの応援人員、そして捜査一課のメンバーだ。

「主任、おはようございます」

挨拶《あいさつ》をして塔子は鷹野に近づいていった。鷹野は背が高いから、大勢の中にいても見つけやすい。一方、塔子はほかの人たちに隠れてしまって、なかなか見つけてもらえないことが多かった。

「ああ、如月か。おはよう」

鷹野はこちらを見ることなく、気のない返事をした。だが機嫌が悪いわけではなさそうだと、すぐにわかった。彼はデジカメの液晶画面で、昨夜撮影した画像をチェックしていたのだ。

「何か気になることがありましたか？」

コートとバッグを置いて、塔子は鷹野の隣に腰掛ける。うーん、と低い声で唸ったあと、鷹野は顔を上げて塔子を見た。

「あのカフェとアクセサリーショップがなぜ選ばれたのか、考えていたんだ。アクセサリーショップのほうは何となくわかる。ファッションリングは指と関係が深いからな。しかし、カフェで指を遺棄した理由がわからない」

「しかもクランベリーソーダの中ですよね」

「まったく不可解だ。犯人はそんなにクランベリーが好きなのか？」

そう言いながら鷹野はトマトジュースの缶を手に取り、一口飲んだ。

「もしそうだとしたら、プロファイリングに使えませんかね」と塔子。

「クランベリーソーダが好きな人間はこんな性格で、こんな過去がある、という具合に？」

「さすがにそれは無理でしょうけど、なぜメニューも見ずに注文したのか、気になりませんか。過去、犯人はあそこでクランベリーソーダを飲んだことがあって、そのとき何か記憶に残るようなことが起こったのかもしれません」そこまで言ってから、塔子は声のトーンを落とした。「無理筋でしょうか？」

「まあ、ひとつの意見として聞いておくよ」

そう答えると、鷹野はまたデジカメの画面に視線を戻した。


やがて廊下から幹部たちが入ってきた。起立の号令とともに捜査員たちは一斉に立ち上がり、礼をする。

着席したあと、幹部席から神谷課長が塔子をちらりと見た。黙ったまま塔子は軽く会釈をする。うん、と神谷も小さくうなずいたようだ。

ゆうべの会食が中断されてから、神谷と話をする機会はなかった。あのときは捜査一課長と少し距離が近づいたように思ったが、今は仕事中だ。父や母について話したことは忘れて、捜査に集中しなければならない。

午前八時三十分、最初の捜査会議が始まった。

眼鏡をかけた早瀬係長がホワイトボードの前に立つ。

「捜査一課十一係の早瀬です。本件の指揮を執りますので、以後よろしくお願いします」

早瀬は幹部たちを紹介した。集まった若手捜査員はみな硬い表情だ。所轄のメンバーは、組織力を使った大きな捜査にはあまり慣れていない。特に今回の事件はかなり異様なものだから、緊張するのも無理はなかった。

「では事件の初動捜査について、機捜から説明を」

はい、と答えて機動捜査隊の主任が立ち上がった。事件の一報を受けたあと、彼らはただちに現場に入り、所轄の捜査員とともに情報を集めていた。

「昨日午後七時十分ごろ、江東区青海にある商業施設、東京マリンタウン内の店舗から一一〇番通報があり……」

塔子はメモ帳を開いて、その話に耳を傾けた。これまで自分が集めてきた情報と相違はないようだ。

機捜からの報告が終わると、早瀬は捜査員たちを見回した。蛍光灯の明かりが反射して一瞬、眼鏡のレンズが光った。

「今回の事件――略称『青海事件』としますが、犯人は短時間に二ヵ所の店舗で指の遺棄を行いました。手元の資料を見てください。遺棄された指四本の写真が載っています。カフェで見つかったのが小指と薬指、アクセサリーショップで見つかったのが中指と人差し指です」

塔子は資料のページをめくる。そこに人間の指の写真が掲載されていた。こうして比べてみると、皮膚の色はどれも極めてよく似ている。また、四本とも爪にピンク色のマニキュアが塗られていた。

「これらは同一人物の左手から切断されたものと判明しました。防犯カメラのデータから、不審者が見つかっています。各員、写真を確認してください」

早瀬の言葉を聞いて、捜査員たちは手元の資料に目を落とした。黒いウインドブレーカーを着た男の写真が印刷されている。

「状況から見て、この男が指を遺棄したと考えて間違いありません。目撃情報から、単独犯であることがわかっています。人目を気にしない、リスクの高い犯行ですので、犯人は感情を抑えられない粗暴犯だという見方もできます。……では発見された指について、鑑識から説明を」

早瀬は鑑識課員たちが座っている一角に目をやった。鴨下主任が立ち上がる。

「指紋を採取して確認しましたが、データベースで前歴者のヒットはありませんでした。血液型はA型で年齢は不明。性別については科捜研でDNA型を調べてもらっていますので、いずれわかるはずです。切断されたのが死後かどうかも、分析を依頼しています」

「マニキュアが塗られているな」

幹部席から声が聞こえた。神谷課長の隣に座った中年男性が、厳しい顔で鴨下を見つめている。神谷の部下、手代木《てしろぎ》行雄《ゆきお》管理官だ。

手代木はいつものように無表情のまま、冷たい調子で鴨下に質問した。

「おまえはこれをどう思う？」

「普通に考えれば、被害者は女性だと思われますが……」そこで鴨下は手代木の表情をうかがった。「男性でもマニキュアをする人はいる、だから今の段階で性別は決められない、ということでしょうか？」

「質問しているのは俺だ。おまえは自分の考えを述べればいい」

「あ、はい」咳払いをしてから、鴨下はあらためて言った。「男性でもマニキュアをする可能性はありますので、性別の断定については科捜研の分析結果を待つべきだと思います」

「鴨下、もうひとつ考えられることがあるんじゃないのか？」

「と言うと……」

首をかしげている鴨下に、手代木はこう指摘した。

「捜査を攪乱《かくらん》するため、犯人があえてマニキュアを塗った可能性もあるんじゃないのか？」

「そう……ですね。可能性としてはあるかもしれませんが……」

「何も塗られていなければ疑問は生じない。だがマニキュアという要素が入ることで、我々はよけいな作業をしなければならなくなる。成分を分析してメーカーを特定するとか、同じショッピングモールでマニキュアを買った人間を探すとか、そういうふうにな」

「ええと……その場合、犯人の目的は何なんでしょうか」

「わからないのか？　警察のマンパワーを浪費させることだ。調べることが増えれば、それだけ捜査員が必要になる。犯人が遺留品を残せば残すほど、我々の捜査には時間がかかるわけだ。その間に犯人はどこかへ逃げたり、次の計画を練ったりすることができるだろう？　奴が単なる粗暴犯ではなく、知能犯であれば、そうする可能性がある」

なるほど、と鴨下はうなずいた。

「だとすると管理官、このマニキュアの捜査にはあまり時間をかけすぎないほうがいい、ということになりますか？」

「違う。おまえは何を言ってるんだ」

手代木は緑色の蛍光ペンを鴨下のほうに向けた。会議の場などで、手代木が相手を追及するときの癖だ。

「今の時点では、マニキュアが偽装かどうかは誰にもわからないんだ。そんな状況下で、おまえは捜査の手抜きをしようというのか？　とんでもない話だ」

「も……申し訳ありません」

「先入観は捜査の邪魔になるだけだ。だから我々はあらゆる可能性を考えて行動しなければならない。俺は以前から、そう話しているぞ」

手代木はまた蛍光ペンの先を鴨下に向けた。

彼が会議で部下を叱責《しっせき》するのは毎度のことだ。神谷課長の下で、手代木は管理官という中間管理職を務めている。だから自分の存在を課長にアピールするため、部下に厳しく当たることが多かった。彼にとっては、それが会議でもっとも大事な仕事なのかもしれない。

「おっしゃるとおりです」鴨下は慌てた様子で頭を下げた。「今の段階ではどんな可能性も排除せず、捜査を行う必要があります。先入観は捨てるべきだと肝に銘じます」

黙ったまま、手代木は相手の顔をじっと見ている。これは怒っているわけではなく、何か考えているときの癖だ。それがわかっているから、鴨下は遠慮がちに尋ねた。

「あの……報告を続けてもよろしいでしょうか」

「当然だ」手代木は答えた。「早くしないか。時間がもったいないだろう」

鴨下は何か言いたそうな顔をしたが、そのまま報告に戻った。

「では続けます。この四本の指ですが、切断面の状態から、数日以内に切られたものだとわかりました。切断に使われたのはナイフなどの鋭利な刃物だと考えられます。……続いて現場の状況ですが、カフェとアクセサリーショップの店内で指紋の採取を行いました。しかし前歴者のヒットはありません。さらにカフェで飲み物のグラスを調べましたが、アルバイト店員の指紋しか採取できませんでした。立ち去る前、犯人は慎重に自分の指紋を拭き取ったものと思われます」

「指紋の線は駄目か。ほかには？」と神谷。

「東京マリンタウンの防災センターから、防犯カメラのデータを借用してきました。取り急ぎ事件前後の時間帯を中心に調べさせています。……犯人は十九時一分にカフェを出たあと、一階のモールを西に向かって専門店エリアに移動しました。十九時五分にアクセサリーショップを出て今度は東のほうに戻ったんですが、そのあと奇妙な行動をとっています」

「奇妙な行動？」手代木管理官が資料から顔を上げた。

「東に向かったあと、エスカレーターで二階に上がりました。防犯カメラで追跡すると、あちこち複雑な経路をたどって、階段でまた一階に下りました。そして十九時七分、西側の出入り口から建物を出る様子が、防犯カメラに記録されていました」

「ずいぶん慎重な奴だな」手代木は低い声を出して唸った。

「計画的な犯行だ。犯人は事前にショッピングモールを下見していたに違いない」

神谷が言うと、捜査員たちはみな一様にうなずく。

こうした猟奇的とも言える犯罪は、衝動的に行われることが多い。だが今回、犯人はかなり冷静に行動したとみるべきだろう。自分の計画に自信を持っていたのではないか。

――とはいえ、やはりこの犯行はリスクが大きすぎる。

塔子は捜査資料を見つめた。昨日から何度も考えていることだが、あれほど人が多い場所で指を遺棄すれば、捕まってしまう可能性は高い。

「ショッピングモールを出たあとの行動は？」

ホワイトボードのそばで早瀬係長が尋ねた。鴨下はメモ帳のページをめくる。

「西側の出入り口を出たあと、犯人がどちらに向かったかはわかっていません。りんかい線の東京テレポート駅、および、ゆりかもめ各駅のカメラを調べましたが、それらしい人物は記録されていませんでした」

「とすると、車で逃げたんだろうか」

神谷は指先で机をこつこつ叩いている。そのうち何か思いついたという顔で、彼は早瀬に視線を向けた。

「不審車両の目撃情報は、まだ出ていないんだよな?」

「はい。住人がほとんどいない場所ですから、いつものような地取り捜査が難しい状況です。ショッピングモールや周辺の企業に勤める人たちから、情報を集めています」

「当時マリンタウンにいた買い物客から話を聞けるといいんだが、それは無理だしな……」

「それでは捜査員の組分けを行います」

リストを見ながら、早瀬はふたり一組のコンビを発表していった。通常は捜査一課と所轄で相棒になるのだが、塔子の場合は別だった。昨夜神谷課長との話にも出たが、女性捜査員のための特別養成プログラムによって、毎回鷹野と組んでいるのだ。

事件現場近辺で情報収集する「地取り班」、関係者から話を聞く「鑑取り班」が発表されたあと、証拠品捜査を担当する「ナシ割り班」、ほかに「データ分析班」や「予備班」のメンバーが読み上げられた。

鷹野と塔子は聞き込み捜査を行いつつ、全体の筋読みをする「遊撃班」になるよう命じられた。過去いくつもの事件を解決してきた鷹野に自由な行動を認めよう、と幹部たちは判断したのだろう。

「これからの捜査ですが、被害者の身元がわからないため、地取りを中心に行うことになります。ショッピングモールだけでなく、青海地区全体で目撃者を捜すこと。データ分析班はこの地区の防犯カメラを徹底的に調べてほしい。それから予備班は、過去に指を切断して遺棄する事件がなかったか調査してください。それと並行して、行方不明者のリストもチェックするように」

最後に早瀬は幹部席に目をやり、どうぞ、という手振りをした。それを受けて神谷が立ち上がる。

「今回の事件はかなり異様なものだ。確証はないが、犯人は猟奇趣味者かもしれない。各員、油断することなく捜査に当たってくれ。また、被害者は今も生きている可能性があるため、迅速な行動を心がけてほしい。以上だ」

早瀬が起立の号令をかける。捜査員たちは緊張した面持ちで立ち上がった。

6

鷹野組は覆面パトカーの使用を許可された。効率的な捜査ができるよう、早瀬係長が移動手段を用意してくれたのだ。

塔子は運転席に乗り込み、シートを前にずらした。体が小さいから、こうしないとアクセルやブレーキの操作が難しい。一方、鷹野は助手席に座ってシートをうしろにずらしていた。彼は体が大きいから、こうしないと窮屈なのだ。

ミラーで周囲の安全確認をしてから、塔子は面パトをスタートさせた。署の近くにいた取材陣が一斉にこちらを向いたが、さすがに追跡してくる車は一台もない。塔子はアクセルを踏んで車のスピードを上げた。

鷹野はしばらく窓外に目をやったあと、口を開いた。

「青海はよくある繁華街とも違うし、住宅街とも違う。それがわかっていて、犯人はここで事件を起こしたんだろうな」

「当然、土地鑑のある人物ですよね」ハンドルを切りながら塔子は言った。「何度も遊びに来ているとか、仕事で訪れたことがあるとか。その上で、神谷課長の言うとおり、下見をしたんじゃないでしょうか」

「あるいは、普段からこの地区のどこかで働いているとかな」

そうだとしたら、犯人は今も事件現場の近くにいるのだろうか。表情ひとつ変えず、警察の捜査やマスコミの取材を観察しているということか。そう考えると、犯人の存在がますます不気味に思われてくる。

「まず、どこから調べましょうか」

塔子が尋ねると、鷹野は数秒考えてから答えた。

「青海地区の全体像を知っておきたい。早瀬さんはそのために車を用意してくれたんだろうからな」

「了解です。一回りしてみましょう」

信号待ちのとき、塔子は地図帳を鷹野に手渡した。以前から使っているもので、あちこちに付箋《ふせん》が貼《は》ってあるし、書き込みなどもある。アナログなツールだが、携帯電話の小さな画面で地図を見るより使いやすい。

塔子は東京湾岸署から南東へ車を進めていった。この地区は交通量が少ないから、渋滞とはまったく無縁だ。

窓の外の建物を見ながら、鷹野は手元の地図帳をチェックし始めた。

「あそこにあるのは、ホテルが併設された温泉テーマパークだそうだ。その南側は青海コンテナ埠頭《ふとう》か。倉庫がたくさん並んでいるな」

「住宅街やオフィス街に比べると、やはり通行人は相当少ないですね」

温泉テーマパークから埠頭の先までは一キロ以上ある。ここで働く人間はどれくらいいるのだろう、と塔子は考えた。

「もし犯人がこの辺りに勤めているとしたら、通勤の途中で東京マリンタウンのそばを通っていたかもしれませんね」

「そうだな。ゆりかもめに乗るにせよ、東京テレポート駅からりんかい線に乗るにせよ、ショッピングモールはすぐ近くだ。青海コンテナ埠頭に勤める人間なら、普段からマリンタウンで買い物や食事をしていた可能性がある」

このまま埠頭の先端から海底トンネルに入ると、中央防波堤に行ってしまう。塔子は車をUターンさせ、北西に戻っていった。長く続いた倉庫が途切れると、広い空き地や駐車場が見えた。まだ開発されていない土地があちこちに残っているのだ。

途中で右折して北東へ進む。路上にトレーラートラックが増えてきた。

「この先、橋を渡ると青海地区を出て、有明《ありあけ》地区に入ります」前方を見ながら塔子は言った。「有明地区には国際展示場がありますね」

「そっちはまた今度にしよう。今は橋を渡らずに、左へ曲がってくれ」

「わかりました」

塔子は車を左折させた。

首都高速湾岸線を越え、青海地区の北側にある台場地区に入っていく。

「このへんにも商業施設があるよな。ホテルも見える」

「鷹野さん、知ってました？　さっきの青海は江東区ですけど、台場は港《みなと》区なんですよ」

「そうなのか？」

「首都高速湾岸線辺りが境界線になっているみたいです。鷹野さんでも知らないことがあったんですね」

　口元を緩めて塔子が言うと、鷹野は眉をひそめて、

「あのな、『俺は何でも知っている』なんて言ったことは一度もないぞ」

「そうでしたね。失礼しました」

　塔子は軽く頭を下げた。鷹野は渋い顔をしていたが、腕組みをして、また窓の外に目をやった。

「港区側はかなり開発が進んでいるが、江東区側は埠頭があるせいか、まだ空き地も多いんだよな。犯人はそのへんも考えて犯行現場を選んだのかもしれない」

　車は西へと走り、左折して首都高速湾岸線を再び越え、台場地区から青海地区に戻った。そのまま進んでいくと、前方に船の科学館が見えてきた。

　鷹野は塔子に向かって説明を始めた。

「ここには南極観測船の宗谷《そうや》が展示されているんだよ。如月、知っているか？　宗谷はもともと商船として造られたんだが、戦時中は軍に使われ、戦後になって南極観測船になったんだ。海上保安庁の巡視船として使われていたこともある」

「そうなんですか？」

「どうだ、知らなかっただろう」

　鷹野は得意げな顔をしている。先ほど台場が港区だと聞いて驚いたから、お返しに

南極観測船の知識を披露したのかもしれない。

やがて左手に日本科学未来館が見えてきた。右手には出発点である東京湾岸署がある。青海地区を一回りして元の場所に戻ってきたのだ。

「次は、もう一度事件現場に行ってみませんか」塔子は鷹野に提案した。

「そうだな。犯人の逃走経路について考えてみるか」

「では、マリンタウンに向かいます」

ウインカーを出して、塔子は面パトの進路を変えた。


数分走ると、倉庫のような東京マリンタウンの建物が見えてきた。

案内板に従い、駐車場のほうに進んでいく。ポールが上がるのを待って場内に車を入れようとしたとき、左のサイドミラーに何かが映った。慌てて塔子はブレーキを踏む。中年女性の乗ったミニバイクが、面パトの左側をすり抜けていった。

「びっくりした……。油断大敵ですね」

「すまん。地図帳を見ていて、俺も気がつかなかった」

「警察官が事故を起こしたら、洒落になりませんし」

「まったくだ。この時期、みんなばたばたしているから気をつけないとな」

塔子はひとつ深呼吸をしてから、あらためて車を駐車場に入れた。ウインドウを下

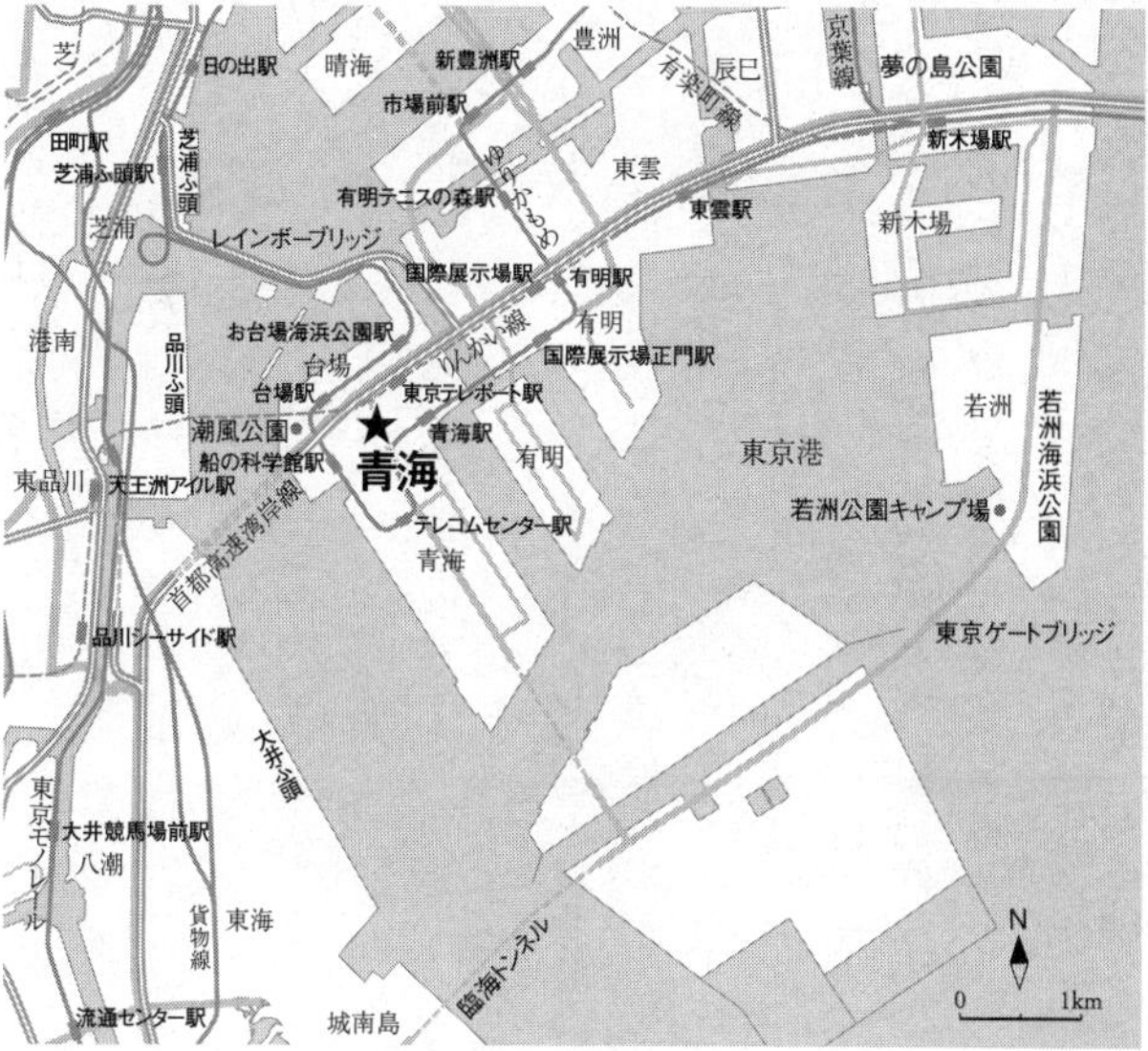
芝
日の出駅
晴海
新豊洲駅
豊洲
有楽町線
辰巳
京葉線
夢の島公園
市場前駅
田町駅
芝浦ふ頭駅
芝浦ふ頭
ゆりかもめ
東雲
新木場駅
有明テニスの森駅
東雲駅
芝浦
レインボーブリッジ
新木場
国際展示場駅
有明駅
港南
品川ふ頭
お台場海浜公園駅
有明
台場
りんかい線
国際展示場正門駅
台場駅
東京テレポート駅
若洲
若洲海浜公園
潮風公園
青海駅
東京港
船の科学館駅
青海
有明
東品川
天王洲アイル駅
若洲公園キャンプ場
首都高速湾岸線
テレコムセンター駅
青海
東京ゲートブリッジ
品川シーサイド駅
大井ふ頭
東京モノレール
大井競馬場前駅
八潮
貨物線
東海
臨海トンネル
N
0
1km
流通センター駅
城南島

げ、駐車券発行機に右手を伸ばしたのだが――。

――と、届かない……。

先ほどのバイクのことが気になって、車の進路が少しずれてしまった。予想外に発券機との距離が遠かったのだ。

懸命に指先を伸ばして、どうにか駐車券をつかむことができた。右手を車内に戻して、塔子は元どおりウインドウを上げる。

何気ない顔でそのまま面パトを進めようとしたとき、鷹野がぼそりと言った。

「如月も大変だな」

「いえ、あの、いつもは大丈夫なんですよ。今はちょっと目測を誤って……」

「わかったわかった。もう何も言うな」

駐車場の隅に面パトを停《と》めると、ふたりはショッピングモールの中に入っていった。

昨日とは別の出入り口を使ったため、カフェまで一分ほどで着くことができた。

まだ午前中だが、あちこちに買い物客の姿がある。指の件はすでにニュースで報じられているはずだが、客の数にそれほど影響はないようだ。

モールを進んでいくと、不自然にシャッターの下りている店があった。不審な男によって、飲み物のグラスに異物を入れられたカフェだ。警察関係者はもういないが、シャッターの前にはマスコミの人間が十名ほど集まっている。

塔子の脳裏に昨夜の記憶が甦《よみがえ》った。切断され、遺棄された指。その指の主は今、どんな状況下にあるのか。早く助けなければ、という焦りが強くなった。

取材者たちから少し離れて、買い物客たちがシャッターの閉まった店を見つめていた。たまたま通りかかった人が多いようだが、中にはデジカメを構えた男性などもいる。興味本位でここにやってきたのかもしれない。

「この店、大丈夫だろうか」鷹野が渋い表情を浮かべていた。「あんな事件が起こって、従業員はショックを受けているはずだ。その上、今度はテレビや新聞で報道されてしまう。つぶれなければいいんだが……」

「でも、店の名前まではニュースに出ていませんよね？」

「名前が出なくても映像を見れば、ああ、あの店か、と気づく人がいるだろう。そういう人がほんの一言SNSに書き込んだら、あっという間に情報が広まってしまう。……如月、試しにネットを見てもらえないか」

塔子は携帯電話を取り出し、利用者の多いSNSを表示させた。「指」「事件」「東京マリンタウン」などのキーワードを入れると、たちまち数百件の情報が見つかった。

「もうこんなに」塔子は眉をひそめる。「オリジナルの書き込みは、ほんの数件しかないようですけど……。昨日モールを歩いていた人が警察の捜査を見て、SNSに書き込んでいます。その情報が一気に拡散したんですね」

すでに東京マリンタウンの名が出され、カフェやアクセサリーショップの店名も明かされてしまっている。店のシャッターの写真までアップされていた。

「今や、誰もが事件記者という感じだからな」鷹野はポケットからデジカメを取り出した。「こういうカメラがなくても、携帯電話で現場の様子が撮影できてしまう。動画だって簡単に記録できる。何かあれば、通行人がカメラマンにすぐ変身、というわけだ」

最初に情報をアップする人は、特に悪意があるわけではないかもしれない。自分が遭遇した出来事をみなに知らせて、少し自慢したいだけなのだろう。だが一度書き込まれた情報は、一瞬のうちに社会全体に広まってしまう。それは怖いことだと塔子は思う。

どうやら今日は、店長も従業員も来ていないようだった。塔子は鷹野と顔を見合わせ、モールを歩きだした。

「犯人の動きを再現してみようか。奴はあのカフェを出て西へ向かった。不審に思われないよう、走ったりはしなかっただろう。こんなふうに普通の速度で進んだはずだ」

鷹野は西のほう、専門店エリアに入っていく。一分ほどでアクセサリーショップにたどり着いた。ここもやはりシャッターが下りていて、近くにはマスコミの人間が集まっている。

買い物客に話を聞く記者がいた。たぶん昨日ここにいた客とは違うから、目撃情報などは取れないはずだ。せいぜい「物騒《ぶっそう》ですね」とか「怖いですね」とか、そんな感想を引き出すことしかできないのではないか。それでも取材を続けなくてはならないのだろう。

塔子は記者たちの様子を見ていたが、軽くため息をついて辺りを見回した。ちょうどそこへ、見知った人物が通りかかった。アクセサリーショップの店長・山科成二だ。

店の前に大勢の取材者がいるのを見ると、山科は慌てて足を止めた。まだマスコミの人間たちは彼に気づいていない。

「チャンスだな。話を聞こう」

そうささやくと、鷹野は足を速めて山科に近づいていった。

「山科さん、ゆうべはどうも。警視庁の鷹野といいます」

ああ、とうなずいたあと、山科は辺りの様子をうかがった。鷹野はトイレに通じる通路へ彼を連れていく。ここなら取材者たちに見つかることもないはずだ。

「刑事さん、その後、何かわかりましたか。被害者のこととか……。あれ、女の人の指ですよね？」

こちらが質問する前に、山科のほうから尋ねてきた。鷹野はゆっくり首を横に振る。

「いえ、あいにくまだ何もわかっていないんです。……あの指にはマニキュアが塗られていましたが、山科さん、それについて何か思い当たることはありませんか」

「私も一晩考えてみたんですけど、何も思い出せませんでした。店のトラブルについてもそうです。五年前、十年前まで遡《さかのぼ》っても、大きな揉め事はなかったと思うんですよね」

「山科さんはいつから店長を？」

「七年前からです。その前は別の店にいたんですが、この東京マリンタウン店で何か問題があったという話は、一度も聞いていません」

「もうひとつの事件があったカフェについて、何かご存じですか？」

「何度か入ったことはありますね。でも休憩時間だけですから、長居をしたことはありません。店の人と話したこともないし……」

そうですか、と言って鷹野は考えを巡らす様子だ。

山科に謝意を伝えたあと、塔子たちはモールに戻った。

「さて、犯人の行動の続きだが」鷹野は店舗の並ぶモールを歩きだす。「アクセサリーショップを出たあと犯人は一旦《いったん》東へ進み、エスカレーターで二階に行った。……あれか」

鷹野が指差したところにエスカレーターがあった。辺りの店に注意しつつ、彼は二階へ上がっていく。

「そして尾行を撒《ま》こうとするようにあちこち歩き回ったあと、最後は西へ進んだ。逃げる場面だから、ここは急いでいたかもしれないな」

そうつぶやいて鷹野は足を速めた。彼は歩幅が広いから、どうしても塔子は遅れがちになる。しまいには小走りになった。

そのまま歩いていくと、ショッピングモールの西端《せいたん》が見えてきた。

「犯人はエスカレーターではなく階段を使ったと聞いている。ここだな」

鷹野はフロアの隅にある階段を使って一階へ下りた。ちょうどその近くに出入り口がある。ふたりは自動ドアを通って外に出た。

目の前には先ほど面パトで通ってきた道路があった。近くには企業の倉庫が建っていて、ぽつりぽつりと防犯カメラが設置されている。すでにデータ分析班が映像データを確認しているが、犯人が記録されていたという報告はない。

外に出て、塔子たちは周辺を歩いてみることにした。

「犯人がさっきの出入り口から出たことはわかっている」鷹野は周辺に目を配りながら言った。「車やバイクではなかったと仮定すると、使われた可能性が高いのは東京テレポート駅か、またはここ、ゆりかもめの青海駅だ」

写真を撮りながら鷹野は歩き続ける。遅れないよう塔子は足を速めたが、辺りを見回したとき、道端に案内図が立っているのに気がついた。

足を止めてその図を見つめるうち、おや、と思った。

「鷹野さん、これを見てください」

「何かあったのか？」

踵《きびす》を返《かえ》して鷹野はこちらに戻ってきた。案内図の前に立ち、塔子が指差した部分に目を向ける。

「車や電車のほかに、もうひとつ可能性があります」

塔子の言葉を聞いて、すぐに鷹野も察したようだ。「そういうことか」とうなずいた。

ふたりは歩行者用のデッキを通って、青海駅の南側に出た。水際には遊歩道と公園がある。階段を下りていくと、目の前に東京湾の景色が広がった。潮風が吹きつけて、コートの裾がはためいた。

転落防止用の柵《さく》の向こうに見えるのは、長さ十五メートルほどの桟橋だ。近くに看板が立っていた。

《東京水上バス　東京マリンタウン乗船場》

と書かれている。そのほか、

《日本ベストクルージング乗船場》

《東京第一メモリアル　のりば》

などという文字も読み取れた。先ほど塔子が案内図で見つけたのはこれだった。

「車でも電車でもない交通手段……。もしかしたら犯人は、ここから船に乗ったのかもしれません」

塔子は鷹野の顔を見上げながら言った。

そうだな、と答えて鷹野は船の時刻表を見つめたが、じきに渋い表情になった。

「残念だが、その線はなさそうだ。東京水上バスは午後五時台で終わりらしい」

「え……。本当ですか」

驚いて塔子は時刻表に目を近づけた。水上バスの定期運航は午後だけで、最終の船は五時二十五分に出発することになっている。

防犯カメラによると、犯人が東京マリンタウンの西出入り口を出たのは十九時七分だった。その時刻では当然水上バスに乗ることはできない。

「この『日本ベストクルージング』と『東京第一メモリアル』はどうでしょうか」塔

子は携帯電話を取り出した。「連絡先が書いてありますから、確認してみましょう」

塔子は日本ベストクルージングに架電してみた。その横で、鷹野は東京第一メモリアルにかけている。

じきに相手が出たので、塔子は自分の所属、名前などを伝えた。

「江東区青海の水上バス乗り場にいるんですが、そちらの会社の名前が書かれていますよね。ここから船に乗れるんでしょうか」

こうした問い合わせには慣れているのだろう、女性社員は淀《よど》みのない口調で説明してくれた。

「はい、私どもは貸し切りクルージングを承っています。予約制になっておりまして、各種パーティーなどにご利用いただけます。今回はご宴会か何かのご利用でしょうか？」

「あ、いいえ、そういうわけじゃないんです。ちょっとお尋ねしたいんですが、昨日、十二月三日の夜、この乗船場からクルージングの船は出ているでしょうか」

塔子の話を聞いて、捜査関係の電話だと気がついたようだ。女性社員は「少々お待ちください」と言った。しばらく保留音が続いたあと、再び彼女の声が聞こえた。

「昨日、その乗船場からクルージング船は出ておりませんね。一昨日でしたら、午後六時にご宴会の船が出ています」

「そうですか……」少し考えたあと、塔子は別の質問をした。「このマリンタウン乗船場は、夜何時まで使えるんですか？」

「十時になるとその桟橋は閉まります。ですので、遅くとも九時四十分ごろまでには着岸するようにしています」

「ほかの船がここに着岸することはあるんでしょうか」

「これからの時期は忘年会などで、クルーズ船や屋形船のご利用があるかと思います。ただ、確認したところ、昨日の夜はどこの社も利用していないようです」

礼を述べて塔子は電話を切った。隣を見ると、ちょうど鷹野も通話を終えたところだった。

「駄目ですね。ゆうべはクルーズ船の利用はなかったそうです」と塔子。

「こちらも空振りだった。東京第一メモリアルがこの桟橋を使うのは、明るい時間帯だけらしい。ただ、興味深い話が聞けたぞ」

「何です？」

「この会社では東京湾にサンコツをするらしい」

サンコツと聞いても、すぐには意味がわからなかった。しばらく考えるうち「散骨」ではないかと気づいて、塔子はまばたきをした。

「もしかして、亡くなった方の遺骨を海に撒く、あの散骨？」

「そう。東京湾でやるそうだ」

「東京湾で遺骨を撒いてもいいんですか？」

「俺も驚いたんだが、訊いてみたら法的には問題ないらしい。マナーとして骨を細かくするとか、いくつかのルールはあるみたいだが」

海洋散骨といったら、もっと船の往来の少ない場所でやるのかと思っていた。しかしここではクルーズ船と同じ桟橋から、散骨の船が出ているのだ。それを知ると、辺りの光景が少し違って見えてくるように思えた。

塔子は軽く息をついて、東京湾に目をやった。

——被害者は今も、この景色が見える場所にいるんだろうか。

根拠はない。しかし、そう遠くには離れていないのではないか、という気がする。

そこへ携帯の着信音が聞こえてきた。切ったばかりの電話を、鷹野はもう一度耳に当てた。

「はい、鷹野です。……え？　ああ、お疲れさまです。どうしたんですか、私に直接電話なんて」

誰だろう、と塔子は不思議に思った。鷹野は相手の話を聞きながら、こちらに向かって口を動かしてみせた。声には出さなかったが「手代木さんだ」と伝えていることがわかった。

「今、青海駅のそばの海岸にいます。まだこれといった手がかりはありません。……いえ、そう言われても捜査は始まったばかりですし。……え？　記者発表？　そこはなんとか頑張っていただいて……」

二分ほど話したあと、鷹野は電話を切ってため息をついた。

「何の話だったんです？」と塔子。

「今回の事件は一般市民の関心が高い。このあと記者発表をするんだが何か話せることはないか、と手代木さんが尋ねてきた。俺に直接電話しないで、早瀬さん経由にしてほしいんだがなあ」

「珍しいですよね。手代木管理官が鷹野さんに電話してくるなんて」

「命令系統を無視してまで俺に尋ねてきたんだから、相当急いでいたんだな」

鷹野の検挙率は捜査一課でもトップクラスだ。今日の成果を訊くのなら彼に電話するのが一番早い、と手代木は考えたのだろう。

「それはともかく、早いうちに手がかりを見つけないとまずいな。犯人は指を四本遺棄しただけでは満足しないかもしれない」

はっとして、塔子は鷹野の顔を見上げた。嫌な話になりそうだ。

「被害者の状況が気になります」

「犯人が被害者を拉致しているのなら、指はまだ十六本あるということだよ」

その言葉を聞いて塔子はぎくりとした。事実としてはそのとおりだ。だが、それは想像したくないことだった。

「奴は……また指を遺棄するでしょうか」

「わからない」鷹野は腕組みをした。「そうなってほしくないと俺も思う。だが犯人の行動原理がつかめない今、第二、第三の犯行が繰り返されることも想定しなくてはいけない。俺たちは警察官なんだからな」

鷹野の言うことはおそらく正しい。警察官である以上、塔子たちは最悪の事態を考えて行動する必要がある。

「考えなければいけないことが山ほどあるぞ」鷹野は言った。「被害者は今どこにいるのか。生きているのか死んでいるのか。左手の指のうち、一本だけ出てこない親指はどこにあるのか。犯人は次に何をするつもりなのか。……昨日からずっと考えているんだが、どうしても犯人のパーソナリティーが想像できないんだ。何をしようとしているのか、わからないところが怖い」

「鷹野さんでも怖いと思うことがあるんですか」

塔子が尋ねると、彼は右手の指先でこめかみを掻いた。

「俺が一番苦手なのは、理屈が通じない人間だよ。動機がわからない犯罪者ほど怖いものはない」

捜査経験の豊富な鷹野が、そんなことを言うのは珍しい。

だが塔子にしても、犯人の行動が不気味だと思うのは同じだった。金か、欲か、それとも恨みか。動機だけでも明らかになれば筋読みの道が開けるのだが、今は推理する手がかりがない。わかっているのは、犯人の行動が予測できないということだけだ。

被害者は今どれほど恐ろしい気分を味わっているのだろう。目の前にいる犯人が、目をぎらつかせながらナイフをもてあそんでいるとしたら、生きた心地もしないのではないか。被害者はすでに左手の四本の指を切られている。このあと何をされるかと考えたとき、絶望的な気分に陥るのではないか。

——一刻も早く被害者を見つけなければ。

潮のにおいを感じながら、塔子はそう考えていた。

青海地区で一日聞き込みを行ったが、結局有益な情報を得ることはできなかった。

午後六時五十分、すっかり暗くなってしまった道を、塔子たちは面パトで移動していた。

助手席にいる鷹野の表情は、午後からずっと冴《さ》えない。

「ある程度予想はしていたが、これほど目撃情報が出てこないとはな」

「犯人の目論見《もくろみ》どおりということでしょうか。この地区にはもともと防犯カメラが少ないし、通行人もあまりいませんから」

「眼鏡に黒いウインドブレーカーなんて人間はいくらでもいるからな。すれ違ったとしてもほとんどの人は覚えていないだろう。大声で何か喚《わめ》いていたというなら話は別だが」

交通量の少ない道を、車は南西に向かって走っていく。やがて前方に、東京湾岸署の建物が見えてきた。

駐車場に面パトを停め、塔子たちは外に出た。少し風が強くなったようだ。署の正面入り口付近にはマスコミの記者たちがまだ残っていた。世間の関心が高いため、どの社も取材に力を入れているのだろう。

特捜本部に戻ると、何やら騒がしかった。捜査員たちが十人ほど集まって、誰かを囲んでいる。

何かトラブルだろうか。それとも、聞き込みで重要な情報が見つかったのか。集まっている人たちを見て、塔子は不思議に思った。早瀬係長や徳重、尾留川、そのほか中堅の捜査員たちもいる。

彼らの中心にいるのは肩幅の広い、がっちりした男性だった。身長は鷹野よりやや低いが、スポーツマンタイプの体形で腕力も強そうだ。

みなに囲まれていたのは、十一係の要《かなめ》である門脇仁志《かどわきひとし》主任だった。

「門脇さん、いったいどうしたんですか」

鷹野は驚いたという表情で問いかけた。それを受けて、門脇は大きく眉を上下させた。

「どうしたんですか、はないだろう。ここは特捜本部だよな？　捜査をしに来たに決まってるじゃないか」

門脇は鷹野と同じ警部補だが、年齢は五つ上の三十八歳だ。十一係の実質的なリーダーとして、同僚や後輩たちを取りまとめる立場にある。面倒見のいい彼は、塔子たちにとって兄貴分というべき存在だった。いざ事件となれば危険を顧みずに突進していくことがあって、付いたあだ名が「ラッセル車」だ。

「現場に戻って大丈夫なんですか」

塔子が尋ねると門脇は、おや、という顔をしてこちらを向いた。

「なんだ如月、いたのか」

「またそんな……。門脇さん、さっき私の顔を見てたじゃないですか」

すまんすまん、と言って門脇は笑った。

「冗談はともかく、脚の怪我はどうなんです？」と鷹野。

二ヵ月前に発生した五日市の事件で、門脇は左脚に大きな怪我をした。その後手術を受け、しばらくリハビリを続けていたそうだ。今は歩けるようになったが、すぐに現場へ復帰させるのはリスクがあると神谷課長が判断したらしい。それで、これまで警視庁本部で内勤の作業をしていたと聞いている。

だから急に門脇が現れたのを見て、鷹野も塔子もひどく驚いたのだ。

「長いこと迷惑をかけたな。申し訳ない」門脇は同僚たちを見回して言った。「今日から特捜入りさせてもらうことになった。早瀬係長、ありがとうございます」

門脇は上司に向かって頭を下げた。早瀬は銀縁眼鏡のフレームを押し上げたあと、うん、とうなずいた。

「すぐに地取りのリーダーを頼む、と言いたいところだが、まだ負担が大きいだろう。当面は予備班でみんなの捜査をバックアップしてくれ」

えっ、と言って門脇は早瀬の顔をまじまじと見た。

「ここでもまた内勤ですか？　体はもう大丈夫ですよ」

「おい門脇、言うことを聞け」

うしろのほうから太い声が聞こえた。幹部席から神谷課長が声をかけたのだ。

「人間の体というのは単純な造りじゃないんだ。大丈夫だと思っても、あとで何か影響が出ることだってある。古傷のせいで、急に具合が悪くなる人間もいる」

あ、と塔子は思った。神谷は亡くなった塔子の父・功のことを思い出したのではないか。だから部下の負傷に対して、神経質になっているのだろう。

「こういうのは徐々に馴《な》らしていくべきなんだ。わかったな？」

捜査一課長の神谷に言われては、門脇も反論できないようだった。わかりました、と彼は素直に答えた。

「この仕事は体が資本ですからね」太鼓腹をさすりながら徳重が言った。「門脇さん、私みたいな体形になってからでは手遅れですよ」

「いや、それはないと思いますが」

「でも門脇さんはビールが好きですよね？　油断していると、いずれこんなふうに……」

「それは怖いな。気をつけます」

門脇は口元を緩めながら言った。それから彼は尾留川のほうを向いた。

「悪いな、尾留川。もうしばらく俺抜きでやってくれ」

「心配いりませんよ。門脇さんがいなくても捜査は進みますからね」

軽い調子で尾留川は答える。あえて冗談めかして発言したのだろうが、門脇はむすっとした顔になった。

「おまえ、いつからそんなに偉くなったんだ？」

「あ、いえ、冗談です」慌てた様子で尾留川は姿勢を正した。「早く戻ってきてください。門脇さんがいないと現場の士気が上がらなくて……」

「どうもおまえは信用ならんな」

腕組みをして、門脇は尾留川を睨《にら》んだ。


捜査会議が始まるまで、塔子たちは情報収集のためテレビを見た。

もちろん、テレビ番組から手がかりを得ようというわけではない。このタイミングでニュースを見るのは、メディア各社がどこまで取材を進めているかを知るためだった。また、事件に対する世間の反応も気になるところだ。

あるニュース番組で、ちょうど指の遺棄事件が報道されていた。アナウンサーがニュース原稿を読む形ではなく、コメンテーターの男性と話をしている。

コメンテーターは四十代後半だろうか。日本人離れした彫りの深い顔に、半分ほど白くなった髪。襟に特徴のあるマオカラースーツを着た、知的な印象の人物だ。

テロップには《ノンフィクション作家　笹岡達夫《ささおかたつお》》とあった。

「あ、またこいつか」門脇が舌打ちをした。「最近ニュース番組でよく見るんだけど、警察に批判的なんだよな。現場のことは何も知らないくせに」

笹岡は一般市民にもわかりやすいように説明していた。

「今回の事件で何が珍しいかというと、左手の指が四本遺棄されたことです。被害者は生きているのかどうなのか、それがわからないわけです」

「もしかしたら被害者がどこかに監禁されていて、指を切られたかもしれない、というわけですね」

ええ、と笹岡は深くうなずく。

「監禁か殺人かはわかりませんが、今のところその事件がいつどこで発生したのか、何も情報が出ていません。もし警察が過去にそうした事件を見逃していたとすると、非常に不安なことですね。間違いなく誰かの指が切られたのに、警察はそれを察知していない可能性があるわけです」

門脇は低い声で唸った。明らかに機嫌が悪くなっているのがわかる。

「ネットではこの犯人を『指切り魔』などと呼んでいるようですが、指の切断と遺棄について、専門的な立場から何か考えられますでしょうか」

アナウンサーからの質問に、笹岡はこう答えた。

「暴力団などで指を切ることがありますが、今回見つかった指はマニキュアを塗っていたそうなので、おそらく女性のものでしょう。だとすると、暴力団がらみという線は薄いかと思います。……それより、指を切断してわかりやすい場所に遺棄したことに、犯人の意図が隠されているような気がします」

「意図、といいますと……」

「何か伝えたいメッセージがあるとか、そういうことです。たとえば、誘拐した人質の指を切って送りつける事件が過去にありました。指を切られただけなら人質はまだ生きている可能性が高いので、身代金《みのしろきん》を払わせるための脅しとして使われるケースがあります」

「誘拐事件の可能性があるわけですね。それ以外に考えられることはありますか」

「もうひとつ、警察への挑戦ではないか、という考え方があります。今の時点でわかっている情報は非常に少ないですよね。そんな状態で、はたして警察がどこまで捜査できるのか。犯人はそれを観察している可能性があります。今の時代、テレビや新聞の報道とは別にSNSなどでも話が拡散されます。情報が手に入りやすくなったわけで、犯人にとっては都合のいい時代になったと言えます。この事件の犯人は、いろいろな手段で情報を集めて、警察の動向を見張っているかもしれません。また、四本の指というヒントを出すことで、警察を挑発しているとも考えられますね」

「今後の警察の捜査がどうなるのか、気になりますが……」

「ええ。指が発見されてから丸一日たちますが、警察から被害者や犯人に関する発表はありません。おそらく捜査があまり進んでいないんだと思います。犯人が指というヒントを出したにもかかわらず、警察は手をこまねいている。この科学捜査の時代に彼らはいったい何をやっているのか。科捜研が持っているたくさんの分析装置は、ただの飾りではないはずです。最新の技術を使って早く事件の捜査を進めてほしいと思います」

「笹岡さん、ありがとうございました」

画面が切り替わり、別のコーナーが始まった。

テレビの前で、捜査員たちはみな渋い顔をしている。特に最前列で画面を見ていた門脇は、露骨に不快感を表していた。

「何だこれは」門脇は吐《は》き捨《す》てるように言った。「次から次へと勝手なことばかり……。ノンフィクション作家がそんなに偉いのか」

「まあ、いろいろ調べているでしょうからねえ」

尾留川が困ったような顔をして、そう答えた。門脇は不満げに、ふん、と鼻を鳴らす。

「思いつきを喋るだけで金がもらえるなんて、いい商売じゃないか。あんな話なら俺だってできる」

「視聴率を稼ぐには、ああいう人も必要なんですよ」

ぼそりと鷹野が言うと、門脇は両目を大きく見開いた。

「鷹野、おまえどっちの味方なんだ？」

「いや、どっちの味方とか敵とか、そういうことではなくてですね……」

「俺たちは仲間だろ？　俺と一緒に怒ってくれよ」

「いや、そんなことを言われても……」

戸惑うような顔をして、鷹野はこめかみを掻いている。

そこへ、幹部席から手代木管理官の声が飛んだ。

「おい、おまえたち何をしている。会議を始めるぞ」

すみません、と答えて塔子たちはテレビを消し、捜査員席に向かった。ふと見ると、みなが急いでいるのに門脇だけはゆっくりした足取りだ。

——あれ？　何かおかしい……。

次の瞬間、塔子はいつもと違う門脇の動きに気づいた。椅子に腰掛けてから、彼は左の太ももをさすったのだ。怪我をした部分が、今もまだ痛むのではないか。

早瀬係長はそれを見抜いて、門脇を予備班に回したのだろう。黙っていても、きちんと同僚や部下を観察しているのだ。

早瀬の号令で塔子たちは起立、礼をした。午後八時、夜の捜査会議が始まった。

7

信号が青に変わるのを待って、男はアクセルペダルを踏んだ。

銀色のランドクルーザーは静かに走りだした。並走する車がほとんどいない時刻だから、渋滞の心配はない。

ひどく気持ちが高ぶっていた。今、男が起こしているのは犯罪だ。現に、彼を捕らえようとして警察は特別捜査本部を設置し、マスコミがその動向を報じている。今日、政治や経済のニュースより派手に取り上げられたのは、彼の起こした事件のことだった。

東京マリンタウンで遺棄された四本の指。クリスマスが近いこの時期、商業施設はどこも熱心に宣伝を行い、ものを売ろうとする。そんな場所で人々は発見するのだ。遺体から切り取られ、切断面に赤茶色の血液がこびり付いた指を。

幸せな雰囲気を一瞬にしてぶち壊す。それだけのインパクトが、あの指にはある。

ランドクルーザーは海底トンネルを抜け、東京湾の埋め立て地に入った。

走り続けるうち、ルームミラーに青白いヘッドライトが映った。後方から猛烈な速さで乗用車が近づいてくる。明らかにスピード違反だとわかった。

それはスポーツタイプの白い車だった。運転手は粋がって、夜の湾岸を飛ばしているのだろう。見晴らしがいいし、邪魔な車がいないから、ここには走り屋たちがよくやってくるのだ。

白いスポーツカーはみるみる近づいてきて、ランドクルーザーのうしろにぴたりとついた。男をからかうように、三十メートルほどうしろを走っている。早く抜いていけばいいのに、いつまでもついてくるのだ。男は舌打ちをした。

ウインドウを開け、右手を外に出す。強い風が黒いウインドブレーカーの袖《そで》をはためかせる。

早く行け、と男は右手を動かしてみせた。同時に車のスピードを少し緩めた。からかうのにも飽きたのか、白いスポーツカーは追い越し車線に移った。アクセルをめいっぱい踏み込んだのだろう、急加速して男の車を追い越していく。あとには耳障りな爆音だけが残った。

離れていくテールランプを見ながら、男はもう一度舌打ちをした。

目的の場所に到着すると、男は周囲に注意しながら車を降りた。

後部座席から大きな布袋を下ろし、背負って運んでいく。風が吹いて、木々の枝がざわざわと不穏な音を立てた。枯れ葉を踏み締め、薄闇《うすやみ》の中を歩き続ける。

やがて男は、どさりと布袋を地面に下ろした。中に入っているものを引きずり出す。

それは女の体だった。少し前まで抵抗し、足をばたつかせて逃れようとしていた人物。左手の五本の指を切断された女。

女の体をすっかり出してしまうと、男は布袋を畳んだ。そのあと女の服を探って、ある品物をポケットの中に入れた。

辺りを見回してみたが、この遅い時刻、こんな場所には誰もいない。

男は急いで車に戻るとエンジンをかけ、アクセルを踏んだ。ランドクルーザーは夜の道を走りだす。

先ほどの場所から数キロ離れたところで、彼は公衆電話を見つけた。辺りに誰もいないことをたしかめてから車を停め、電話に近づいていく。

白い照明の下、男はゆっくりと受話器を取った。

8

午後八時から始まった捜査会議は、十時が近づいた今も続いている。

各員からの報告は終わったのだが、神谷課長ら幹部がまだ粘《ねば》っているのだ。

「今回は被害者の身元がわかっていない。地取り班に頑張ってもらうしかないんだ」

神谷は腕組みをしながら言った。「報告した内容以外に、何か情報はないのか？　どんな小さなことでもいい。聞き込みで気づいたことがあれば言ってくれ」

講堂には重苦しい空気が満ちている。

特捜本部が設置されたのは今朝のことで、まだ本格的な捜査が始まってからいくらも時間がたっていない。それでも約四十名の刑事たちが十二時間近く捜査をすれば、何かしら情報が入ってくるのが普通だ。

しかし今回は、いまだにこれといった手がかりが見つかっていなかった。ショッピングモールで地取りをした刑事たちがいくつか目撃証言を得たが、収穫には結びついていない。目撃者たちが覚えているのは「黒いウインドブレーカーに眼鏡の男が歩いていた」ということだけだった。外見については防犯カメラの映像で確認済みだから、もっとほかの情報が必要だ。

「どうなんだ。遠慮せずに手を挙げてみろ」

神谷は部下たちの顔を見回した。だが捜査員席から報告の声は上がらない。所轄の刑事たちはみな、どうしていいかわからないという顔をしている。

「おい、おまえたち、課長がこうおっしゃっているんだぞ。何かないのか」

手代木管理官が促した。それでも捜査員たちは黙ったままだ。手代木はピンクの蛍光ペンを手にして、先端を部下たちに向けた。

「何かあるだろう、何か。それともおまえたちは今日一日、ただぼんやり歩いていただけなのか？　重要な捜査なんだぞ。他人事《ひとごと》のような気分でやられては困る」

塔子は鷹野のほうをちらりと見た。だが彼はじっと資料を睨んでいる。すでに心は会議から離れてしまっているのだろうか。

姿勢を正してから、塔子は「はい」と手を挙げた。

「如月か。よし、話してみろ」

手代木の指名を受け、塔子は椅子から立ち上がった。

「二点、お話ししたいことがあります。まず指が遺棄されたことですが、もしかしたら被害者は、身代金目当ての人物に誘拐されたんじゃないでしょうか。そうだとするとあの指は、犯人から被害者の家族へのメッセージかもしれません」

「なぜ四本も遺棄するんだ。被害者をそんなに痛めつけていいのか？」

「これまで交渉が進んでいたけれど家族の対応がまずかった、という可能性はありませんか？　犯人側は怒って、一気に四本の指を切断したとか……」

「誘拐の線については、俺のほうで調べてみた」神谷課長が口を挟んだ。「都内ではもちろん、千葉、神奈川、埼玉県などでも現在、誘拐事件は起こっていない。仮に警察に言うなと口止めされていても、指が四本も遺棄されたら、さすがに家族は警察に相談するだろう。今のところそういう通報はないから、誘拐事件の可能性は低いと思う」

そうですか、と塔子はつぶやいた。気を取り直して次の話に移る。

「では二点目です。今、この地域にある防犯カメラの映像を調べてもらっていますよね。でも東京マリンタウンを出たあと、黒いウインドブレーカーの男はどのカメラにも記録されていません。犯人は防犯カメラが設置されている場所を避けて歩いたんじゃないでしょうか」

「まだすべてのカメラの映像を調べたわけではないがな」と手代木。

「ええ、もちろん、このあとも調べていただきたいんですが……」塔子は続けた。「犯人はわざわざ人の多い場所で指を遺棄していますから、逃走することには自信があったんだと思います。この地域をよく知っていて、防犯カメラの場所も調べ上げていたから、あんな事件が起こせたんでしょう」

「この地域に土地鑑があるのは間違いないと思う。問題は、奴がどんな形でこの青海に関《かか》わっているかだ」

そうですね、と塔子は答える。

「鷹野主任と話したのは、犯人はこの地域で働いているのではないか、ということです」

「ショッピングモールの従業員かもしれない、ということだろう？　それは我々も考えている」

「それ以外にもいろいろな可能性があります。物流会社や倉庫会社の社員、高層ビルに入っている民間企業の社員、ホテルやコンビニの従業員。あるいは駅の職員かもしれないし、博物館の職員かもしれません」

　ここで神谷課長が早瀬係長に尋ねた。

「地取りはそのへんを意識して進めているんだよな？」

「そうですね。今は情報収集を急がせていますが、当然、事件の関係者が潜んでいる可能性を考えるよう指示しています」

「ですが、この犯人は一筋縄ではいかないかもしれません」塔子は早瀬に向かって言った。「計画的な事件を起こしただけでなく、かなり大胆な性格です。捜査員と出会ってもボロを出さないんじゃないでしょうか。現場周辺に犯人が潜んでいたという事件は、過去にも例がありました。極端なケースでは、テレビの取材を受けていた近隣住民がじつは犯人だった、というニュースも記憶に残っています」

　しばらく考えたあと、「わかった」と神谷はうなずいた。

「みんないいか。今回は、不特定多数が集まる場所で起こった事件だ。どこに犯人がいるかわからない。聞き込みの相手が犯人だということもあり得るから、充分注意してくれ」

　はい、と若手の刑事たちが声を揃《そろ》えて答えた。

　塔子が元どおり椅子に腰掛けると、神谷と手代木は小声で何か話し始めたようだ。おそらく明日の捜査について相談しているのだろう。

「ほかにも犯人のいそうな場所はある」鷹野が塔子に話しかけてきた。「青海だけでなく、台場や有明、あるいは新木場《しんきば》のほうまで捜査の範囲を広げたほうがいいかもしれない」

「根気よく、目撃者を捜していくしかないですね。そして少しでも早く、被害者を救出しないと……」

今日聞き込みで回った場所を思い出しながら、塔子は言った。

そのとき、内線電話の音が聞こえてきた。

デスク担当者が受話器を取り、相手と言葉を交わす。そのうち彼は戸惑うような表情になった。

「早瀬係長！」デスク担当者は大きな声を出した。「今、匿名の通報があったそうです。中央防波堤の『海の森公園』に女性の遺体がある、と……。左手の指が五本切られているから捜してみろ、と言っていたそうです」

塔子ははっとした。ほかの捜査員たちもみな、眉をひそめている。

五指のない女性の遺体。その特徴は今の塔子たちにとって、重大な意味を持っている。それは遺棄された指の主ではないのか？

背中に冷水を浴びせられたような気分だった。

——間に合わなかったんだろうか。

もしかしたら、犯人自身が電話をかけてきたのではないか、と塔子は思った。

根拠があるわけではない。だが相手は危険を顧みずショッピングモールに指を置いていくような人間だ。自信家であり、自己主張の激しい愉快犯。そんな男なら、警察に自分の犯行を通報してきそうな気がする。

「会議は中断だ。現場に行くぞ！」早瀬が捜査員たちに呼びかけた。

塔子たちは慌ただしく外出の準備を始めた。

第二章　ベイエリア

1

潮風の吹く湾岸エリアに、サイレンの音が響き渡る。

午後十時十分。捜査員たちを乗せた覆面パトカーは、一列になって緊急走行していた。

湾岸署を出て青海地区を南東へ。塔子たちが昼間走った倉庫街を抜け、その先、暁《あかつき》ふ頭公園の脇《わき》を通って海底トンネルに入る。地上に出ると、そこはもう中央防波堤だ。

防波堤といっても波をよけるための壁が見えるわけではなく、それ自体が埋め立てられた巨大な島と言っていい。現在も埋め立ては進行中で、地図には「中央防波堤外側埋立処分場」や「粗大ごみ破砕処理施設」といった表記がある。

赤色灯を点けた警察車両は、かなりのスピードで進んでいた。横風が強く、車体が少し風下に流される。塔子は運転席でハンドルを握り直した。

もともとあまり車の通る場所ではなかったが、夜十時を過ぎた今、交通量はさらに減っていた。前方を走っているのは物流関係のトラック数台だ。パトカーがやってきたと気づいて、運転手たちはスピードを緩めた。安全確認をしつつ、塔子たちはそれらの車を追い越していく。

と、そこへ大きな爆音が響いてきた。窓を閉めていてもわかるエンジン音だ。前方に青白いハイビームがいくつか見えた。対向車線をオートバイがやってくる。その数は五台、いや六台か。

エンジン音からすると、マフラーなどを改造している可能性がある。交通量の少ない夜の湾岸地区を走っているのだろう。

——そういえば、首都高を走り回る車もいたとか。

最近は減ったらしいが、「ルーレット族」というドライバーやライダーがいて、環状になった首都高速道路を暴走していたという。塔子などにはわからないが、彼らは猛スピードで走ることにスリルを感じていたのだろう。そういう人たちが場所を変え、こうして湾岸エリアを走っているのかもしれない。

ただし彼らは暴走族ではないから、警察車両の前で粋がったりすることはなかった。塔子たちのパトカーを見て、対向車線のライダーたちは速度を抑えたようだ。警察車両の列とオートバイの列はごく普通にすれ違った。

まもなく塔子たちは中防《ちゅうぼう》大橋の手前を左折した。暗い埋め立て地を道なりに進んで、海の森公園に到着する。

ここは東京湾岸署のある青海地区の南東に当たる。別のトンネルを抜けて西側に行くと、大田《おおた》区城南島《じょうなんじま》や羽田空港がある。逆に東側に向かうと、東京ゲートブリッジ経由で若洲《わかす》地区へ行ける。若洲橋を渡って北へ進めば、貯木場などのある新木場だ。そこからりんかい線に並走して西に進めば、東京湾岸署のある青海地区に戻れる。

東京湾岸をぐるりと回るルートができているというわけだった。

公園の出入り口付近に、東京湾岸署や機動捜査隊のパトカーが停まっているのが見えた。先に着いていた彼らは、すでに現場を調べているようだ。

塔子たちは車を降りると、制服警官の案内で公園に入った。

埋め立て地に造られているためかなり規模が大きく、公園というより雑木林の中を歩いているような印象がある。ひとけのない通路を進んでいくと、やがて右手に白いライトが見えてきた。

通路から外れて、塔子たちは低木の生《は》えた草地を歩いていった。落ち葉を踏むと、さくさくと乾いた音がした。

現場は通路から見えにくい場所だった。前方に鑑識課員が張った、目隠し用のブルーシートがある。

鑑識の調べが終わるのを待ってから、早瀬係長がこちらを振り返った。

「十一係、集まってくれ。ホトケさんを拝むぞ」

辺りの写真を撮っていた鷹野が、踵を返してシートのほうに向かう。尾留川や塔子も白手袋を嵌め、あとに従った。

ブルーシートで囲まれた空間に、塔子たちは入っていった。鑑識が持ち込んだライトが、足下を明るく照らしている。十一係のメンバーはそこに倒れている人物を見つめた。

ジーンズに緑色のダウンジャケット。そこだけ見ると性別がわかりにくいが、足にはパンプスを履いており、顔を確認すれば女性であることは明らかだった。緩いウエーブのかかった長めの茶髪。整えられた眉。しかし何者かに殴打されたのだろう、顔はあちこち腫《は》れ、額には裂傷もあった。彼女は冷え切った草地に横たわり、固く目を閉じていた。

年齢は三十代前半から四十代前半というところか。顎が細く、吊《つ》り上《あ》がり気味の目に特徴がある。

「お疲れさまです、早瀬さん」

写真撮影をしていたのか、帽子を前後反対にかぶった鴨下主任がやってきた。癖っ毛があちこちではねている。

「カモさん、状況を教えてもらえるか？」

早瀬に問われて、鴨下は説明を始めた。

「二十一時五十分ごろ、新木場の公衆電話から一一〇番通報がありました。ボイスチェンジャーで声を変えていて、今のところ年齢、性別は不明。通報内容はですね……」鴨下はメモ帳を開いた。「『東京湾の中央防波堤、海の森公園に女性の遺体がある。左手の指が五本切られているから捜してみろ。これは東京マリンタウンの事件と関わりがある』というものだったそうです」

「マリンタウンのことを言ってきたのか」早瀬は硬い表情で唸った。「だとすると、そいつは指を置いていった人物か……。いや、マリンタウンで指が見つかったことはニュースで報道されている。それを真似たという可能性も捨てきれない」

「ええ、たしかに。しかし、遺棄された指と切断面が一致しそうなんです」

鴨下はしゃがみ込んで、白手袋を嵌めた指先を伸ばした。倒れている女性の左手をそっと持ち上げ、こちらに向ける。

その左手には指がなかった。第二関節の下、付け根の辺りから五本とも切り取られている。鋭利な刃物が使われたと思われるが、骨を切るには一定の力が必要だろう。

犯人は体重をかけて骨を断ち切ったか、あるいは石やハンマーなどを刃物に打ち付けたのかもしれない。切断面の血はすでに止まっている。遺体周辺の草地に目立った血痕《けっこん》はなかった。

一方、右手には五本の指が揃っていた。爪にはピンク色のマニキュアが塗られていて、マリンタウンで発見されたものとよく似ている。ここまで条件が揃っていれば、もう否定することはできない。あの指の持ち主と考えて間違いないだろう。

——被害者を助けることができなかった……。

塔子はひとり唇を嚙んだ。この女性は生前に指を切断されていた可能性が高い。どこかに監禁され、痛みをこらえながら助けを求めていたに違いない。

今回の青海事件では遺体が出る前に、四本の指が発見されていた。もしかしたら被害者は生きているのではないか、という希望があった。

しかし今、塔子が抱いていたその希望は消えてしまったのだ。

東京湾岸署からこの公園までは、わずか四、五キロだ。被害者が監禁されていた場所も、ここから近いのではないか。それなのに、自分たちは何もできなかった——。

「頸部《けいぶ》に索条痕……。ロープか何かで首を絞められたんだな？」

遺体の首を観察しながら早瀬が尋ねた。ええ、と鴨下はうなずく。

「このあと遺体を運んで死亡推定時刻を割り出します。それから指の付け根のチェックですね。資料写真で確認したところでは、マリンタウンで見つかった指の切断面と一致すると思いますが……」

「それでカモさん、マル害の身元はわかっているのか？」

鴨下はメモ帳のページをめくった。

「被害者のバッグなどはありませんが、ポケットから免許証が見つかりました。高崎《たかさき》瑞江《みずえ》、三十七歳、現住所は目黒《めぐろ》区。取り急ぎ確認したところ、教材販売会社の社員でした」

「教材販売会社か……」早瀬は考え込む。

鷹野はデジタルカメラの画像をチェックしていたが、そのうち顔を上げた。

「マリンタウンで発見された指は四本でした。鴨下さん、この公園で親指は見つかりましたか？」

「いや、現時点では見つかっていない。広い公園だし、今はこの暗さだ。明日、人数を増やして一斉に捜索する予定だよ」

「仮にどこかに落ちていたとしても、見つけるのに時間がかかりそうだな」

辺りを見回しながら早瀬が言った。風が吹いて、木々の枝が音を立てた。

「そうですね。逃走するとき、犯人が気まぐれにどこかへ捨てたとしたら、見つからないかもしれません」

鴨下は渋い表情で早瀬に答える。その横で、鷹野が再び口を開いた。

「いや、それはないような気がしますよ。犯人は何らかのこだわりをもって、遺体から指を切り取ったと考えられます。五本のうち一本だけ、適当に捨てていくでしょうか」

「まあ、たしかにな。この事件の犯人は相当、自己顕示欲が強いようだが……」

ひとり唸りながら、鴨下はしきりに首をかしげている。

遺体を調べていた尾留川が、立ち上がってこちらを向いた。

「もし鷹野さんの言うとおりだとすると、やっぱり俺たちは指を一本見落としたってことですかね。犯人はもともと五本の指をすべてマリンタウンに遺棄した。それなのに最後の一本を発見できなかった、と……」

「おい尾留川、変なことを言うなよ」鴨下は顔をしかめた。「俺たち鑑識や、機捜、所轄の調べが不充分だったというのか？」

「あ……いえ、そうは言いませんけど」

指が複数出てきたとわかった時点で、現場だけでなくその周辺まで、相当念入りに調べてあるはずだった。

「ほかに高崎瑞江の所持品などは？」早瀬が鴨下に訊いた。

鴨下は部下を手招きする。透明な証拠品保管袋を受け取り、彼は顔の高さに掲げた。

「免許証と同じポケットから、これが出てきました。メモリーカードです」

家電量販店などで販売されている、一般的なデータ記録メディアだ。塔子もこのタイプの商品をパソコンで使ったことがある。

「何かデータが保存されているかもしれません。持ち帰って調べてみます」

「マル害のそのポケットはわかりにくいものだったのか？」

「いえ、ごく普通のポケットでしたね」

「だとすると、犯人が見落としたわけではないな」早瀬は鴨下を見つめた。「もしかしたら免許証もそのメモリーカードも、犯人があえて残していったのかもしれない」

たしかに、と塔子も思った。指を切った時点で犯人は高崎瑞江を拉致していただろうから、そのあと丸一日、ポケットを調べずにいたとは考えにくい。慎重な犯人なら、不利な証拠品は絶対残さないはずだ。

「もし免許証を故意に残したとなると、被害者の身元を隠す気はなかったということですよね」

塔子が尋ねると、早瀬と鴨下は揃って「そうだ」と答えた。だがその意図については、ふたりとも思いつかないようだった。

本来なら初動捜査として周辺で聞き込みをすべきだが、ひとけのない埋め立て地の公園だし、時刻もかなり遅い。

所轄の捜査員たちが念のため公園の内外を捜したが、不審な人物は発見できなかった。今夜の捜査は一旦打ち切りと決まった。

「このあと午前零時から捜査会議を再開する。みんな、急いで引き揚げてくれ」

早瀬が大きな声で伝えると、捜査員たちは撤収の準備を始めた。

鷹野は園内の写真を撮っていたが、その作業を切り上げ、塔子のほうを向いた。

「俺たちも戻るとするか」

「長い夜になりそうですね」

強い風が吹いた。枯れ葉が飛ばされてきて、足下をすり抜けていく。塔子は髪を掻き上げながら、こう続けた。

「今回の事件、すごく嫌な感じがします」

「というと？」

「指を切断して世間を騒がせたあと、本人を遺棄したというのが気になります。なぜ二段階だったんでしょう？」

「犯人は劇場型犯罪を楽しんでいるんじゃないだろうか」

「それにしても何かがずれているというか、私たちの考える定型的な犯罪から外れているように思えて……」

その先をどう説明しようかと塔子が考えていると、鷹野が尋ねてきた。

「たとえば、利害や損得の感情が通じないとか？」

「ああ……そうかもしれません。普通そんな目的のためにこんな行動はとらないだろう、というようなことをしてしまう。それがこの事件の犯人だという気がします。犯罪者も人間ですから、話せば通じるはずだと私は思っていました。でも今回はどうなんだろう、と考えてしまうんです」

鷹野は黙り込んでいたが、カメラをポケットにしまってから口を開いた。

「如月の勘は馬鹿《ばか》にできないからな。……だが今回はその勘が外れていることを祈るよ。もしこの犯人がまったく論理的でない行動をとっているのなら、俺たちは奴を逮捕できないかもしれない。俺たちの筋読みは、捜査で集めた情報をもとにしているんだ。論理的でない行動をとる犯罪者の前では、我々は力を発揮できない。いつになっても犯人にたどり着けないということだ」

「そうだとしたら、なおさら私の勘で犯人を見つけなくちゃいけませんね」

「だがその勘を裏付ける情報がなければ、ただの言いがかりだ。それじゃ犯人を捕らえることはできないぞ」

鷹野の言うとおりだった。自分たち警察官は情報を集め、論理的、合理的に捜査を進めなければならない。犯人がどんなにめちゃくちゃな行動をとったとしても、逸脱した捜査は許されないのだ。

——このままでは、犯行の目的さえ推理できないのでは……。

捜査が後手後手に回っていることは反省すべきだろう。だがそれ以上に、犯人の考えが読めないことが気になった。

2

十二月五日、午前零時。東京湾岸署の講堂に、捜査員たちは再び集まった。

長時間の捜査や深夜の臨場には慣れている。だが今回は捜査会議の途中で女性の遺体が発見され、夜半から会議の再開となった。中には、少し疲れた顔をしている若手捜査員もいた。

深夜ではあるが、幹部席には手代木管理官だけでなく、神谷捜査一課長や東京湾岸署の署長も集まっていた。それだけ事態は切迫しているのだ。

早瀬係長は神谷たちと何か話していたが、やがてホワイトボードの近くにやってきた。無意識なのか、腹部を右手でさすっている。早瀬はもともと胃が弱い体質で、普段から薬をのんでいるそうだ。今もまたストレスで胃が痛むのだろう。

「では会議を再開します」早瀬は眼鏡の位置を直してから、捜査員たちを見回した。「配付した資料に、今夜発生した中央防波堤事件の概要がまとめてあります。午後九時五十分ごろ、ボイスチェンジャーを使った一一〇番通報があり……」

所轄の警察官が現場に駆けつけ、海の森公園の中を探したところ、通報どおり女性の遺体が見つかった。その報告を受けた上司は、東京マリンタウンで起こった「青海事件」の特捜本部に連絡してきたという。

ポイントはやはり被害者の指だった。

「青海事件で現場に残されていたのは、左手の親指を除く四本。今夜見つかった高崎瑞江の遺体を調べたところ、左手の五指が切断されていました。先ほど切断面を確認して、四本の指は高崎のものに間違いないとわかりました」

捜査員席のあちこちから、低い唸り声が聞こえた。あらかじめ予想されていたことではあったが、これで事実がはっきりした。東京マリンタウンの一件は殺人事件となってしまったのだ。

「高崎瑞江はロープなどで首を絞められて殺害されたと考えられます」早瀬はマーカーを使ってホワイトボードに時刻を書いた。「死亡推定時刻は昨日、四日の二十時から二十一時の間です。指が遺棄されたのはその前日、三日の十九時ごろですから、生前に切断されたことは明らかです。殺害までの間、高崎瑞江はどこかに監禁されていた可能性が高いと思われます」

公園の入り口から死体遺棄の現場まで、防犯カメラは設置されていなかったという。埋め立て地では、それも仕方ないことだろう。

ボイスチェンジャーを使ったことからも、通報してきたのは犯人自身だと考えられる。では、なぜ彼はわざわざ警察に知らせてきたのか。一般的な犯罪者の心理として、遺体を隠そうとするのが普通だろう。遺体が発見されなければ犯行が明らかにならず、自分が疑われることもないのだから。

しかし、と塔子は思う。この犯人は常識では考えにくい行動をとる。青海事件にもそれが表れていた。人目を恐れず、わざわざ切断した指を商業施設に置いていったのだ。

ホワイトボードを使って、早瀬係長は被害者・高崎瑞江の経歴をみなに説明した。

高崎は三十七歳、目黒区のマンションでひとり暮らしだったという。その家には今日の朝一番で鑑取り班が向かうそうだ。また、彼女が勤務していた教材販売会社でも情報収集を行うことになった。

「地取り班は遺体が見つかった海の森公園で、目撃者がいないか調べてください。あいう場所だから難しいとは思うが、念のためです。もしかしたらトラックのドライバーが何か見ていたかもしれない。それから、指の見つかった東京マリンタウンでの情報収集も続けてほしい。範囲が広くなりますが、うまく調整してください」

「早瀬、ナシ割り班についてはどうなる？」神谷課長が尋ねた。「今回、カフェとアクセサリーショップに指が遺棄された。ふたつの店で何か気になる商品はないのか？犯人が何かのブツにこだわっていることも考えられるだろう」

「ええ、引き続き入念に捜査するよう指示してあります。そうだな？」

早瀬の質問を受けて、ナシ割り班の刑事が快活な声で答えた。

「店頭商品のリストアップと、気になる品の追跡調査を進めます。ものによっては出どころが特殊な品もありますから、それが犯人の手がかりになるかもしれません」

早瀬が各班の人員配置を組み直し、みなに伝えていたときだった。講堂のドアが勢いよく開いて、廊下から男性が駆け込んできた。

癖っ毛の目立つ、鑑識の鴨下主任だ。普段は穏やかな印象の彼が、今はひどく焦っているように見える。鴨下は机の間を足早に進んで、幹部席に近づいていった。

「神谷課長、至急ご報告したいことがあります。高崎瑞江が持っていたメモリーカードの件です」

「何が入っていた？」と神谷。

「音声データです。別のカードにコピーしてきました」

鴨下は作業用のメモリーカードを持っていた。それを見て手代木が尋ねる。

「聞くことはできるのか？」

「はい。試しに先ほど聞いてみたんですが、なんというか、異様な内容でして」

「異様というのは何だ。はっきり言ってみろ」

「いや、その……とにかく異様としか……」

どう説明したらいいかと、鴨下は困っているようだ。横から早瀬係長が質問した。

「カモさん、みんなに聞かせても問題ないか？」

「ええ。おそらく犯人が吹き込んだものです。落ち着いて聞いてください」

「わかった。……おい尾留川」早瀬は捜査員席に向かって、手招きをした。「パソコン、すぐに使えるよな？　みんなに聞こえるようスピーカーにつないでくれ」

「了解です」

機械類に詳しい尾留川が席を立ち、前に出ていった。デスク担当者のパソコンを借りてスピーカーに接続し、鴨下からメモリーカードを受け取る。オプションの読み取り装置にカードを挿して、マウスを操作した。

やがて準備ができると、尾留川は音声を再生させた。講堂の前方にあるスピーカーから、ざざ、ざ、ざ、というノイズが流れだした。

尾留川がボリュームを調整する。全員が息をひそめて待つうち、奇妙な声が聞こえてきた。ボイスチェンジャーを通して録音したものだろうが、おそらく喋っているのは男性だ。

「警察の諸君、この女をやったのは俺だ。この録音をしっかり聞いて、俺の言葉を心に刻んでもらいたい。……今から面白い話を聞かせてやろう。事実なのか妄想なのかはあんたらが判断してくれ。

それは、ある秋の夜のことだった。青白い月明かりが辺りを照らしていた。海から吹いてくる潮風がとても心地よかった。なあ、あんたたち、潮風は好きか？　もともと地球上の生き物は、みんな海で生まれたあと陸へ上がったといわれている。海は生命の源ってわけだ。生命の源、いい言葉だと思わないか。

その夜、善人は自分の家でくつろいでいた。夕飯をたっぷり食べて、コーヒーを飲んで、寝る前に本を読んでいた。窓の外から聞こえてくる穏やかな波の音。気持ちのいいリズムだ。ところがそのとき、とんでもないことが起こった。悲劇。不幸。災厄。そんな生やさしい言葉では表現できないようなことだった。

突然悪人が家に押し入って、善人に襲いかかった。善人はなんとか逃げ出そうとしたが無理だった。捕らえられ、善人は激しい暴力にさらされた。倒れて気絶することも許されない、煉獄《れんごく》にも似た苦しみ。この世の悪意を煮詰めたような、悪人のどす黒い笑い。そのとき、闇の中に大きな悲鳴が響いた。時が止まり、一切の風がやんで凪《なぎ》になったかのような海面。その上を残響が渡っていく。善人は血にまみれて倒れ伏した。善人の財産は悪人に持ち去られた。さて、ここからが本題だ。警察の諸君、あんたたちに命令する。この女の身元を絶対に公表してはいけない。もし公表したら、俺は無差別に買い物客を殺すだろう。いいか、これは脅しじゃない。俺はそういう人間なんだ。やると決めたら必ずやるんだよ。殺してやる。殺す殺す殺す。ああああああっ！」

突然響き渡った絶叫を聞いて、塔子は慄然《りつぜん》とした。かつて、こんな叫びを聞いたことは一度もない。どこか壊れているのではないかと思わせる、異様なメッセージだった。

奇怪な声は終わり、またノイズが聞こえてきた。

尾留川は強《こわ》ばった表情で鴨下主任を見た。鴨下は小さくうなずく。どうやら音声データはここまでらしい。マウスを動かして、尾留川はデータの再生を止めた。スピーカーからのノイズが消え、講堂の中に静寂が訪れた。

捜査員たちはみな黙ったままだ。毒気に当てられたように、青い顔をしている者もいる。

咳払いをしてから早瀬が口を開いた。

「犯人からのメッセージ……ということか？」

「そう考えられます」鴨下は険しい顔で答えた。「奴は高崎瑞江を殺害したあと、わざわざ彼女のポケットにメモリーカードを入れたんでしょう」

遺体を放置するだけでなく、犯人は死者に自分のメッセージを託したのだ。そしてその内容は塔子たちを驚かせるような、凄絶《せいぜつ》なものだった。

「過去に何らかの事件があったんだろうか」神谷課長が言った。「善人というのはその事件の被害者、悪人というのは加害者かもしれない。今回事件を起こしている犯人は、過去の事件を恨んで、悪人とやらに復讐《ふくしゅう》した可能性がある」

「その悪人というのが高崎瑞江なんでしょうか」

早瀬が尋ねると、そうだな、と神谷は答えた。

「あるいは高崎に近しい者のことなのか。……奴の言うことを真に受けるのはどうかと思うが、高崎の身元を公表すれば無差別殺人を起こす、という話は気になる。対応について部長と相談してみよう」

渋い表情を浮かべて神谷は言った。

鷹野が急に椅子から立ち上がった。彼は尾留川や鴨下のそばへ行き、真顔で話しかける。

「鴨下さん、その音声データの作成日時はわかりますか？」

「あ……」鴨下はそのことを、今まで思いつかなかったらしい。「そうだよな。すまない、早く確認しておくべきだった」

尾留川からマウスを借りて、鴨下はメモリーカードの内容をチェックした。

「音声データが作成されたのは昨日、十二月四日の二十時四十分だ。ただ、この日付はあとから書き換えることもできるから、正確かどうかはわからない」

「もし四日の二十時四十分だったとすると……」鷹野は記憶をたどる様子だ。「犯人は高崎さんを殺害する前後、どこかのタイミングでこの音声を録音したことになりますね」

「それにしても奇妙なメッセージだ。真実なのか、妄想なのか……」早瀬は唸った。

「いずれにせよ、重要な手がかりであることはたしかだが」

「いや、奴の罠《わな》かもしれませんよ。捜査を混乱させるための工作という可能性もあります」

鷹野はあくまで慎重だ。これが犯人自身から与えられた情報である以上、警戒するのは当然のことだった。

「しかしな、鷹野」眼鏡のフレームに指先を当てながら、早瀬は言った。「たとえこれが罠だったとしても大きな意味がある。罠には、仕掛ける人間の癖が出るからだ。そうは思わないか？」

顎に指先を当てて鷹野は考え込む。やがて彼は早瀬に向かってうなずいた。

「たしかに、そのとおりですね。このメッセージを詳しく分析すれば、何かわかるかもしれません」

「尾留川はデータ分析班だったな」早瀬は体の向きを変えた。「この音声データを科捜研に送って、解析を依頼してくれ」

「了解しました。すぐに送ります」

そう答えると、尾留川は早速マウスに手を伸ばした。


一通りの議事が片づいたところで会議は終了となった。

腕時計に目をやると、もう午前一時三十五分になっている。塔子と鷹野は十分ほど捜査の段取りを打ち合わせたあと、椅子から立ち上がった。

「明日も早いぞ。急いで飯を食って寝たほうがいい」

書類を鞄にしまいながら鷹野が言う。塔子は腕時計を指差してみせた。

「この時間だと、今夜の打ち合わせは無理ですね」

特捜本部に入るたび、塔子は「殺人分析班の打ち合わせ」と称して先輩たちと食事をしている。捜査会議とは別に、仲間内で情報交換や筋読みを行うのだ。それが事件の解決に結びつくことも多く、幹部たちにも一目置かれているようだった。

一ブロック隣のビルにコンビニエンスストアがあったはずだ。お弁当を買ってきましょうか、と塔子が訊くと、鷹野は少し考えてから首を振った。

「一緒に行こう。気分転換に少し外を歩きたい」

ふたりは事件のことを話しながら階段を下りていった。

署の一階にはマスコミの人間がまだかなり残っていて、副署長や特捜本部の刑事たちから情報を聞き出そうとしている。

知り合いの記者に見つからないよう注意しながら、塔子と鷹野は署の玄関に向かった。

ふと見ると、玄関の内側にあるロビーで、徳重が携帯電話をいじっていた。彼は画面を見つめて眉をひそめている。

「トクさん、どうかしたんですか？」

塔子が声をかけると、徳重は渋い顔をこちらに向けた。

「ああ、如月ちゃんか。いつものように掲示板を見ていたんだけどね……」

徳重は情報収集だと言って、日ごろからネットの掲示板を閲覧しているらしい。ある掲示板のユーザーたちは、なぜか彼のことを二十代の若者だと思っている。徳重のほうもあえて訂正せずにいるそうだ。

「SNSにおかしな写真が載っているって、知り合いから教えてもらってね。確認していたんだけど、これはまずいよ。非常にまずい」

彼は携帯の液晶画面をこちらに向けてくれた。塔子と鷹野は揃って覗き込む。それは一般によく利用されている有名なSNSで、メッセージのほかに画像や動画ファイルなども自由に添付することができる。

　徳重が指し示した投稿はふたつだった。早いほうは約二十分前のもので、《必見！犯罪被害者の画像をアップする予定。このアカウントを今すぐフォローせよ》と書かれている。そのあと、今から十五分ほど前、午前一時三十分に画像付きの投稿が行われていた。

　塔子はその画像の意味するものに気がついた。

「これ、高崎さん……」

　思わず声に出してしまったが、署の一階にはマスコミの取材陣がいる。塔子は両手で自分の口をふさいだ。

　あらためて画像に注目してみる。どこかの部屋の中で、ブルーシートの上に女性が横たわっていた。顔の特徴などから、高崎瑞江であることは間違いない。

「投稿したのは何者ですか？」

　ささやくように、鷹野が徳重に尋ねた。彼もまた険しい表情になっている。

「プロフィールを見ましたが、個人が特定できるような情報は載っていませんでした」

「ほかにも投稿はありますか？」

「いえ、この二件だけです。画像付きの投稿には『犯罪被害者・女性』と書き添えてあります。興味本位でアクセスする人が多いらしくて、どんどん拡散していますよ」

どうやら投稿主はこの画像をアップするためだけに、アカウントを取得したらしい。

「どういうつもりなんでしょう」塔子は声を低めて言った。「これを投稿したのは、たぶん犯人ですよね？」

「間違いないと思うよ」

徳重はもう一度自分の携帯に目を落とした。

画像が投稿されたのは十五分ほど前だから、まだ警察内部の人間もほとんど気づいていないだろう。徳重は携帯で早瀬係長に架電し、この件について報告した。

「早瀬係長からサイバー犯罪対策課に連絡してもらいました。尾留川くんたちデータ分析班も動いてくれるそうです」

アカウント情報が開示されたとしても、投稿した本人にたどり着けるかどうかはわからない。だが、調査を続ければ何か情報が入手できるかもしれない。

そんなことを三人が話していると、自動販売機の陰《かげ》から声が聞こえた。

「もうその件、うちはつかんでいますよ、鷹野さん」

はっとして塔子たちは振り返った。自販機のほうからこちらにやってきたのは、ふたりの男性だ。ひとりは三十代前半で髪がやや長く、両耳にかぶさっている。もともと濃いのか、それともあまり剃《そ》らないタイプなのか、顎に少しひげが生えていた。よれよれのスーツを着ているが、目つきはかなり鋭い。

もうひとりは顎ひげの男より若くて、二十代半ば、たぶん塔子より年下だと思われる。こちらはきちんと整髪していて、真面目そうな印象だった。厚めの一重まぶたで上品な雰囲気もある。

「ご無沙汰《ぶさた》してます、鷹野さん、徳重さん」

顎ひげの男は口の右端《みぎはし》を上げて笑った。シニカルで、相手を見下しているようにも見える表情だ。その横で、若いほうの男は黙り込んでいる。

「さて、誰だったかな」

鷹野は顎ひげの男にそんなことを言ったが、たぶんとぼけているだけだろう。見ず知らずの人に対して、鷹野はこんなふうに挑戦的な態度はとらない。

「またそんなことを……。大都《だいと》新聞の仙道滋《せんどうしげる》ですよ」

「ああ、そうだったかな。そちらは？」

と鷹野が尋ねると、若いほうの男は会釈をした。

「仙道と同じ部署の小杉広司《こすぎこうじ》です。よろしくお願いします」

彼は名刺を差し出した。それを受け取って鷹野は軽くうなずく。

「で、仙道さん。さっきの話だが、おたくで情報をつかんでいるって何のことだい？」

「しらばっくれないでくださいよ。今、徳重さんと一緒にSNSを見てましたよね。そこに妙な写真が出ているでしょう？」

鷹野は黙り込んだ。どう応じるべきか考えているようだったが、隠しても仕方ないと思ったのか、ひとつ息をついてから答えた。

「仙道さんは我々より早く見つけていたわけか。だったらどうして俺たちに声をかけてきた？」

「だってほら、記事にするには裏をとらなくちゃいけないでしょう」仙道は眉を大きく上げながら言った。「鷹野さんに確認すれば、これが例の事件の被害者だとお墨付きをもらえるんじゃないかと」

「俺がそんなお墨付きを与えるわけ、ないだろう？」

「条件次第ではそういうこともあるんじゃないかと思いましてね。うちがつかんだ情報をそちらに流すと言ったらどうです？　その代わり、鷹野さんからも捜査情報を流してほしいんですよ。ギブアンドテイクってことで」

仙道は妙な提案をしてきた。鷹野は彼の顔をしばらく見ていたが、じきにこう答えた。

「交渉する相手を間違えているよ。悪いけど俺はそういう話には乗らない」

「またまた……。鷹野さん、もう少し頭を柔らかくしましょうよ。警察官の給料じゃ、そう贅沢《ぜいたく》もできませんよね。うちと組んでくれれば旨《うま》いものを食べられるし、情報だって手に入ります。万々歳じゃないですか」

「あんたは万々歳かもしれないが、下手をすればこっちは処分されてしまう。あいにく俺はこの仕事が気に入っているんだ。今から辺鄙《へんぴ》な交番勤務にはされたくない」

仙道は低く唸って、鷹野の顔から目を逸《そ》らした。顎ひげを撫《な》でながら、彼は舌打ちをした。

「まあ、そういうことなら仕方ない。いいですよ。うちはうちの方法で取材させてもらいます」仙道は視線を転じた。「ああ、そうだ。徳重さんでもかまいませんよ。もしうちに協力してくれる気になったら連絡してください」

「そんな言い方されてもねえ」徳重は穏やかな口調で応じたが、目は笑っていなかった。「おたくの新聞、前に誤報をやったでしょう。それも警察を批判するような内容だった。こう見えて、私は根に持つタイプでね」

「はいはい、わかりました。すみませんでしたね」

からかうような調子で仙道は言う。こんな態度では交渉も取材もうまくいくはずがないのに、と塔子が思っていると、

いのだ。

「そちらは如月さんでしたね」

急に名前を呼ばれたのでぎくりとした。仙道に対する不信感が、自分の顔に出てしまったのだろうか。いや、その前に不思議なことがある。塔子はこの男とは面識がないのだ。

「どうして私の名前を？」

「そりゃあ知ってますよ。お父さんの遺志を継いで捜一に入った女性刑事って、有名ですからね」

現在、捜査一課に女性捜査員は数えるほどしかいない。これまで鷹野とともに大きな事件に携わってきたこともあり、塔子の存在は目立つのだろう。

どう答えたものかと塔子が考えていると、仙道はそばに控《ひか》えていた小杉のほうを向いた。こちらに聞かせるためなのか、彼ははっきりした口調で命じた。

「おい小杉、そのアカウントに取材の申し込みをしろ」

「えっ？」

小杉はまばたきをした。仙道のこの指示は、彼にとっても予想外だったようだ。

「そのSNSは誰でもメッセージを送れるだろう？　大都新聞の記者ですが、取材させてくださいと書け。返信が来たら、あとはダイレクトメッセージで他人に見えないように連絡させてほしいってな」

「いいんですか、先輩」

小杉の顔には戸惑いの色があった。だが後輩の気持ちを無視するように、仙道はもう一度強く命じた。

「早くしろ。もたもたしてると、ほかの記者に持っていかれるぞ。おまえだってスクープをとりたいだろうが」

その言葉が小杉を動かしたようだ。彼はこくりとうなずいた。

「わかりました。メッセージを送ってみます」

小杉は携帯の操作を始めようとする。塔子は慌てて口を開いた。

「仙道さん、待ってください。そのアカウントの主は、犯罪者である可能性が高いんです。そんな人物にSNSを通して取材するなんて……」

「SNSでなくちゃ接触できないんだから仕方ないでしょう。今回は向こうから情報を発信してるんだ。奴は当然、メッセージが来ることを期待しているはずです」

「殺人犯に連絡をとって、相手を刺激してしまったらどうするんです？」

「如月さん、どうやらあんたと話しても無駄なようですね」そう言ったあと、仙道は厳しい目で小杉を見た。「かまわないから、メッセージを送れ」

「やめてください。そんなことをされたら捜査に支障が出ます」

塔子が止めようとしても、仙道は平気な顔をしている。普段から警察署に出入りしている彼は、こういう場面でも動じることがないようだ。

見かねて鷹野が何か言おうとした。徳重も一歩前に出た。だがそのとき、うしろから別の声が聞こえてきた。

「こんな場所で立ち話か?」

はっとして塔子たちは振り返った。そこにいたのは手代木管理官だ。捜査会議のときと同様、彼は険しい表情をしていた。

「大都新聞さん、ちょっと話がある」

「手代木さん、怖い顔をして何です?」

管理官を前にしても、仙道はほとんど態度を変えなかった。手代木は彼の肩に手をかけ、壁際に連れていく。ふたりは自販機のそばで何か話し始めた。残された塔子たち三人と小杉記者は、黙ってその様子を見守った。

一分ほどで話は終わったようだ。仙道はこちらに戻ってきて咳払いをしたあと、ぶっきらぼうな態度で後輩に言った。

「メッセージは送らなくていい。行くぞ」

挨拶もしないまま仙道はロビーの奥へと歩きだす。そんな先輩の背中を、小杉は驚いたように見つめた。どうしようかと考えているようだったが、彼は塔子たちをちらりと見てから、先輩のあとを追った。

　ふたりが角を曲がって見えなくなると、徳重がほっとした顔で手代木に話しかけた。

「ありがとうございます。助かりました」

「彼らには彼らの優先順位があるからな」手代木は腕組みをした。「とはいえ、最近の記者はすぐ楽をしようとする。ＳＮＳで取材だなんて、どういうつもりだ。俺たちが若かったころには、マスコミの人間にも骨があった。そう思わないか、徳重」

「おっしゃるとおりです、手代木管理官」

　あらたまった調子で徳重は答える。それを見て手代木は眉をひそめた。

「なあ徳重。おまえは……」

　そのとき、携帯電話の着信音が聞こえた。

「すみません、我々はこれで」

　手代木に軽く会釈をして、鷹野はポケットから携帯を取り出す。通話ボタンを押してから、彼はポスターの貼られた壁際に移動した。塔子も手代木に頭を下げ、鷹野のあとに続く。

　塔子には聞こえないと思ったのだろう、手代木が話しだした。

「前から思っていたんだが、徳重、おまえ、そんな枯れ方をしていいのか？」

「はい？」

「組織の中で上下関係は絶対だ。巡査部長のおまえが、警部補の鷹野に気をつかうのはよくわかる。だがさっきのような場面では、おまえが意見を述べてもいいんじゃないか？」

手代木の言葉を聞いて、徳重は戸惑っている様子だ。

「いや、しかし私は……」

「俺たちはもう若くない。そろそろおまえの経験してきたことを、若い連中に伝えていったほうがいいと思うがな。鷹野はできる奴かもしれないが、いつも頭で考えようとする。そこがあいつの弱点だ」

突然そんな話が出たので塔子は驚いた。徳重には悪いと思ったが、つい聞き耳を立ててしまった。

「ご忠告ありがとうございます。よく考えてみることにします、管理官」

「そういう喋り方もな……」言いかけたが、手代木は思い直したようだ。「おまえはいったい、何を遠慮しているんだ」

「いえ、これが私のスタイルですから」

徳重は穏やかな声で答える。

――そういえば、手代木管理官とトクさんは同期だったんだ。

徳重は現場の捜査にこだわったため、ある時期から昇任試験を受けなくなったと聞いている。彼は二十歳ほど若い鷹野に対しても、普段から敬語で話していた。警察という組織の中で階級は重要な意味を持つ。しかし周囲に気をつかいすぎる徳重の態度を見て、手代木には思うところがあったのだろう。

電話を終えて、鷹野が不思議そうに尋ねてきた。

「どうかしたのか？」

「いえ、何でもありません」塔子は腕時計に目をやった。「ああ、もうこんな時間ですね。早くしないと、お弁当がなくなってしまうかも……」

「おにぎりでもサンドイッチでも、食べられればそれでいいよ」

鷹野は署の玄関に向かった。あとを追いながら、塔子はうしろを振り返る。

手代木と徳重は、今も何か話し続けているようだった。

3

ハンドル脇のデジタル表示は、午前二時四分を示している。

ランドクルーザーを運転しながら、男は何度かルームミラーに目をやった。つけてくる車は一台もない。数時間前の出来事を知る者は誰もいないのだ。このまま走り続けてもまったく問題ないだろう。

彼が警察に通報したことで、女の遺体はすでに見つかっているはずだった。おそらく朝一番で報道されるに違いない。いや、ネットのニュースではもう報じられているかもしれなかった。

その報道を見て、世間はまた驚くのだ。十二月のこの時期、クリスマスが近いというのになぜ物騒な事件が起こるのか、みな首をかしげることだろう。

高ぶる気持ちを抑えながら、男はアクセルを踏んだ。

深夜の道を走り続け、ランドクルーザーは目的地に到着した。

白壁の民家の前でエンジンを切る。フロントガラス越しに辺りの様子をうかがったあと、男は運転席から外に出た。リュックサックを背負って民家の門に向かう。

この辺りは企業の事務所や倉庫、アパート、個人宅などが混在する一画だ。昼間はそこそこ人通りもあるが、午前二時を回った今、辺りに人の気配はない。

目的の家に明かりは灯《とも》っていなかった。普通の生活をしている者なら、今の時刻、当然眠っているはずだ。

敷地《しきち》内に入ると、男は玄関には向かわず建物の右手に回り込んだ。花壇のある庭を進んで、裏手の窓に近づいていく。

革手袋を嵌めた手にマイナスドライバーを持ち、ガラスと窓枠の間に先端を差し込んだ。こじるように力を入れる。何度かそれを繰り返すうち、小さな音がしてガラスが割れた。破片を取り除いたあと、右手を差し込んでクレセント錠を外す。窓は簡単に開いた。

男は靴を履いたまま建物に侵入した。調べていたとおり、そこは風呂《ふろ》場の近くの廊下だった。じっと耳を澄ましてみたが物音はしない。

足下には常夜灯があり、それを頼りに歩くことができた。間取り図を思い浮かべながら、息をひそめて進んでいく。

侵入した窓から数えて三つ目が、寝室のドアだったはずだ。男はマイナスドライバーをリュックサックにしまい込んだ。

そのとき、いきなり目の前のドアが開いた。

咄嗟《とっさ》に男は身構えた。室内から常夜灯の明かりが漏れてくる。青いトレーニングウエアを着た人物がいて、ドアノブに手をかけたまま目を丸くしていた。おそらくトイレにでも行こうとして起きてきたのだろう。

「え？　ちょっと……」その家の住人は目を大きく見開いた。

男は体重をかけ、相手を室内に押し戻した。バランスを崩して、住人はうしろに下がっていく。男は相手をベッドの上に押し倒した。

「誰だ！　この野郎……」

住人は叫ぼうとしたが、次の瞬間、つぶされたカエルのような声を出した。脇腹《わきばら》を押さえて身をよじっている。

じじじ、と音がして、薄闇の中に青白い光が走った。男の右手にはスタンガンが握られている。それを押しつけられて、住人は激痛に呻いていた。

もう一回、二回と電撃を加えると、相手はスタンガンの光に怯《おび》えるようになった。青白い光を見ただけで身をすくめ、頭をかばうような仕草をした。

「抵抗したら殺す!」

男の言葉を聞いて、住人は小さな悲鳴を上げる。

「騒いでも殺す。逃げようとしても殺す。おまえに自由はない」

男はさらにスタンガンの一撃を加えた。それを受けて、相手は抵抗する意志を失ったようだ。

ポケットからロープを取り出し、住人の両手首を縛る。ガムテープで相手の目をふさぎ、口にもテープを貼り付けた。

「立て!」

相手の体を起こしてベッドから下ろし、フローリングの床に立たせた。電撃を受けたせいか、あるいは視界をふさがれたせいか、住人はふらふらしている。男は乱暴にその体を引っ張り、寝室から廊下へ移動させた。

靴を履かせるのは面倒だ。玄関のドアを開け、裸足《はだし》のまま前庭を歩かせた。門の外には先ほど停めた銀色のランドクルーザーがある。男はドアを開け、相手を後部座席に押し込んだ。

「おとなしくしていろ。わかってるだろうな？」

最後にもう一度スタンガンを押しつけた。びくん、と相手の体が動き、ガムテープの下から苦しげな呻き声が漏れる。男はシートベルトで住人の体を固定した。

運転席に乗り込み、素早くエンジンをかけた。サイドブレーキを解除してアクセルを踏み込む。

ランドクルーザーは大通りに向かった。

角を曲がったところで男はルームミラーを確認した。あとを追ってくる車はない。あの家の住人は目隠しをされ、体の自由を奪われた状態で後部座席に座っている。

「なあ、あんた、家を買ってからどれくらいたつんだ？」

ハンドルを切りながら男は尋ねた。口をふさがれているため、相手からの返事はない。

「あんた、今までさんざん悪いことをして金を貯《た》めてきたんだろう。だが、これでおしまいだよ。あんたはもう二度とあの家に戻ることはない」

うしろの席で、住人はまた何か呻いたようだ。男はそれを無視して続けた。

「これからあんたは大変な目に遭うんだよ。死んだほうがましだと思うような、ひどい責め苦を味わうんだ」

後部座席が静かになった。今の言葉を聞いて、相手はぎくりとしたに違いない。

これからの出来事を想像しながら、男は隠れ家に向かって車を走らせた。

4

携帯電話のアラームは午前六時半にセットしてあったが、その二分前に塔子は目を覚ました。

何か気になることがあったり、早起きしなければならない理由があったりすると、アラームが鳴る直前、自然に目が覚めることが多い。それだけ自分が緊張しているということだろう。

今、女性用仮眠室を使っているのは塔子ひとりだ。室内の暖房は切られていて、布団から抜け出すと冷気が身に染《し》みた。ぶるっと体を震わせてから、テーブルに置いたバッグを引き寄せた。

今日も捜査に全力を尽くさなければならない。どんな小さなことも見逃してはいけない。そう自分に言い聞かせて、塔子は着替えを始めた。

十二月五日、午前八時三十分。東京湾岸署の講堂で朝の会議が始まった。昨夜遅くまで捜査と会議が続いたせいもあり、刑事たちは緊張した顔で席に着いている。

これまでは指が出てきただけだったから、不気味だと思うことはあっても、具体的に誰かの姿を思い浮かべることはできなかった。しかし今、被害者は高崎瑞江だと判明している。捜査資料にも彼女のプロフィールが記され、顔写真が掲載された。それを見ることで、捜査員全員が気持ちを引き締めていた。

――なんとかして助け出したかったのに……。

塔子の胸の中には、今も悔《くや》しい思いがある。

「昨夜のうちに捜査員が被害者・高崎瑞江の母親を訪ね、彼女が遺体で発見されたことを伝えて、話を聞いてきました」早瀬係長はメモ帳を開きながら言った。「母親からの情報です。父親は十年前に病気で死去。高崎瑞江は都内の短大を卒業したあと、教材販売会社に就職しました。仕事上のトラブルもなかったようだし、借金しているという話もないそうです」

「交際関係はどうだ？」

幹部席から神谷課長が尋ねた。ええ、と早瀬はうなずく。

「以前つきあっていた男性がいましたが、二年前に別れたそうです。名前は不明、写真もありません。週末になると一緒に出かけることが多かった、と母親が話していました。瑞江自身は相手にかなり惚れ込んでいたようですね。ただ、一度だけ瑞江が母親に愚痴《ぐち》をこぼしたことがあって、その男は気が荒く、口より先に手が出ることも多かったとか」

「DVか。まったく、ろくな男じゃないな」神谷は渋い顔でつぶやく。

ドメスティック・バイオレンスは恋人や夫婦、家族間で発生するから、なかなか表に出てきにくい問題だ。だがそれが高じれば傷害事件になるし、下手をすれば殺人事件に発展するかもしれない。警察としても注意が必要なケースが多い。

「課長、二年前に別れたその男が気になりますね」神谷のほうに体を向けて、手代木管理官が言った。「一度別れたあと、しばらくしてストーカー行為を始める例もあります」

「そうだな。事件に関係している可能性がある」

幹部ふたりは顔を見合わせ、うなずいた。

ホワイトボードの前で、早瀬係長は捜査員たちに命じた。

「鑑取り班は至急、高崎瑞江の過去を洗ってください。二年前に別れた男についても情報を集めること。もちろん、その後あらたな交際相手ができた可能性もあるので、抜かりのないようお願いします。それから地取り班。海の森公園は敷地が広くて厄介だが、入念に捜査を進めてもらいたい。……なお、部長と課長で打ち合わせをしていただいた結果、被害者・高崎瑞江の身元については当面、公表を控えることになりました。各員、情報を漏らさないよう注意してください」

はい、と若手の捜査員たちが答えた。起立、礼の号令のあと、刑事たちは足早に講堂から出ていった。

塔子と鷹野は早瀬係長の指示で、桜田門の科学捜査研究所に向かった。

ふたりは遊撃班として臨機応変に動くよう命じられている。科捜研から各種の分析情報を得るのは、塔子たちが適役だと判断されたのだろう。

普段捜一のメンバーがいる大部屋から、連絡通路で科捜研の研究室に移動した。画像や音響の分析、筆跡鑑定からＤＮＡ鑑定まで、科捜研にはその道のエキスパートが揃っていて、日々膨大な量の調査・分析を行っている。

そんな科捜研でもっとも頼りになるのが、研究員の河上啓史郎《かわかみけいしろう》だ。

「おはようございます。捜一の如月です」

塔子たちはいつものように研究室に入っていったが、河上の姿は見えなかった。タイミングが悪かったかな、と思っているところへ、うしろから声をかけられた。

「ああ、如月さん、すみません」

打ち合わせ用のスポットから河上が出てきた。歳はたしか三十八。初対面のときから真面目な印象があったが、今もそれは変わっていない。

よく見ると、今日はなぜだか髪が乱れていた。外していた黒縁眼鏡をかけ直して、河上はこちらにやってくる。その途中、彼は少しふらついてパーティションに手をついた。

「大丈夫ですか?」

塔子は河上のそばに駆け寄った。鷹野も怪訝《けげん》そうな顔をしている。

「気にしないでください。ちょっと寝不足で……」と河上。

そういえば、いつも糊《のり》の利いている白衣が、今日は皺《しわ》だらけだ。

「もしかして徹夜だったんですか?」

「帰ろうと思っていたんですけど、試料の分析がうまくいかなくて朝になってしまいました。不覚にも、打ち合わせスポットでうとうとしてしまったようです」

「あまり無理しないでくださいね」

塔子がそう言うと、河上は大きく首を左右に振った。

「残念ながら、そうもいかないんですよ。最近、科捜研で調べなくちゃいけないことがどんどん増えていまして……」

「凶悪事件の公訴時効が廃止されていますからね」鷹野が口を開いた。「そのせいで、分析の仕事が増えているんでしょう」

鷹野のほうをちらりと見て、河上は小さくうなずいた。

「次から次へと作業指示が来るんです。しかも我々の仕事に失敗は許されません。科捜研がミスをすれば最悪の場合、無実の人を逮捕・起訴してしまう可能性もありますから」

たしかに、と塔子は思う。最近の捜査では科学的な証拠が重視される。もし試料の取り違えなどがあれば、大変なことになるだろう。

「それにしても、こう仕事が多いとまいってしまいます。こんな言い方はどうかと思いますけど、ブラック企業に勤めているような気分ですよ」

「そんなにひどいんですか？」

驚いて塔子が尋ねると、河上は天井を見上げて考え込む表情になった。

「ええと……いや、ちょっと言葉が過ぎましたね。すみません、徹夜明けで、ついよけいなことを言ってしまいました」

「とにかく、体には気をつけてください。河上さんが倒れてしまったら困ります」

塔子の言葉を聞いて、河上はなぜか身じろぎをした。

「もしかして、私のことを心配してくれるんですか？」

「もちろんですよ」塔子は励《はげ》ますように言った。「私、河上さんには本当に感謝しているんです。正直な話、科捜研で一番信頼できるのは河上さんですから」

「一番……。この私が？」河上は何度かまばたきをしたあと、急に笑顔になった。

「いい話を聞かせてもらいました。あの、如月さん、よかったら今の言葉、メールで送ってもらえませんか」

「メールですか？　どうして……」

「このところ疲れているものですから、何か励みになるものがあれば、と思って。……あ、いや、ご迷惑だったら忘れてほしいんですけど」

河上がこんなことを言うのは珍しい。たぶん仕事が忙しすぎて気持ちが弱っているのだろう。

「わかりました。あとで送っておきますね」

「本当ですか？　ありがとうございます。これで激務にも耐えられます」

鷹野も河上の様子が気になったらしく、こめかみを搔きながら言った。

「仕事を頼んでいる我々が言うのも何ですが、河上さん、休めるときにはしっかり休んでください」

意外だという顔をして、河上は鷹野をじっと見つめる。

「驚きました。鷹野さんにそんなことを言われるとは……」

「私だって河上さんのことを心配しているんですよ」鷹野は携帯電話を取り出した。

「何だったら、私からも励ましのメールを送りましょうか？」

「あっ、ちょっと待ってください。メールだから誰が書いたかわからないだろう、ということですか？　いや、それは困ります」

「大丈夫ですよ、河上さん。鷹野さんによけいなことはさせませんから」

横から塔子が言うと、鷹野は黙ったまま顔をしかめた。彼は口をへの字に曲げていたが、やがて咳払いをして河上を促した。

「そろそろ仕事の話をしてもいいでしょうか？」

「ああ、そうでした。急がないとまずいですよね」

河上の案内で、塔子たちは打ち合わせスポットに移動する。

資料を差し出して、河上は説明を始めた。

「すでに鑑識から報告されていると思いますが、東京マリンタウンで発見された四本の指は被害者・高崎瑞江の左手のもので間違いありません。『生活反応』があったので、いずれも生前に切断されたのだとわかりました」

生活反応というのは、生きている人間の組織に発生する現象だ。それが確認できたということは、死亡する前に切断されたことを意味する。

「彼女には体中に打撲の痕がありましたが、性的な暴行は受けていません。長時間にわたって痛めつけられたあと、索条物で首を絞められて死亡したとみられます。……ひどいものですね。女性に対してまったく容赦ない犯行ですよ。個人的にこういう事件は絶対許せません」

犯人は高崎瑞江に深い恨みがあったのだろう。それは間違いないことだ。

「それから、被害者の写真を載せたSNSの件です。これは別の者が調べましたが、アカウントを登録した人物を割り出すことはできませんでした。サイバー犯罪対策課がそのアカウントにメッセージを送っていますが、返事がないまま画像は削除されたそうです」

「削除？　いつのことですか」

鷹野が眉をひそめて尋ねた。その件は塔子も知らなかった。

「今日の午前八時半ごろだと聞きました。投稿されてから七時間ほどしか閲覧できなかったわけですが、ネット上では大きな騒ぎになっています。元の画像が削除されても、保存されたものが掲示板などに転載されて広まっています。これをニュースとして取り上げたウェブメディアもあるようです。幸い、まだ青海事件との関係は取り沙汰されていませんが」

塔子は昨夜会った大都新聞の仙道を思い出した。彼のような考え方をする記者なら、自社に有利になるよう、あらゆる手段でスクープをとろうとするかもしれない。

「なぜアカウントの主は短時間で画像を削除したんでしょうね」塔子はつぶやいた。

「どれくらいの人間がその画像に気づくか、試していたのかな。あるいは、別の理由があったのか。どうも犯人の行動が読めない」

鷹野の言葉を聞いて、河上は黒縁眼鏡のフレームに指先を当てた。

「私もそう感じています。理性的に行動しているように見えますが、その一方で大胆すぎるというか、危険を顧みないような印象も受けますね。こういう犯罪者は怖いですよ」

「ええ、相当手強《てごわ》いような気がします。商業施設に指を置いていくなんて、リスクが高すぎるでしょう。なぜそんなことをするのかわからない」

「もしかして、リスクを楽しんでいるとか？」河上は眉をひそめる。

「そう、ひょっとすると、破滅してもいいと思っているのかもしれない」

「厄介な犯罪者ですね。この先、何をしでかすかわかりませんよ」

「まったくです」

鷹野と河上はうなずき合っている。普段はぎくしゃくしているふたりだが、今日は珍しく意見が一致したようだ。

「そういうことですから如月さん、捜査のときは充分注意してくださいね」

真剣な顔で河上は話しかけてきた。塔子は微笑《ほほえ》んでみせる。

「ありがとうございます。でも安心してください。私、運だけはいいんです。体が小さいから、敵の攻撃にも当たりにくいし……」

る。

「駄目ですよ。過信や慢心が一番危ないんですから」と河上。

「そうだぞ。如月はいつも無茶しすぎるんだ」と鷹野。

なぜかふたりから責められてしまった。どうもすみません、と塔子は首をすくめ
る。

そのほか、いくつかの調査結果を聞いてから、塔子と鷹野は立ち上がった。

「お忙しいところ、すみませんでした。じゃあ捜査に戻りますね」

塔子はメモ帳をポケットにしまい、肩から斜めにバッグを掛けた。

そこへ携帯電話が鳴りだした。おや、と思いながら液晶画面を見ると、門脇の名前
が表示されている。通話ボタンを押して、携帯を耳に当てた。

「お疲れさまです、如月です」

「ああ、門脇だ。予備班のな……」

そうだった、と塔子は思い出した。普段、地取り班のリーダーとして現場付近で情
報収集している門脇は、今回予備班として特捜本部にいる。元ラグビー選手でアウト
ドア派の彼にとって、外に出られないことはストレスになっているに違いない。

「今、科捜研にいますけど、何かありましたか？」

塔子が尋ねると、門脇はあらたまった調子で答えた。

「予備班で過去の事件をいろいろ調べるうち、気になる情報が出てきた。早瀬さんに

報告したら、遊撃班にも伝えてくれと言われてな」

「ありがとうございます。どんな情報です？」

「去年の十一月十日、大田区南蒲田《みなみかまた》で廃屋を解体しているとき、男性の遺体が出てきたそうだ。ほぼ白骨化していたんだが、右手の五指がなくなっていた。骨の断面を調べたところ、刃物で切ったことが明らかになったらしい」

「指を切られていた……」塔子は眉をひそめた。「それは右手だったんですね？」

「そう、青海事件とは違って右手だった。しかし指が五本とも切られていたのは気になるよな」

「犯人は捕まっていないんですか？」

「ああ、未解決だ。手口が似ているから、今回の事件と何か関係あるかもしれない、と思ったんだ」

塔子は門脇に待ってもらって、今の話を鷹野に伝えた。河上もそばで聞き耳を立てている。

「たしかに気になる」鷹野はうなずいた。「南蒲田なら、管轄は蒲田《かまた》署だよな。念のため話を聞きに行ってみるか」

「わかりました。このあとすぐ移動しましょう」

蒲田署に向かうことを門脇に話したあと、塔子は電話を切った。

「じゃあ河上さん、失礼します」

「あの、如月さん、本当に気をつけてくださいね。何が起こるかわかりませんから、慎重すぎるくらいのほうが……」

「そうですね。河上さんに心配かけないよう注意します」

笑顔で答えると、塔子は廊下に向かった。


四十分ほどのち、塔子と鷹野は警視庁蒲田警察署に到着した。

蒲田署は環八《かんぱち》通り沿いにある。駐車場に覆面パトカーを停めて、玄関からロビーに入っていった。一階はどこの警察署も似た造りで、いくつかの窓口が設置され、一般市民が各種手続きのために訪れている。

刑事課に行くと、ジャンパーを着た三十代半ばの主任が対応してくれた。

「ああ、電話をいただいています。どうぞ中へ」

彼はにこやかに笑いながら言った。刑事というより、テレビに出てくるバラエティータレントのような印象だ。

応接セットに案内され、塔子たちはソファに腰掛けた。

「捜査一課の如月さんに鷹野さんですよね。お名前はかねがね……」

「お忙しいところすみません。去年の十一月十日に、南蒲田でほぼ白骨化した遺体が出たと聞いたものですから」

　ええ、とうなずいて主任は資料ファイルを開いた。

「ここに当時の資料を用意してあります。あのときは私も現場に行きましてね」

「本当ですか？　現場の状況を聞かせていただきたいんですが」

　塔子はメモ帳を取り出して、相手の顔を見つめる。

　資料ファイルをこちらに向けながら、主任は遺体発見時のことを話してくれた。

「民家の解体工事をしているとき、庭に埋められていた男性の遺体が見つかりましてね。ズボンにセーターというカジュアルな恰好でしたが、かなり白骨化が進んでいました。免許証などは持っていなかったんですが、行方不明者届が出ていたので身元が判明しました。大志田《おおしだ》潔《きよし》、失踪《しっそう》時三十六歳、独身、居酒屋チェーンの社員でした」

　当時の資料に大志田の写真が載っていた。身長は百六十センチ程度と小柄だが、眉が太く、気が強そうな雰囲気がある。失踪したのは今から五年前。当時三十六歳だったというが、若いころに何かトラブルを起こしたことはないだろうか。

「経歴はどうです？」

　塔子と同じように感じたらしく、鷹野はそう尋ねた。主任は資料に目を走らせる。

「前歴はありませんが、酒を飲むと、かっとなりやすかったようです」

「もしかしたら、酔うと気が大きくなって暴力を振るうような人物だったのかも……」

塔子はつぶやいた。今朝の捜査会議で、高崎瑞江には交際相手がいた、という話が出た。その男は高崎に暴力を振るっていたようだ、と母親が証言したらしい。確証はないものの、彼女は失踪した大志田をかくまっていたのではないか、と塔子は思った。五指の切断という共通項も気になるところだ。

「それから、大志田には借金が百万円ほどありました」主任は説明を続けた。「金づかいが荒いという噂も聞きましたから、悪い仲間とつきあっていたのかもしれませんん」

塔子は資料から顔を上げて主任に尋ねた。

「死因はどうだったんでしょうか」

「ほぼ白骨化していたので、詳しいことはわかりませんでした。目立った骨折などはなかったし……」

「ただし右手の五指が切り取られていたんですよね」

「そうです。敷地内をくまなく調べましたが、結局、指は見つかりませんでした」

大志田は独身で両親も他界していたため、行方不明者届を出したのは弟だったという。大志田卓也《たくや》、三十九歳、食器メーカー社員。住所は大田区大森北《おおもりきた》だ。ここからそれほど遠くない。

刑事課の主任に礼を述べて、塔子と鷹野は蒲田署をあとにした。

5

途中の渋滞もなく、二十分弱で大田区大森北に移動することができた。

理髪店の角を曲がって、面パトは住宅街に入っていく。昼前のこの時刻、道を歩いているのは老人やベビーカーを押す母親などだ。塔子は彼らに注意しながら車を進め、まもなく目的地のマンションに到着した。

あらかじめ電話を入れておいたのは正解だった。そうでなければ、大志田卓也は仕事に出かけてしまっていたかもしれない。

「あまり時間がないんですが」卓也はスーツ姿だった。「今日は午後から出勤することになっているんです。あと四十分ぐらいで家を出ないと間に合わなくて……」

「わかりました。早めに切り上げますので」

そう言って、塔子たちは部屋に上がらせてもらった。卓也は独身だという。慌てて片づけたらしく、ダイニングキッチンの隅には雑誌や新聞が積み上げられていた。

椅子を勧められ、テーブルを挟んで大志田卓也と向かい合った。あらためて塔子は卓也を観察する。目元は兄・潔と似ているが、ほかはそうでもないようだ。身長は兄より高く、百七十数センチありそうだった。表情も、気が強そうだった兄と比べると、卓也には柔和な雰囲気がある。兄弟といってもずいぶん感じが違うものだ。

「すみません、お茶を出すべきなんでしょうけど」

卓也が申し訳なさそうな顔をしたので、塔子は胸の前で手を振ってみせた。

「いいえ、おかまいなく。それより、電話でもお話ししましたが、お兄さんのことを聞かせていただけますか。去年の十一月十日、南蒲田の廃屋で潔さんのご遺体が発見されましたよね。潔さんはその民家と何か関係があったんでしょうか」

「兄が誰とつきあっていたかわからないので、私には何とも……」卓也は記憶をたどる表情になった。「あのとき警察の人から聞きましたけど、兄は庭の隅に埋められていたそうですね。それを知って、やるせない気持ちになりました。誰にも気づかれず、ずっとそんな場所にいたなんて」

「潔さんが行方不明になったのはいつでしたか？」

「ええと……あれは今から五年前の九月でした。それほど頻繁に連絡をとっていたわけじゃないんですが、亡くなった両親のことで相談があって、九月三十日に電話したんです。でも兄は電話に出ませんでした。メールの返事もなかったから気になって、十月二日にアパートに行ってみたんですよ。そうしたらチラシが何枚も郵便受けに挟まったままだったので、これはおかしいと……」

卓也は大家を訪ねて自分は弟だと説明し、ドアの錠を開けてもらったそうだ。しかし部屋に本人の姿はなかった。

「そのあと兄の会社に行ったんですが、九月二十九日からずっと無断欠勤されて会社としても困っている、なんて言うんです。いや、困っているんなら私のところに連絡をくれればいいのに、と思いましたよ。まあ、兄が私の連絡先を会社に伝えていなかったらしいから無理だったんですが、それにしてもねえ。社員に連絡がつかなくなったんなら、なんとかして親族に伝えるべきでしょう。そういうところ、あの会社はおかしいんですよ」

柔和な顔立ちに似合わず、卓也は思ったことをきちんと口に出すタイプらしい。

「それで、お兄さんの手がかりがつかめず、警察に届けたわけですね」

「十月三日に行方不明者届を出しました。でも、警察はほとんど動いてくれませんでしたよ。これもひどい話だと思いますけどね」

「それについては……」塔子は姿勢を正した。「事件性があるとなれば警察も人員を割《さ》いて活動しますが、そうでない場合はなかなか難しくて……」

「あ、いえ、あなた方を責めているわけじゃないんです。ご存じだと思いますが、兄はああいう人間でしたから、何かまずいことに手を出して、遠くへ逃げてしまっていた可能性もありますよね」

酔ったとき、かっとなりやすかったことなど、兄の素行には問題が多かったようだ。どう応じたものかとためらって、塔子は黙ったままでいた。

「まあ、そういうわけだから警察が動いてくれなかったのも仕方ないと思いますよ。……ただ、あんな形で兄の遺体が見つかったことは残念でした。まったく、あの馬鹿兄貴はどこで何をやっていたんだろう」

表情を曇らせて卓也はため息をついた。数秒その様子を観察したあと、塔子は話題を変えた。

「資料によると、お兄さんが勤めていたのは居酒屋チェーンですよね？」

「ええ。行方不明になったときは三十六歳でしたけど、本社勤務の社員だったようです」

「女性と交際していませんでしたか？」

「どうですかね。兄からそういうことは聞いていません。でも話の合う友達が何人かいて、月に何度か、夜に会っているんだと話していました」

「どういう関係の友達でしょう」

「わかりません。バイクで出かけていたらしいので、酒を飲みに行っていたわけじゃないと思うんですが」

趣味の集まりなどに参加していたのだろうか。それとも学生時代からの友達と会っていたのか。
　塔子が考え込んでいると、隣の鷹野が口を開いた。
「お兄さんの遺品はどこかにまとめてあるんですか？」
「家財道具は処分してしまったけど、ノートだのアルバムだのは私が保管していま
す」
「本当ですか」鷹野は真顔になって卓也を見つめた。「ぜひ見せてください。何か手
がかりが残されているかもしれません」
「去年遺体が発見されたときも、刑事さんたちにそう言われましたよ。調べてもらっ
たんですが、結局何もわかりませんでした」
「別の人間が見れば、何か発見できる可能性があります」
　卓也はしばらく思案する様子だったが、やがて「わかりました」と答えて椅子から
立った。硬い表情のまま、廊下へ出ていく。
　二分後、卓也は紙バッグを持って戻ってきた。
「私が保管しているのはこれだけです。たいしたものは入っていませんよ」
「すみません、拝見します」
　鷹野は紙バッグの口を開いて、中からノートやメモ類を取り出した。どんなことが
書かれているのか確認したいらしく、ぱらぱらとページをめくっていく。

途中、付箋の貼られたページがあった。

「この付箋は？」

「ああ、それは刑事さんが付けたんです。何か気になることが書かれていたみたいで」

塔子は鷹野の横からノートを覗き込んだ。

うまいとは言えない字がいくつも並ぶ中に「M．A．」という書き込みがある。おそらくこれは人の名前のイニシャルだろう。そばに日時とJRの駅名が記してあるから、大志田潔はその人物と会っていたのではないか。

高崎瑞江のイニシャルは「M．T．」だから違うはずだ。この「M．A．」とは誰のことだろうか。

「あの……刑事さん、そろそろ時間なんですが」

テーブルの向こうで卓也が言った。鷹野はノートやメモを手早く紙バッグに戻す。

「これをお借りしたいんですが、よろしいですか？」

「いいですよ。そんなものが役に立つとは思えませんけど」

去年刑事たちが調べても、潔が失踪した経緯や死亡の理由は判明しなかった。今になって調べ直してもわかることはないだろう、と卓也はあきらめているようだ。

「とにかく我々にチャンスをください。詳しく調べてみます」

そう言って鷹野は立ち上がり、深く頭を下げた。

大志田卓也のマンションを出ると、鷹野はすぐにスーツのポケットを探った。携帯電話を取り出し、液晶画面に目を落とす。

「早瀬係長からメールが来ていた」彼は携帯を操作しながら言った。「至急コールバックしろと書いてある」

鷹野は携帯電話を耳に当て、相手の応答を待っている。やがて早瀬が出たのだろう、小声で話し始めた。そのうち彼は「え？」と言って、塔子のほうをちらりと見た。

電話は一分ほどで終わったが、鷹野の表情はひどく険しいものに変わっていた。

「早瀬係長からの情報だ。江東区有明四丁目の物流会社で、指が二本見つかった。それから、有明三丁目の高層ビルでも二本だ」

「指が……また出たんですか？」

高崎瑞江の件で見つかっていないのは左手の親指だけだ。四本というのはまったく予想外だった。

「今度は男性の指らしい。物流会社では左手の小指と薬指、高層ビルでは中指と人差し指が発見された」

「つまり、私たちの知らない被害者が……」

「そうだよ。そういうことだ」鷹野は悔しそうに舌打ちをした。「また指が四本……。犯人はなぜそこまで指にこだわるんだ？」

高崎の身元を公表すれば無差別殺人を起こす、と犯人は伝えてきた。だから特捜本部は公表を控えたというのに、奴はためらいもなく次の事件を起こしたのだろうか。

塔子たちは面パトに乗り込み、大森北から有明四丁目に向かった。

湾岸道路を走って青海地区を通過する。有明二丁目交差点を右折して南方向へ。ゆりかもめの高架をくぐると、有明埠頭橋が見えてきた。

この橋を渡れば有明四丁目だ。地図で見ると、そこはきれいに整った四角形の島になっていた。有明四丁目には物流会社や倉庫会社の巨大な建物が並び、南端にはフェリーターミナルがある。そしてこの地区に入るためのルートは、この有明埠頭橋ひとつしかない。ここはそういう特殊な埋め立て地だ。

目的の物流会社に到着したのは、大森北を出てから約二十五分後のことだった。

会社の敷地に警察車両が何台か停まっている。すでに鑑識課員たちが作業を始め、所轄の刑事が事情聴取を行っているのだ。

刑事たちの中に早瀬係長を見つけて、塔子と鷹野は足早に近づいていった。

「遅くなりました」鷹野は早瀬に話しかけた。「ブツはもう確認できましたか？」

「さっき鑑識の鴨下が持って行ったよ。ああ、あそこにいる。……カモさん、すまない。さっきのブツをもう一度見せてくれるか？」

早瀬が手招きするのを見て、鴨下主任がこちらへやってきた。彼は透明な保管容器をふたつ差し出す。鷹野はそれを受け取って眉をひそめた。

「男性の指ということですよね。左手の小指と薬指……」

「そうなんだ。犯人の奴、今度は男を襲ったんだ」と鴨下。

早瀬は眼鏡のフレームを押し上げたあと、建物の入り口付近を指差した。

「あそこに郵便受けがある。今日の未明、犯人はそこへブツを入れていったらしい。あとで防犯カメラの映像を確認させてもらうが、設置場所の関係で顔まではっきり見えないだろうな」

「指はどんな状態でしたか？」鷹野は尋ねた。

「ごく小さなポリ袋に二本入れられて、郵便受けに投げ込まれていた。『警察に連絡を』というメモが添えてあったらしい」

「また挑発か……」鷹野は低い声で唸った。

塔子も彼と同じ思いだった。リスクが高いはずなのに、犯人はわざわざこんなところに指を遺棄したのだ。警察をからかっているつもりだろうか。

早瀬係長の携帯に着信があったようだ。彼は通話ボタンを押して、相手と話し始めた。
「ああ、尾留川か。そっちはどうだ？」
有明三丁目はここ四丁目の東側にあり、東京国際展示場などで有名な場所だ。
じきに電話を切って、早瀬は塔子たちのほうを向いた。
「尾留川から報告があった。有明三丁目の高層ビルでは、一階の集合式郵便受けから
ブツが見つかったらしい。ビルの十二階を借りている子供服メーカーの郵便受けだっ
たそうだ。この物流会社と同じようにポリ袋に入っていた。中指と人差し指だ」
「やはり親指はないんですね？」
「ああ、今のところはな」不機嫌そうに答えたあと、早瀬は鷹野に問いかけた。「こ
の状況をどう考える？」
鷹野は眉をひそめ、思案する表情になった。なかなか考えがまとまらない様子だっ
たが、やがて彼は口を開いた。
「小指と薬指、中指と人差し指という組み合わせは青海事件と同じです。もしかした
ら青海のときも、遺棄されたのは四本だけだったのかもしれません。どういう理由か
はわかりませんが、犯人は親指以外の四本を遺棄する、と決めているんじゃないでし
ょうか。あるいは……親指を何か特別なものと考えている可能性もありますね。それ
だけは手元に残しておきたい、とか」

「未明に有明三丁目と四丁目に遺棄したと考えられるが、それについては？」

「距離的にはあまり離れていませんから、車を使えばそう時間はかからなかったでしょう。しかし問題は、なぜ二ヵ所回ったかということですよね。四本を二ヵ所に遺棄するから二本ずつに分けた、というのは何となくわかりますが……」

「もっと近い場所に遺棄すれば楽だったはずだよな」

「そのとおりです。なぜこの二ヵ所が選ばれたのか、さっきから考えているんですが想像がつきません。何か理由があるはずなんですが……。如月はどう思う？」

鷹野にそう訊かれて、塔子はしばし考え込んだ。

「遺棄された企業に意味があるんじゃないでしょうか」自信はなかったが、塔子は考えを口にした。「カフェとアクセサリーショップ、有明四丁目の物流会社と三丁目の子供服メーカー。犯人はこれらの会社に恨みを持っているとか、こだわりがあるとか、そういう理由で選んだのではないかと思います」

「四つの企業の共通点を探せ、ということか」鷹野は何度かうなずいた。「可能性はあるな。じつに複雑な話だが、犯人はその複雑さを楽しんでいるのかもしれない」

そうですね、と塔子は応じた。リスクを恐れず、厄介で面倒なことを繰り返す殺人犯。ゲームに見立てて犯罪を起こすような人間が、この世にはいるのかもしれない。

「まったく、気に入らない話だ」早瀬は左手で胃の辺りを押さえた。「くそ……。この調子じゃ捜査員をどれだけ増やしても足りないぞ。鷹野、おまえの筋読みが頼りないんだ。しっかりしてくれ」

「全力を尽くします」

そう答えたものの、鷹野の表情は冴えなかった。建ち並ぶ倉庫を見回してから、彼はひとり腕組みをした。

6

夜の捜査会議が終わったのは午後十時前のことだった。そのあと塔子は先輩たちとともに食事に出かけた。

東京湾岸署から五分ほど歩いた場所に高層ビルがある。その二階にあまり混んでいない、静かな雰囲気の飲食店があった。看板には多国籍料理の店と書かれている。時刻が遅いせいだろう、フロアにあるテーブルは半分以上あいていた。

店を選んだのは尾留川だ。彼はネットの情報を集め、深夜でも食事ができて、ある程度評判がよく、しっかりした個室のある店を選んだそうだ。

「電話した尾留川です。個室、大丈夫ですよね？」

彼が声をかけると、ウエイトレスはすぐ部屋に案内してくれた。彼女が去っていったあと、尾留川は室内を見回してうなずいた。

「いいですね。ちゃんとした個室になっていますよ」

ドアがあるから、ほかの客に話の内容が漏れることはない。広さも充分だ。

「最近は個室といってもじつは半個室だった、ということが多いですからね。この店は良心的です」

先輩たちを奥の席に案内しながら尾留川は言った。いい店が選べたと、自分でも満足しているようだ。

徳重は椅子に腰掛け、部屋の壁に目をやった。そこに飾られているのは抽象的なデザインの版画だ。

「センスのいい店だね。でも尾留川くん、その分、お高いんじゃないの？」

徳重にそう訊かれると、尾留川は意味ありげな笑みを浮かべた。

「心配しないでください。今日は軍資金があるんです」

「どういうこと？」

「今回、門脇さんが久しぶりに特捜に戻ってきたでしょう。みんなで飯でも食ってこいって、早瀬係長がポケットマネーを出してくれたんですよ」

「なに？　それは本当か」驚いたという顔で門脇が尋ねた。「そんな素振り、まったくなかったが」

「係長は門脇さんの怪我をかなり心配していたんですよ。昔、いろいろあったし」

「ああ、まあな……」門脇は表情を曇らせる。

そういうことか、と塔子は納得した。四年前、鷹野の相棒だった沢木という刑事が殉職している。聞き込みの途中、不審な男に職務質問をかけていきなり刺されてしまったそうだ。彼が亡くなったあと、鷹野は後輩の面倒を見るのを嫌うようになったらしい。だから当初は塔子と組むことに難色を示していた、と聞いたことがある。

現場にいた鷹野もそうだが、早瀬も殉職の件には責任を感じていたに違いない。刑事は体を張って捜査する職業だが、できることなら部下を危険な目に遭わせたくない、と早瀬は考えていたはずだ。それなのに、二ヵ月前の事件では門脇に重傷を負わせてしまった。もしこれで門脇が復帰できないような事態になっていたら、早瀬はさらに自分を責めていたのではないか。

胃が悪いと言って、いつも薬をのんでいる早瀬の顔が頭に浮かんできた。言いたいことがあっても立場上、口に出せないことが多いようだ。それがまたストレスになるのだろう、と塔子は思った。

「わかった。あとで早瀬さんに礼を言っておくよ」と門脇。

鷹野が料理のメニューを開いて、みなに言った。

「時間もあまりないことだし、そろそろ注文しましょうか」

「ああ、そうですね」徳重が応じた。「私は何を頼もうかな。多国籍料理の店ってあまり入ったことがなくてね」

塔子がウエイトレスを呼び、尾留川が中心になっていくつかの品を注文した。最初に来たのは生ビールとウーロン茶だ。門脇は大のビール好きで、どんなに寒い時期でもこればかり注文している。

「みんな、今日は飲まないのか？」

門脇にそう訊かれたが、塔子たち四人はウーロン茶にした。まだ第二の被害者の安否が判明せず、いつ出動となるかわからないからだ。

特捜入りしている刑事が酒を飲むことについては、批判的な意見もあるらしい。だが門脇は割り切って考えるタイプで、メリハリをつけるためにも少し飲んだほうがいい、と普段から言っていた。

ただし、表向きは「殺人分析班の打ち合わせ」ということになっている。実際、塔子たちは食事をしながら捜査の情報交換を行い、意見を述べ合うことにしていた。

職業柄、塔子たちの食事は速い。出てきた料理を次々平らげ、尾留川が食後のお茶を頼んだ。

「よし、飯も食ったことだし、打ち合わせを始めるぞ」

門脇の声を聞いて、徳重が料理の皿を片づけ始めた。塔子はバッグからノートを取り出し、テーブルの上に広げる。これは捜査状況をまとめるときに使っているもので、打ち合わせには必ず持参していた。

今回の事件の疑問点などを、門脇が順番に挙げていった。塔子は書記役となってそれらをノートにメモする。すでにかなり事件が進行してしまっているため、項目数が多くなった。

■青海事件

(一) 犯人が左手の四指を東京マリンタウンの店舗（カフェ、アクセサリーショップ）に遺棄したのはなぜか。

(二) 左手の親指だけは店舗に遺棄しなかったのか。その理由は何か。

■中央防波堤事件

(一) 高崎瑞江が左手の五指を切断されたのはなぜか。東京マリンタウンの店舗と何か関係あるのか。

(二) 犯人はなぜ遺体を中央防波堤、海の森公園に遺棄したのか。

(三) なぜ遺体のありかを一一〇番通報してきたのか。

(四) 残されていた音声データは何を意味するのか。

（五）高崎瑞江が二年前まで交際していた男性（DVあり？）は誰か。今回の事件に関係あるのか。

■南蒲田事件
（一）五年前行方不明になり、昨年ほぼ白骨化した状態で見つかった大志田潔は、青海事件などと関係あるのか。
（二）大志田のメモ「M．A．」は何を意味するのか。

■有明事件
（一）有明四丁目の物流会社の郵便受けに小指・薬指を遺棄したのはなぜか。
（二）有明三丁目の高層ビル内・子供服メーカーの郵便受けに中指・人差し指を遺棄したのはなぜか。
（三）なぜ同じ日に有明四丁目、三丁目に二指ずつ遺棄したのか。
（四）有明四丁目、三丁目に遺棄された四指は誰のものか。親指はどこにあるのか。
（五）指を切断された被害者はどこにいるのか。現在も生存しているのか。

塔子が書いたメモをしばらく見つめてから、門脇は口を開いた。

「順番に見ていこう。まず青海事件だ。犯人はなぜ四本の指を商業施設に遺棄したのか。世間を騒がせ、注目されたいということなのか。ある意味、愉快犯のような行動だと感じられるよな」

そうですね、と徳重がうなずいた。

「地取り班がマリンタウンを連日調べていますが、あのカフェやアクセサリーショップが選ばれた理由はわかっていません。もしかしたら個々の店に恨みがあったのではなく、犯行の時間帯にすいていた店だったから、という理由かもしれませんよ」

「遺棄するのはどこでもよかったわけですか？」と塔子。

「そう。私はそんな気がするんだけどね」

もし犯人が別の地域の商業施設に詳しければ、そちらに遺棄していた可能性もある、ということだろうか。

「私は遺棄された場所に意味があると思うんです」考えながら塔子は言った。「たとえば、今は思いつきでしかありませんが、犯人は以前あのカフェとアクセサリーショップを利用したことがあったんじゃないでしょうか。それから、有明の物流会社や子供服メーカーも使ったことがあったのでは……」

「その四ヵ所のサービスに不満があって、嫌がらせで指を遺棄したと？」

「そういう可能性もあるかな、と思うんですが」塔子は徳重に尋ねた。「無理筋でしようか」

「いや、今の時点ではいろんな意見が出るべきだからね。いいと思うよ」

そう言って徳重はお茶を一口飲んだ。

門脇はメモ帳に何か書き付けていたが、顔を上げて話を進めた。

「四指の持ち主は高崎瑞江だと判明した。しかし彼女が青海や中央防波堤と関係があったかどうかはわかっていない。ですよね、トクさん」

「ええ。我々鑑取り班で高崎瑞江さんの親戚《しんせき》や知人に当たりましたが、この土地との関わりは不明です。まあ有名な場所だし、何かの折に一度や二度、来たことはあったかもしれない、という話でした」

「犯人がわざわざ一一〇番通報してきたことについてはどうだろう。早く遺体を発見させたかったからだ、と考えていいのかな」

「その件ですが……」塔子は小さく手を挙げた。「たとえば、殺害することより見せることに喜びを感じている、という可能性はないでしょうか」

「たしかに青海事件では、人に見せつけようという意志が感じられる」門脇は唸った。「見られることに喜びを感じる奴なのか？　厄介だな」

それに加えてこの事件の犯人は、指の切断を楽しんでいるような節がある。今まで十一係が追跡してきた犯罪者とは別の種類の人物だ。あらためて、今回の事件は難しいものだと塔子は感じた。

「続いて南蒲田事件」門脇がノートの項番を押さえた。「これは鷹野たちに調べてもらったことだな。去年、大志田潔という男性がほぼ白骨化した遺体で発見され、右手の五指が切断されていた。今回の事件との関連はわからないが、気になることではある。今、予備班でノート類をチェックしているが、大志田がメモした『M.A.』の正体はまだわかっていない」

「これが『M.T.』だったら高崎瑞江で、どんぴしゃだったんですけど……」

塔子が悔しがっていると、鷹野が諭すような調子で言った。

「何でも結びつけようとするのはよくないぞ。南蒲田の白骨遺体については、まったく無関係かもしれないんだ」

あまり先走りしすぎるのはよくない、と鷹野は忠告しているのだ。だが塔子には、何か関係がありそうに思えてならない。

「そして有明事件……」尾留川は塔子のほうを向いた。「如月たちは有明四丁目に行ったんだよな。防犯カメラはどうだった？」

「取り急ぎ確認したところ、今日の午前三時二十七分、郵便受けに何か入れた人物がいたそうです。キャップをかぶって眼鏡をかけていました。遠かったので人相はよくわかっていません。身長は百七十五センチ程度。リュックサックを背負っていました。車は、近くには見えなかったということです」

「東京マリンタウンの男と、特徴は同じだな」

「尾留川さんのほうはどうでした？」

「有明三丁目の高層ビルに来た男も同一人物だと思う。午前三時四十八分、ビルの外にある郵便受けにブツを入れていた。こっちの映像にも車は記録されていなかった。防犯カメラを意識して、少し離れた場所に停めていたのかもしれない」

「あるいは徒歩で……いや、時間から考えるとそれはないですね。でも自転車やバイクを使った可能性はあるかも」

「そうだな」

尾留川は自分のメモ帳を開いてじっと考え込む。

カメラをいじっていた鷹野が、門脇に尋ねた。

「今回有明で見つかった四本の指は、男性の左手ということで間違いないんですよね？」

「ああ、科捜研で調べてもらった。血液型はＡＢ型だ。指紋を照合したが、前歴はなかった」

「去年見つかった大志田潔さんの指ではありませんね。大志田さんの遺体からなくなっていたのは右手の指だったし、彼はＯ型だそうです」

「つまり大志田潔とは別に、最近、指を切断された男性がいるわけだ」

ノートの文字を見ながら、塔子は被害者のことを考えた。高崎瑞江の遺体が脳裏に甦ってくる。第二の被害者も、高崎と同じように殺害されてしまうのだろうか。あるいは、すでにもう——。手がかりのない今、塔子は強い焦りを感じている。

気を取り直した様子で、門脇が携帯電話を操作し始めた。テレビで放送されているものと同じニュース番組が流れだす。塔子たちは、門脇がテーブルに置いた携帯の画面を覗き込んだ。

「なんだ、またこいつだよ」門脇が舌打ちをした。

コメンテーターとして、ノンフィクション作家の笹岡達夫が今日も映っていた。警察を厳しく批判するこの人物を、門脇はひどく嫌っている。

「笹岡さん、今日は有明地区で指が発見されたわけですが、青海の事件との関連をどうお考えですか」

アナウンサーの質問に、笹岡はこう答えた。

「間違いなく関係あるでしょうね。左手というのも同じだし、親指を除く四本というのも共通しています。それから場所も近いですし」

「こちらの図ですね」キャスターは地図を指差した。「今回、東京湾の埋め立て地で事件が続いていますよね」

「すでに四つの地区で事件が起こっています。犯人はこの東京湾岸の埋め立て地を意識して、事件を起こしているんじゃないでしょうか」

「犯人像については、いかがですか」

「指をあちこちに遺棄しているところを見ると、世間の反応をうかがっているのかもしれません。いわゆる劇場型犯罪ですね。そういうタイプの犯罪者は、周りが騒げば騒ぐほど喜びを感じます。今は犯人を増長させているわけですから、非常にまずい状況だと言えます。すぐにでも犯人を捕らえなければ、また別の事件を起こすかもしれません。警察はなかなか手がかりを見つけられないようですが、これでは捜査が遅すぎます。海の森公園で発見された女性の遺体も、まだ身元がわかっていないのか、名前さえ公表されていません。もし次の事件が発生したら、手をこまねいていた警察の責任が問われると思います」

「また好き勝手なことを……」

渋い表情でそう言うと、門脇は携帯のボリュームを下げた。

尾留川も徳重も気まずそうな顔をしている。ただひとり、鷹野だけはいつもと変わらず冷静な態度だ。彼は塔子に向かって言った。

「如月、地図帳を貸してくれないか」

「あ……はい」

バッグの中を探って、塔子は使い込んだ地図帳を引っ張り出した。

それを受け取って、鷹野は東京湾に面した埋め立て地のページを開いた。先ほどのニュース番組に映っていたものとほぼ同じエリアだ。

ページを指差しながら、鷹野はひとりぶつぶつ言い始めた。

「最初に指が四本見つかったのは青海。次に高崎瑞江さんの遺体が見つかったのは、青海の南東にある中央防波堤の海の森公園だった。さらに青海の東側にある有明四丁目と、さらに東の有明三丁目で指が二本ずつ発見された。遺棄される場所が少しずつ動いているんだよな」

塔子も地図帳に目を落とした。鷹野の言うとおり、事件現場は少しずつ移動している。

「何か意味があるんでしょうか」

「特捜本部が設置されたのはここ、東京湾岸署だ」鷹野は青海地区を指差した。「今我々はこの地区を中心に捜査しているから、犯人が別の事件を起こすとしたら、まあ、離れた場所に行くのが普通だろうな」

「それにしても、奴はこの湾岸エリアにこだわっていますよね」

「ああ。もしかしたらこの一帯は、犯人にとって思い入れのある場所なのかもしれない」

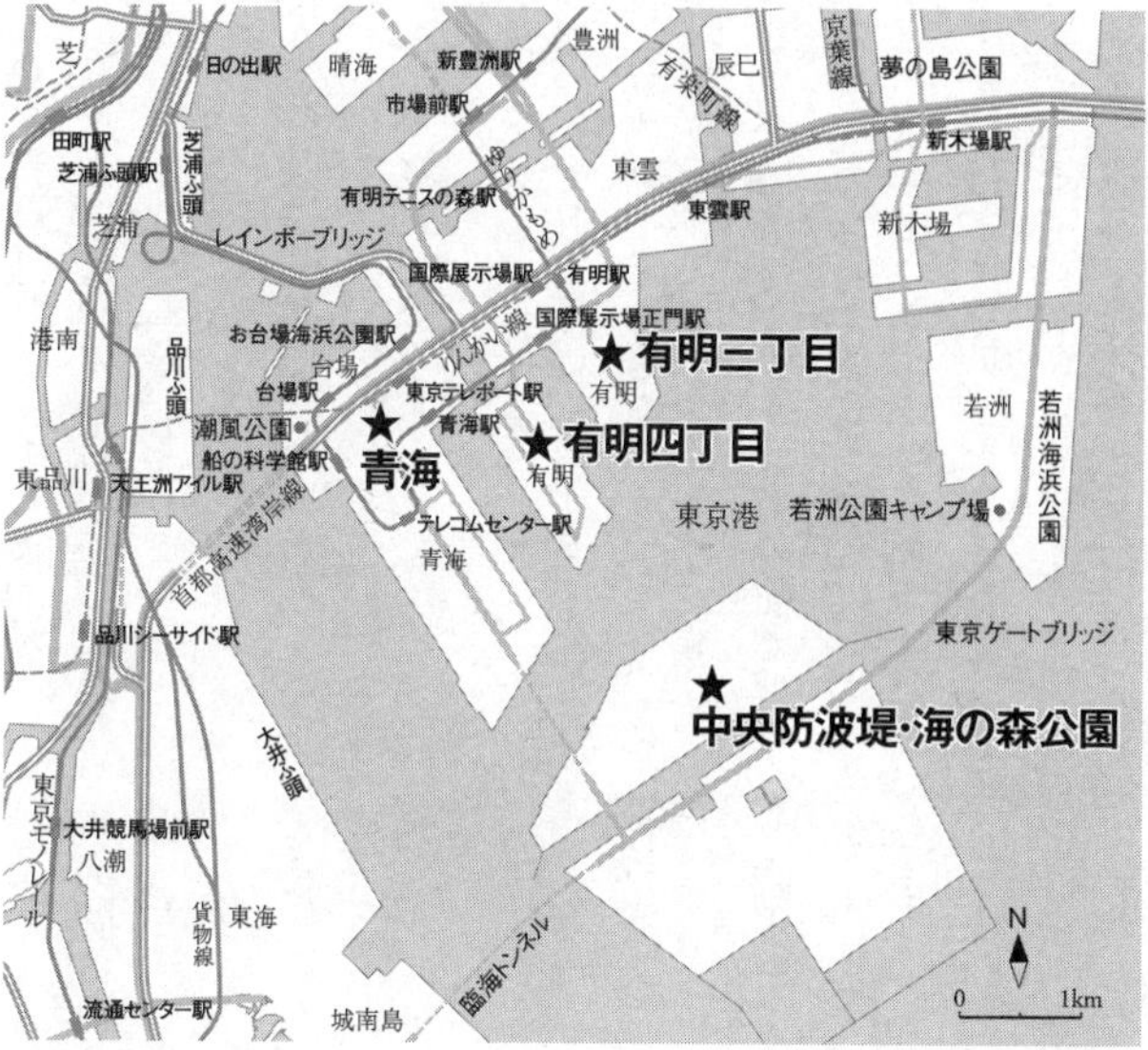
芝
日の出駅
晴海
新豊洲駅
豊洲
有楽町線
辰巳
京葉線
夢の島公園
市場前駅
田町駅
芝浦ふ頭駅
芝浦ふ頭
ゆりかもめ
東雲
新木場駅
有明テニスの森駅
東雲駅
芝浦
レインボーブリッジ
新木場
国際展示場駅
有明駅
国際展示場正門駅
港南
品川ふ頭
お台場海浜公園駅
りんかい線
★有明三丁目
台場
台場駅
東京テレポート駅
有明
若洲
若洲海浜公園
潮風公園
★
青海駅
★有明四丁目
船の科学館駅
青海
有明
東品川
天王洲アイル駅
東京港
若洲公園キャンプ場
首都高速湾岸線
テレコムセンター駅
青海
東京ゲートブリッジ
品川シーサイド駅
★
中央防波堤・海の森公園
大井ふ頭
東京モノレール
大井競馬場前駅
八潮
貨物線
東海
臨海トンネル
N
流通センター駅
城南島
0
1km

地図を見つめたまま鷹野は黙り込んでしまった。

犯人は今もこのエリアのどこかにいるのではないか。夜の闇に紛《まぎ》れて、あらたな犯行に取りかかっている可能性がある。そして奴のそばには、左手の指を切られた被害者がいるのではないか。

どうにかして犯人の行動を予測できないかと、塔子は考え続けた。

7

寒い。とにかく寒い。そして痛い。暗がりで俺は体を震わせた。

ブルーシートが、かさかさと小さな音を立てている。俺が震えているせいで、服とシートがこすれているのだ。

口の端から漏れる息が白かった。俺は胸の前で縛られた両手をこすり合わせた。右手の指がじんじんして、うまく動かなくなっている。ちりちりした感触があちこちを走る。ちくしょう、と俺は思った。このままでは死んでしまう！

どうにかしてロープがほどけないかと、俺は試してみた。あいつがいない今なら、ここから抜け出せるかもしれない。

体をひねってロープに緩みを作ろうとした。だが無理に動かしたせいだろう、肩や背中、腰などに鈍《にぶ》い痛みが走った。あの男に拉致されてから、俺は執拗《しつよう》な暴行を受けたのだ。あの無表情な男は、黙ったまま俺を何度も殴り、特殊警棒を振り下ろした。奴の攻撃は容赦なかった。

ときどき猿ぐつわを外され、俺は奴から質問を受けた。大声を出せばまた殴られるとわかっていたから、素直に従うしかなかった。男が尋ねることに答えるうち、俺は理解した。そうだ、こいつはどこかであのことを聞き、ひそかに調べたのだろう。その調査内容を、俺の話で補おうとしているのだ。

痛めつけられるのが怖くて、俺は奴の質問に細かく答えた。そのうち時間がなくなったのか、男は話を切り上げ、部屋から出ていったのだった。

錠を開ける音を耳にして、俺は身を固くした。

――あいつが帰ってきた！

不審な姿を見られてはいけない。俺は手足を動かすのをやめ、ブルーシートの上で全身から力を抜いた。今はぐったりしている、というふりをした。

誰かが入ってくる気配があり、室内に明かりが灯った。何度かまばたきをしてから、俺はドアのほうへ顔を向ける。やはり現れたのはあの男だった。濃い色のレンズを付けた眼鏡、黒いウインドブレーカー。俺を捕らえた男だ。

奴はドアを閉めると、こちらへやってきた。しゃがみ込んで俺の顔を覗き込む。

「テレビでおまえのことが放送されていたよ」そう言ったあと、男は訂正した。「いや、違ったな。おまえのことじゃない。おまえの指のことだ」

その言葉を聞いて、俺は縛られた左手に目をやった。俺の左手からは、五本の指がすべて切り取られている。すでに出血は止まり、切断面で血が固まっていた。

ここに閉じ込められたあと、俺は左手の指を切り落とされた。その痛みと恐怖で、俺はパニックに陥った。身をよじり、唸り声を上げて抵抗しようとした。だが奴に何度も殴られるうち、刃向かう気力をすっかり失ってしまったのだ。

「これまでおまえは、自分の人生をひとりで決めてきたか？」男は低い声で尋ねた。

「俺はそうしてきた。考え方が違う者同士は、いくら話しても理解し合えない。だから俺は自分だけで計画を立てた。自分ひとりで、人殺しをすると決めた」

俺は男の顔を見つめた。指を切るだけでは飽き足らず、こいつは殺しまでやるというのか。こいつはそういう奴なのか。

――やめてくれ。殺さないでくれ！

そう叫びたかった。だが猿ぐつわのせいで声が出せない。これでは助けを乞《こ》うこともできなかった。

「静かにしろ！」

そう言ったかと思うと、男はスタンガンを押しつけてきた。電撃を受け、俺は体をエビのように曲げる。さらに二度目の電撃が来た。俺は苦痛の中で身をくねらせた。気絶するほどの痛みではない。だが小さなダメージが積み重ねられていく。

俺が荒い息をついていると、今度は特殊警棒が出てきた。奴は力を込めて、俺を殴り始めた。

声も出せないまま、俺は涙を流した。助けてほしい、と目で伝える。

それが通じたのか、男は俺の口から猿ぐつわを外した。

「質問の続きだ。今から五年前のことを尋ねる」

やはりそれか、と俺は思った。抵抗するのは得策ではない。奴の質問に対し、俺は素直に答えていった。今はそうするしかなかった。

しばらく話を聞いたあと、男は俺にこう訊いた。

「嘘はついていないだろうな」

「あんたに嘘はつかない」俺は必死になって答えた。「俺が知っているのはそこまでだ。あとのことはわからないよ。本当だ」

「……わかった。おまえの話を信じてやる」

「じゃあ助けてくれ。ここから出してくれ！」

「それはできない。おまえは俺のことを警察に言うだろう？」

慌てて俺は、首を左右に振った。

「あんたのことは絶対、誰にも言わないよ」

「その指のことを訊かれたらどうする？」男は俺の左手に目をやった。

「指は……事故でなくしたことにする」

なるほどな、と奴はうなずいた。それから俺の肩をぽんと叩いた。その行動を不思議に思いながら、俺は男の様子をそっとうかがう。

奴はリュックサックを下ろして、中を探っていた。やがて出てきたのは丈夫そうなロープだった。

「これ以上、訊くことはなさそうだ」

「待ってくれ！　何でも言うことを聞くから」

俺は両手を顔の前に出して、相手を拒《こば》もうとした。そのとき、なぜか急に男の動きが止まった。奴は眉をひそめて俺の右手をつかんだ。

「おい、おまえ、もしかして……」

男はあらためていくつかの質問をした。俺はアウトドアの趣味があること、その趣味の関係で以前あるトラブルに巻き込まれたことを話した。

奴は携帯電話を取り出した。どうやらネット検索を始めたらしい。やがて目的の情報が見つかったのか、感心したような声を出した。

「よけいな仕事を増やしてくれたな」

そうつぶやいたあと、男はもう一度ロープを手に取った。それから俺の上体を起こして、するりと背後に回り込んだ。

「もう時間だ。終わりにしよう」

ささやくような声で、男は言った。

第三章　ジャーナリスト

1

今朝も早くから、マスコミの記者たちが東京湾岸署の一階に詰めかけている。

毎日定時に記者発表を行っているのだが、事件はリアルタイムで進行中だ。いつあらたな局面を迎えるかもしれず、取材陣も油断できない状態なのだろう。そのせいで署の近くのコンビニやファストフード店は予想外の盛況となり、商品が品薄になっているそうだ。

十二月六日、午前八時三十分。東京マリンタウンで事件が発生してから四日目を迎え、特捜本部の刑事たちにも焦りの色が濃くなっていた。

ホワイトボードのそばに立った早瀬係長は、渋い表情でみなを見回した。

「昨日見つかった四本の指は、すべて同一人物のものと判明しました。男性の左手の指です。高崎瑞江のときと同様、生活反応がありました」

「今回も、生きているうちに切断されたわけですね」

門脇が眉をひそめて尋ねた。早瀬は眼鏡の位置を直しながらうなずく。

「そういうことになる。犯人は生きた人間の指を切ることに、喜びを感じているのかもしれない」

拷問、という言葉が塔子の頭に浮かんだ。

犯人は何かを白状させるため、暴行を加えながら指を切断したのではないか。一本一本、ナイフか何かで皮膚を裂き、骨を断ち切ったのだ。被害者はどれほどの恐怖と痛みを感じたことだろう。その様子を想像すると気分が悪くなってくる。

連絡事項が伝達されたあと、幹部席の神谷課長が立ち上がった。

「犯人は間違いなく湾岸エリアにこだわっている。今も何食わぬ顔で、捜査の状況を見守っているかもしれない。聞き込みの際には充分注意してほしい。また、高崎瑞江の身元については、もうしばらく伏せておくこととする。そちらにも気をつけてくれ」

刑事部長からのプレッシャーもあるのだろう、神谷の表情は険しかった。横にいる手代木管理官も、口を引き結んで難しい顔をしている。

「では、本日の捜査を開始してください」

早瀬の号令に従って、塔子たちは椅子から立ち上がった。

面パトに乗り込んだが、鷹野は行き先を口にせず、フロントガラスの向こうを見つめていた。ややあって、彼は塔子のほうを向いた。

「どうも気になる。昨日の地図を見せてくれないか」

塔子は体をひねって後部座席からバッグを取った。地図帳を出して鷹野に手渡す。

「犯人の動きですか？」

「ああ。奴はこのエリアを自由に動き回っている。神谷課長が言ったように、どこかで俺たちを監視している可能性もあるよな」

鷹野は助手席で地図帳を開き、湾岸エリアのページに目を落とした。すぐに指示を出さないのは、捜査の進め方に迷いがあるせいかもしれない。

あの、と塔子は話しかけた。

「少し湾岸エリアを走ってみましょうか。特に目的地は決めずに」

「どういうことだ？」鷹野は顔を上げた。

「犯人の気持ちになって走ってみようかな、と。一度、捜査員という立場を離れてみるのも有効じゃないかと思うんです。鷹野さんも、このエリアの地形が気になっているんですよね？」

鷹野は黙ったまま、右手の人差し指でこめかみを掻いた。それから、ゆっくりとうなずいた。

「一理あるかもしれないな。わかった。如月の思うとおりに走ってくれ」

「了解しました」

塔子はエンジンをかけ、覆面パトカーをスタートさせた。

まず東京湾岸署を出て、最初に事件のあった東京マリンタウンに向かった。東西に長い、大型倉庫のような建物の周囲をぐるりと回る。平日の朝だから、マリンタウンに入っていく買い物客はまだ少ないようだ。

「十二月三日の夜七時ごろ、犯人はここで四本の指を遺棄しました」塔子はウインカーを出して車線を変更した。「犯行後はすぐに建物を出て逃走しています」

面パトは青海地区を南東に進み、暁ふ頭公園の脇から海底トンネルをくぐって中央防波堤に入った。道はかなりすいている。しかし大型トラックが唸りを上げて走るのを見ると、塔子は緊張した。できれば、あの大きな車体からは離れて走りたいところだ。

やがて車は海の森公園に到着した。先日やってきた出入り口付近に車を停め、塔子は運転席から降りた。

鷹野とともに、公園の中を歩いてみる。

「そして四日の二十一時五十分ごろ、犯人は高崎瑞江さんの遺体がこの公園にある、と通報してきました。ここからだいぶ離れた公衆電話から架電したことがわかっています。遺体がいつこの公園に運ばれたかは不明です」

「ここに運んでから、場所を変えて電話をかけた可能性もあるな」

公園内の通路を、スーツ姿の男たちが歩いていくのが見えた。今も手がかりを求めて、捜査員が園内を回っているのだ。

塔子たちは遺体が発見された現場に行ってみた。顔見知りの刑事がいたので話を聞いたが、特に新しい情報はないということだ。礼を言って、塔子と鷹野は車のほうへ戻っていった。

「高崎さんの死亡推定時刻は、四日の二十時から二十一時だ。指を切られたのは前日だから、そのあと殺害されるまでどこかに監禁されていたと考えられる。アジトはこの近くなのか、それとももっと離れた場所にあるんだろうか」

「車で移動しているのなら、距離はあまり問題にならないかもしれませんね」

「ああ、たしかに」

「今、データ分析班が各所の防犯カメラで、不審な車をピックアップしているそうです」

「早く情報が入るといいんだがな」

鷹野は上空を見上げた。どこかの新聞社かテレビ局だろうか。ローター音を響かせてヘリコプターが飛んでいくのが見えた。

「これで事件は終わったかと思えたんですが……」塔子は続けた。「五日の午前三時二十七分に有明四丁目、三時四十八分に有明三丁目、この二ヵ所に男性の指が遺棄されました」

面パトに乗り込むと、塔子は再び車をスタートさせた。公園の周囲を一回りしてみる。視界を遮《さえぎ》るものがないから、青い空がよく見えた。羽田空港に近いため、ときどき旅客機の姿が目に入る。ここからだとゆっくり飛んでいるように思えるが、実際には大変な速度で動いているはずだ。

「次の現場は有明だが……」鷹野はあらためて地図帳に目をやった。「同じ道を戻るのも芸がないな。東京ゲートブリッジを渡って東に行ってみよう。若洲から新木場を通って、西に進めば有明に抜けることができる」

「そうですね。犯人が通った道かもしれません。注意しながら走ってみましょう」

中央防波堤外側埋立処分場を右手に見ながら、塔子は面パトを東に進めていった。車は東京ゲートブリッジを渡り、若洲地区に入る。

「今までの埋め立て地とは雰囲気が違いますね」

道路の左手は倉庫街のようになっているが、右手のほう、東側には樹木の並ぶ広大な土地が見えた。

「これはすごいな」鷹野は地図を見ながら言った。「若洲の東半分はゴルフ場だ。ちゃんと十八ホールあるらしい」

「そうなんですか。埋め立て地で潮風に吹かれながらゴルフなんて、優雅ですね」

「俺はゴルフをやらないから、優雅かどうかはわからないが」鷹野は地図を指でなぞった。「お、南西の隅にキャンプ場があるぞ」

「ゴルフ場にキャンプ場……。レジャー用の島なんでしょうか」

「ただ、西側には物流会社の倉庫が多いようだ。広い道が整備されて、大型トラックがたくさん出入りしているんじゃないかな」

まもなく前方に若洲橋が見えてきた。普段から面パトを運転しているので、塔子は地図を見なくても地形を思い出すことができる。

「これを渡ると新木場地区です。首都高速湾岸線やJR京葉《けいよう》線が通っています。埋め立て地といっても新木場辺りはもう、島という感じではないですよね」

そうだな、と鷹野は応じた。

「若洲の場合は見るからに島の形をしていて、ゴルフ場に行く道は限られている。南西側から東京ゲートブリッジを通るか、北側から若洲橋を通るか、ふたつにひとつだ」

そんなことを話しながら新木場地区を走っていると、前方から白黒カラーのパトカーがやってくるのが見えた。塔子たちの面パトとすれ違って、その車は若洲のほうへ走っていく。

何だろう、と塔子が考えていると、鷹野がもぞもぞ体を動かし始めた。ポケットから携帯を取り出し、通話ボタンを押して耳に当てる。

「はい、鷹野です。……ああ、お疲れさまです。今、新木場にいますが」

しばらく話したあと、彼は電話を切って塔子のほうを向いた。

「若洲に戻ってくれ。今回の捜査には直接関係ないと思うが、早瀬さんから情報収集を頼まれた」

「さっきのパトカーの件ですか。何があったんです？」

「毒物が撒かれた可能性があるらしい」

「……毒物？　いったいどこに」

「キャンプ場があると言っただろう。あそこだ」

「そんな……」塔子は目を見張った。「キャンプ場には親子連れが来ますよね。調理もするだろうし、そこに毒物だなんて」

信じられないという思いがあった。何かの間違いであればいいが、もし故意に行われたことだとすれば、ひどく悪質な犯罪だ。

途中で進路を変えると、塔子は若洲に向かって車を走らせた。

この地区には若洲海浜公園と、江東区立若洲公園があるという。キャンプができるのは若洲公園、南西の隅だった。

塔子たちは面パトから降りると、若洲公園の管理施設に急いだ。先に到着した制服警官たちが、中年の男性職員から話を聞いていた。塔子たちは自分の所属と階級を伝え、現場に同行させてもらえるよう頼んだ。

職員に従って塔子と鷹野、制服警官二名は若洲公園キャンプ場に入っていく。左手の高い位置に見える道路は、先ほど塔子たちが通ってきた東京ゲートブリッジだ。

広々とした草地の中に炊事棟とトイレがいくつか建っていた。職員はその炊事棟のひとつに捜査員たちを案内した。

「これです。見てください」

職員は流しのそばに置かれていた、二リットルサイズのペットボトルを指差した。中には濁《にご》った液体が入っている。

ボトルの側面に、セロハンテープで白いラベルが貼り付けてあった。

《ドク　ノウヤク　キケン　ユビキリマ》

塔子ははっとした。「毒　農薬　危険　指切り魔」という意味だろう。制服警官たちもこのラベルを見て眉をひそめている。

「鷹野さん、ここに『指切り魔』と……」

「どういうことだ」鷹野は白手袋を嵌め、ペットボトルのそばにしゃがみ込んだ。

「まさか、こんなところで指の話が出るとは」

「奴がやったんでしょうか」

「わからない。だが、あの犯人にしては少し稚拙な気がする。指のことはテレビで報道されているから、誰かがいたずらで『指切り魔』と書いた可能性もある」

「あの……」眼鏡をかけた制服警官が、声を低めて尋ねた。「もしかして青海や有明で起こっている、例の……」

ええ、と鷹野はうなずいたあと、職員のほうを向いた。

「ほかに、こういったペットボトルはありましたか?」

「いえ、私が見つけたのはこれだけです」

「念のため、敷地内を隅々まで確認したほうがいいですね」

鷹野のアドバイスを受けて、制服警官たちは捜索の相談を始めた。

もしこの事件が指を切断した犯人と関わっているのなら、塔子たちにとっても無関係ではない。制服警官たちを手伝って、キャンプ場の中をチェックすることにした。

鷹野の予想は当たっていた。少し調べただけでも、さらに三本のペットボトルが見つかったのだ。どのボトルにも《ドク　ノウヤク　キケン　ユビキリマ》のラベルが貼ってある。

そのうちサイレンの音がして、応援の警察官と鑑識課員がやってきた。塔子たちは事情を説明し、鑑識課員に四本のペットボトルを託した。

「農薬だと書かれています。持ち帰って中身を調べてもらえますか」

「わかりました。急ぎます」鑑識課員は緊張した顔で答えた。

鷹野は制服警官たちのほうを向いた。

「あれが毒物だった場合、ここでキャンプをするのは危険です。まだペットボトルが残っているかもしれないし、敷地内に撒かれた可能性も否定はできません」

「本当ですか！」公園職員が話に割り込んできた。「どうしましょう。今夜もキャンプの予約がいっぱいなんですが……」

「安全確保が最優先です。これから何日か、予約はすべてキャンセルしてもらったほうがいいと思います」

「全員に連絡するんですか？　時間がかかるし、クレームも来るだろうし……」

「ここで中毒者が出たら、クレームどころの騒ぎではないですよ。とにかく、危険な状況だということを上司の方に伝えてください」

「わ……わかりました」

職員は慌てて管理施設に戻っていった。

応援の警察官たちはこのあと、さらに詳しく敷地内を調べるという。

「大変な騒ぎになりましたね」

塔子がささやきかけると、鷹野は渋い顔をして唸った。

「いずれマスコミの記者たちも集まってくるだろう。一連の事件と関係あるのかどうか、気になるところだが……」

そうつぶやくと、鷹野は携帯電話を取り出した。特捜本部に連絡しておく、と言って彼はボタンを操作し始めた。

2

応援の捜査員がかなり増えてきたので、キャンプ場は彼らに任せることにした。

塔子と鷹野は面パトに乗り込み、中断していた捜査を再開した。若洲を出て新木場から西へ進み、有明三丁目に向かう。昨日尾留川たちが調べた高層ビルを確認したあと、有明四丁目の物流会社に移動した。ここは塔子たちが臨場した場所だ。

車を降りて、物流会社の受付を訪ねた。その後何か変わったことはないかと質問したが、特にないという回答だ。念のため、会社の営業案内などが載ったパンフレットをもらって外に出た。

　歩きながら、鷹野は早速パンフレットを開く。

「物流会社といっても、大きな荷物を扱うばかりじゃないんだな。個人向けの引っ越しサービスもあるそうだ」

「あ、意外と安いんですね」

「この会社は物流の拠点を持っているから、それが使えるんじゃないかな」

　昨日はこの会社の郵便受けに指が入っていたが、まさか宅配便で指が運ばれた事件などを示唆《しさ》するわけではないだろう。いったい、犯人の意図はどこにあるのか。

　物流会社、倉庫会社の建物を左右に見ながら歩いていくと、やがて東京湾が望める場所に出た。南側に目を向けると、遠くに貨物船やプレジャーボートが見える。

　塔子は鷹野に話しかけた。

「これで事件現場を結ぶルートは終わりですね。青海から湾岸エリアを、反時計回りに一周した形です」

「どうだ、如月。何か気づいたことはあるか？」

　そう問われて塔子は思案に沈んだ。これはという考えは浮かんでこない。

「水際だというのが、何か関係あるんでしょうか。それとも、犯人は埋め立てた土地にこだわっているとか。……いや、違いますかね」

鷹野は辺りを見渡していたが、ふと動きを止めた。ある方向を指差しながら、彼は言った。

「湾岸エリアには高層マンションが多いよな。ほら、あのへんもそうだ。犯人はああいうマンションに住んでいて、気軽に行動できるんじゃないだろうか」

「湾岸エリアの住まいといったら、月島《つきしま》辺りの古い住宅街という可能性も……」

「豊洲《とよす》辺りもあり得るか。ほかに水際というと葛西《かさい》、羽田、大森……。いろいろ考えられるな」

ふたりであれこれ話していると、塔子の携帯に着信があった。液晶画面には徳重の名が表示されている。人のよさそうな彼の顔を思い浮かべながら、塔子は電話に出た。

「如月です。トクさん、お疲れさまです」

「早瀬係長に報告したら、遊撃班に動いてもらおうという話になってね。私は今、ほかの聞き込みで時間がとれないものだから」

「わかりました。何でしょう？」

「去年、ほぼ白骨になった状態で見つかった、大志田潔という人がいただろう。その知人に当たったら、大志田さんは安達真利子《あだちまりこ》さんという女性と、よく会っていたことがわかったんだ」

「その安達さんは大志田さんと、どういう関係だったんですか」

「それはまだはっきりしない。でも如月ちゃん、安達真利子と聞いて、気がつくことはないかい」

謎《なぞ》かけのような言葉だ。何だろう、と記憶をたどるうち塔子は思い出した。

「安達真利子さんのイニシャルは『M.A.』ですね。大志田潔さんのノートに書かれていたものと同じです」

「そのとおり。もしかしたら大志田さんは彼女と交際していたのかもしれない」

「……でもトクさん、交際相手の名前をメモするのに、イニシャルで書くでしょうか」

「ああ、それも変な話か。だとすると、こうだね。交際とまではいかなくても、何か関わりがあった可能性がある。というわけで、その安達真利子さんのことを調べてほしいんだ」

「了解しました。私と鷹野さんで、安達さんを訪ねてみます」

塔子がそう答えると、徳重は急に声のトーンを下げた。

「いや、それがね、安達真利子さんはもう亡くなっているんだよ」

「え？　そんなお歳の方だったんですか？」

「五年前、三十二歳のときに自殺してしまったらしい」

「自殺……」

塔子の言葉を聞いて、横にいた鷹野が表情を曇らせた。

「旦那《だんな》さんの居場所がわかったから、まず話を聞いてきてもらえるかな。安達謙哉《けんや》さん、四十四歳。条南《じょうなん》大学工学部、機械システム工学科の教授で、品川《しながわ》キャンパスに研究室があるそうだ。詳しい情報はあとでメールするよ。鷹野さんにも送っておくから」

「ありがとうございます。このあとすぐ移動します」

塔子は電話を切って、今の話を鷹野に伝えた。彼は黙って聞いていたが、やがて何かに気づいたようだ。

「大志田潔さんが行方不明になったのも五年前だよな。たしか九月だったはずだ」

「そういえば……」

何か関係あるのではないか、と塔子は思った。昨日鷹野は「何でも結びつけようとするのはよくない」と言っていた。だがその鷹野自身も、大志田潔の失踪と安達真利子の自殺を関連づけようとしているらしい。

この件は入念に調べる必要がありそうだ。塔子は徳重から届いたメールを確認すると、面パトを停めた場所へ向かった。

条南大学のキャンパスは、ＪＲ品川駅から車で五分ほどの場所にあった。

　ここでは工学部と理学部の学生が講義を受けているという。機械や薬品も多数揃っていて、日々さまざまな実験が行われているそうだ。

　受付で手続きをしたあと、塔子たちは工学部一号館の二階に上がり、安達謙哉教授の研究室を訪ねた。事前の電話で今は講義のない時間帯だと聞いていたが、安達はあいにく席を外していた。部屋にいた大学院生に尋ねると、売店に飲み物を買いに行ったという。

「売店はどこにあるんですか？」

「隣の建物の一階です。ここの正面玄関を出たら、実験施設の脇を通って東に行ってください」

　礼を述べて塔子たちは階段を下りていった。

　正面玄関を出て、建物の東側に向かう。銀色のパイプやダクトが走っている一角を抜けると、校舎の脇に物置のような建物がいくつも並んでいるのが見えた。それぞれが何かの実験施設なのだろう。鷹野は物珍しそうにあちこちの写真を撮っている。

　前方から白衣を着た男性がやってきた。たぶんあれが安達だ。

　大学教授という職業柄、知的な印象があったが、少し頑固そうにも見える。眉間《みけん》に皺を寄せているのは、塔子たちを見て警戒しているせいかもしれない。

彼に近づいて、塔子は会釈をした。

「工学部の安達先生でしょうか」

「そうです。……電話をくださった方ですか？」

「はい。警視庁の如月と申します」

「同じく、鷹野です」

塔子と鷹野はほぼ同時に警察手帳を呈示《ていじ》した。それらをちらりと見てから、安達は鷹野に話しかけた。

「そちらの方、鷹野さんですか。さっきポケットにしまわれたデジカメですが……」

「ああ……」鷹野は自分のポケットに目をやった。「まずかったでしょうか」

「いえ、学生や職員の顔は写さないようにお願いできますか。その点だけご注意いただきたいと思って」

わかりました、と鷹野は答える。

「では、歩きながら話しましょうか」

先ほどよりも柔らかい声で、安達はそう促した。塔子たちは彼と並んで、実験施設のそばを歩きだした。

「お忙しいところ申し訳ありません」

塔子が言うと、安達は無表情のまま首を左右に振った。

「警察についてはいろいろ思うところもありますが、だからといって捜査の邪魔をするようなことはしません。おふたりが今日ここにやってきたのは、私の証言が必要だからでしょう？　私が黙っていたせいで被害が大きくなった、などと言われては困りますからね。捜査には協力しますよ」

引っかかる言い方だが、それは過去の警察の対応に不満を感じたせいかもしれない。塔子は歩きながらメモ帳を開いた。

「ありがとうございます。では早速ですが、安達先生は機械システム工学科で研究をなさっていると聞きました。普段どういったことを……」

「専門は熱工学で、ヒートパイプの研究・開発をしています。小型電子機器の内部には熱が溜《た》まりますから、それを効率よく外へ逃がすための技術です。携帯電話とかパソコンとか、そういったものに組み込んでいます」

「なるほど」うなずいたあと、塔子は少し声のトーンを落とした。「つらいご記憶だと思いますが、昔のことを聞かせていただけますか？　五年前、安達先生は奥さんを亡くされましたよね」

「ああ、やはりそのことですか」

少しためらう様子だったが、じきに安達は気持ちを切り替えたようだ。校舎の壁に目をやったあと、彼は話しだした。

「あの日の事件を忘れたことは一度もありません。五年前の九月二十八日、研究室で仕事を終えて、私は自宅に戻りました。ああ……自宅は目黒区原町《はらまち》にあります。もう調べておられるかもしれませんが」

「戸建てのお宅ですよね。奥さんとふたり暮らしだった、と聞いています」

徳重から受け取ったメールにそのことが書かれていた。

「当時、論文を書くためのデータ確認に追われていて、私は毎日遅くまで大学にいました。その夜も、帰宅したのは午前零時に近かったと思います。いつも玄関の鍵をかけておくよう妻に言っておいたのに、そのときはなぜか開いていました。何か嫌な予感がしました。中に入っていくと、その予感が当たっていたんです。居間のローテーブルのそばに妻が倒れていました。驚いて抱き起こしましたが、息をしていないし脈もなかった。私は動転してしまって……」

事件のことを思い出したのだろう。安達は足を止め、右手を額に押し当てて何度か深呼吸をした。痙攣《けいれん》するように頬が何度か動いた。

その様子を目にして、塔子は声をかけるのをためらった。外から与えられる痛みなら、どの程度のものか予想できるし、逃れることもできる。だが内側から湧《わ》き起こる負の感情は、簡単には抑えられないものだ。

安達が落ち着くまで待ってから、塔子は再び口を開いた。

「警察で調べたところ、奥さんは青酸化合物を摂取して亡くなっていました。毒物の出どころは不明でしたが、自殺ということで捜査は終わっています」

「ええ、そうです。どこから毒物が出てきたかわからなかったので、当時私はあなた方警察にかなり疑われたんですよ」

安達は塔子をじっと見つめた。その視線は冷ややかだ。激することはないものの、相手を強く責める気持ちが滲んでいる。

「申し訳ありません。捜査の間はすべての可能性を考える必要がありますので……」

釈明するように塔子が言うと、意外なことに安達は穏やかな口調で答えた。

「仕方ないと思います。実験や工作のため、私の大学にはいろいろな薬品が保管してあって、その中には青酸化合物もあるんです。ただ、それは私が管理していたわけじゃなかったんですよ。薬品の保管庫にしても実験施設にしても、大学では管理者を決めています。管理者でなければ、勝手に薬品の保管場所には出入りできません。それは普通に考えればわかることだと思います」

そうですね、と塔子は相づちを打つ。

「ところが私は刑事さんたちにしつこく質問されて、精神的にだいぶ追い詰められました。あんたが奥さんを殺したんじゃないか、とはっきり訊いてくる刑事さんもいました。あんまりですよね。妻を亡くして悲しんでいる人間に、そんなことを言うなんてひどすぎます」

これにはどう答えていいのかわからなかった。塔子はただ安達の顔を見ているばかりだ。

「詳しく調べてもらった結果、青酸化合物はしっかり管理されていて減ってはいないとわかりました。ただ、それでも私のことを疑っている刑事さんはいるようでしたけどね。本当にしつこい人たちですよ」

遺恨はないようだったが、それでも安達はちくりちくりと皮肉を言う。やむを得ないことだ、と塔子は思った。警察の事情聴取は何度も繰り返されたはずだし、中には恫喝《どうかつ》するような喋り方をする捜査員もいただろう。妻を亡くしたばかりの安達は、傷口を広げられるような思いをしたに違いない。

「警察の仕事はそういうものだとわかっています」安達は続けた。「ただ、疑いが晴れたときには一言謝ってほしかったですね。それをやらないから、警察の印象は悪くなるんじゃないですか？」

「当時の捜査について、私たちは詳しいことを知りません。もし安達先生をご不快にさせたとすれば、それは残念なことですし、申し訳ないと思います。ですが先生、これから行う捜査については、私たちが責任を持って進めたいと思っています」

安達は塔子の顔をじっと見つめた。どう応じようかと思案しているように見える。

ここで鷹野が咳払いをした。塔子に代わって、彼が安達に質問した。

「奥さんの交友関係について聞かせてください。誰かに恨まれていたとか、つきまとわれていたとか、そういうことはなかったでしょうか」

記憶をたどる表情になったあと、安達は答えた。

「あのころもいろいろ考えてみたんですが、特にトラブルはなかったはずです。何かあれば私に相談してくれただろうし」

「失礼ですが、当時奥さんに自殺願望などは……」

「気がつきませんでした。死にたくなるほど困っていたのなら、何か伝わってくると思うんですよ。いや、まあ、仕事で忙しくて、あまり話を聞いてやれなかったのは事実ですが」

そうですか、と鷹野はつぶやく。その横で塔子は、徳重からのメールを見ながら尋ねた。

「奥さんの携帯電話を確認した結果、誰なのかわからない番号がいくつか見つかりました。警察からかけてみても応答はなかったということです」

「ああ、そうらしいですね。妻の死に関係あるんじゃないかと思って、もっと調べてほしいと私は頼んだんですよ。でも結局、何もわからなかったようです」

学生ふたりが何か言葉を交わしながら、こちらにやってきた。それを見て、安達は腕時計を気にし始めた。そろそろ終わりにしたいと考えているのだろう。

ここで鷹野が再び口を開いた。携帯電話のメールを見ながら質問する。

「細かい時刻を確認させてください。五年前の九月二十八日の夜、安達先生が大学を出たのは何時ごろでしたか」

「午後十時五十分ごろですね。研究室に所属する大学院生が証言してくれたはずです」

「家に戻ったのは？」

「さっきも言いましたが、午前零時に近い時刻です。はっきりしないんですが、十一時五十分ぐらいだったんじゃないでしょうか」

塔子も徳重からのメールを確認してみた。五年前もたしかに安達はそう答えている。そのあと十一時五十七分に一一〇番通報を行ったということで、これは警察側にも通報記録が残っているはずだった。

「本当に動揺してしまっていたんです。なんとか蘇生《そせい》できないかと、妻に心臓マッサージをした記憶もあります」

妻・真利子の死亡推定時刻は、当日の二十一時三十分から二十二時三十分の間とされている。その時間帯、安達はまだ大学にいた。このアリバイからも、彼が妻を殺害した犯人でないことは明らかだった。

「そろそろいいでしょうか」

催促してきた安達の前で、鷹野は押しとどめるような仕草をした。

「もう少しだけ。先生、高崎瑞江という人を知りませんか。奥さんの知り合いに、そういう名前の人はいなかったでしょうか」

「……記憶にありません」

「では大志田潔という方のことは？」

「知りません。どういう人なんですか」

「いえ、ご存じでなければいいんです」

礼を述べると、鷹野は携帯電話をしまい込んだ。その様子を見て、安達は軽く息をついたようだ。皺を伸ばそうとするように、彼は指先で眉間を揉んだ。

「今になって妻の事件がどうなるものでもないと思いますが、何かわかったら教えてもらえますか」安達は少しだけ表情を緩めた。「如月さん、あなたはほかの刑事さんとは違うようです。責任を持って捜査を進めてくれると言いましたよね。期待していますよ」

わかりました、と答えて塔子は丁寧に頭を下げた。

条南大学品川キャンパスを出たあと、塔子たちは碑文谷《ひもんや》警察署に向かった。

安達の自宅がある目黒区原町を管轄するのは、ここ碑文谷署だ。刑事課を訪ね、五年前の安達真利子の自殺について話を聞いてみた。

みな出払っているということで、対応してくれたのは白髪頭の老刑事だった。彼は首をかしげながら言った。

「あれ？　その事件なら、捜一に頼まれて東京湾岸署に情報を送ったけどね」

「ええ、そう聞いていますが、できれば当時の資料を見せていただけないでしょうか」

鷹野が頼み込むと、老刑事はしきりに腰をさすりながらキャビネットに向かった。ややあって、資料ファイルを一冊持ってきてくれた。

「これだね。夫が大学教授だったので、毒物を入手できたんじゃないかと疑ったんだけど、結局はっきりしなかった。俺は最後まで奴が怪しいと睨んでいたんだけどさ」

おや、と塔子は思った。安達にしつこく事情を訊いたのは、もしかしたらこの刑事だったのだろうか。

「当時、高崎瑞江や大志田潔という人物は捜査線上に浮かびませんでしたか」

「うーん、そういう名前は記録されてないねえ」

「あの……ほかに何か、気になったことはなかったでしょうか」

塔子が横から問いかけると、老刑事は表情を和らげてこちらを向いた。

「あんたの話を聞いたことがあるよ。誰だっけ、捜一の小さい……」

「如月塔子です」

「ああ、そうだ。如月さんね」うなずいたあと、彼は資料に目を落とした。「当時、安達謙哉は自宅近くのレンタル倉庫を契約していたんだ。歩いて三分ぐらいの距離だった」

「そこは調べました？」

「もちろんだ。夜が明けてから、午前中にその倉庫を念入りにチェックした」

「え……。事件当夜は調べなかったんですか？」

驚いたという顔で塔子が尋ねると、老刑事は抗議するような口調になった。

「いや、だって夜も遅かったし、家の中を調べるのに手間取ったからね。翌朝あらためて事情を訊いたら、そこで初めてレンタル倉庫の話が出たんだよ。それで調べに行ったってわけさ」

たしかに、通報があったのは午後十一時五十七分という遅い時刻だ。そのあと現場の確認を始めたのなら、終わるころには明け方になっていたかもしれない。臨場できる人数にも限りがあっただろうし、詳しい事情聴取は翌朝以降になるのが普通だと言える。

だが、それにしても気になることがあった。

「明け方に一度、捜査員が帰ったあと、安達さんはひとりになったんですよね？　レンタル倉庫をきれいにすることもできたのでは？」

「まあ、それはそうだ。一度引き揚げるときには、夫が怪しいんじゃないかという話はまだ出ていなかったから、特に見張りはつけなかった。でもね、その後、安達の身辺を洗ってみても、クロだと断定できる物証はなかったよ」

「そうですか……」

気になるな、と思いながらも塔子はうなずいてみせた。

しばらく資料を見せてもらったあと、老刑事に謝意を伝えて、塔子と鷹野は碑文谷署を出た。

車に向かって歩きながら、塔子はひとり事件のことを考えていた。それに気づいたのだろう、鷹野が話しかけてきた。

「どうもすっきりしないという顔だな」

「ええ。もしかしたら安達先生が、奥さんの死に関わっているんじゃないかと……」

「しかし安達先生にはアリバイがあるぞ」

「奥さんは毒物で中毒死しています。たとえば自分のいないとき奥さんに毒を飲ませる方法があれば、犯行は可能ですよね」

「もしそうだったとして、動機は何だ？」

「ほぼ白骨化して見つかった大志田潔さんは、安達真利子さんとよく会っていたそうです。ノートから『M.A.』というメモも見つかりました。想像ですが、安達真利子さんは大志田さんと親密な関係になっていたんじゃないかと思います」

「不倫関係だったから、大志田さんはあえてイニシャルでメモしていた、というわけか」

「そういうことです。奥さんが不倫しているのを知ったら、当然、安達先生は怒りますよね」

「そして妻を毒殺したと？　さらに、浮気相手だった大志田さんも殺害したのか？」

鷹野は人差し指の先で、細い顎を掻いている。これは彼が真剣に頭を働かせているときの癖だ。

「可能性はありますよね」塔子はメモ帳を開いた。「大志田さんの行方不明者届が出されたのは五年前の十月三日です。でも会社を無断欠勤するようになったのは、九月二十九日からでした。大志田さんは二十八日に、すでに事件に巻き込まれていたんじゃないでしょうか」

塔子は鷹野の顔をじっと見つめる。確証が持てないのだろう、彼は低い声で唸った。

「つじつまは合うかもしれないが、如月はそれでいいのか？」

「……え？」

「おまえの勘が優れているのは認めるよ。過去、それに助けられてきたことが何度もある。でも、今の推測は納得できるものだろうか」

「できませんか？　納得……」

「さっきの安達先生が、浮気を理由にふたりも殺害するというのがしっくりこない。まあ、それも俺の勘でしかないだろう、と言われればそのとおりだが」

「鷹野さんが勘を口にするなんて珍しいですね」

「そうだよな。本来なら俺は筋読みをする立場だ。でも今回に限っては、如月がどんどんパズル的に話を進めようとするから、こっちはついブレーキをかけたくなる。筋は通っているが動機面はどうなんだろう、と考えてしまってね」

「たしかに、あの人がふたり殺害したとは考えにくいんですけど……」

「だとしたら、もう少し情報を集めたほうがいいな」

鷹野に諭され、塔子は小さくうなずいた。

「了解です。ここは慎重に捜査を進めましょう」

腕時計を見ると、午後二時四十分になるところだった。ひとつ深呼吸をしてから、塔子は面パトの運転席に乗り込んだ。

3

塔子たちは早瀬係長に連絡をとり、指示を受けて聞き込みを続けた。鑑取り班とも連携しながら、高崎瑞江の友人・知人を訪ねていく。また、ほぼ白骨の状態で見つかった大志田潔や、自殺したとされる安達真利子についても情報収集を行った。

こうしている間にも、犯人は次の事件を起こそうとしているかもしれない。慎重に捜査を進めたいと思いながらも、焦りを抑えることは難しい。

――このままでは、ふたり目の被害者も……。

高崎瑞江のように殺害されてしまうのではないだろうか。最悪の事態が頭に浮かんでくる。塔子は強く首を振った。それだけは、なんとしても阻止しなければならない。

予定していた聞き込みを終えると、塔子は面パトを湾岸エリアに向かわせた。鑑取りの捜査に行き詰まったため、今度は事件現場付近に戻って捜査をしようという考えだ。

現場百遍という言葉もある。事件の起こった場所に何度も足を運べば、新しい目撃情報が得られるかもしれない。

東京マリンタウンのカフェやアクセサリーショップを訪ね、その後何か思い出したことはないかと尋ねてみた。しかし残念ながら成果はなかった。

再び車に乗って有明四丁目に向かっていると、鷹野がポケットから携帯電話を取り出した。液晶画面を見て、「何だ?」と首をかしげている。

通話ボタンを押して誰かと話していたが、やがて鷹野は電話を切って塔子に告げた。

「如月、りんかい線の東雲《しののめ》駅に行きたいんだが……」

「東雲ですか? 事件には関係なさそうですけど」

「俺と話したい、という人がいるんだよ」

そう言ったまま、鷹野は窓外に目をやって黙り込んでしまった。何か釈然としないという顔をしている。

不思議に思いながら、塔子はウインカーを出して進路を変更した。

りんかい線の東雲駅は国際展示場駅と新木場駅の間にある。物流倉庫など企業の建物のほかにマンションも増えている地区だ。駅の北西には幼稚園や小学校もある。

塔子は東雲駅の南側に車を停めた。辺りにはタクシーや乗用車、商用車が何台か見える。鷹野はいったい誰と会おうとしているのだろう。

駅のほうを観察していた鷹野が、急に助手席のドアを開けて外に出た。塔子もバッグを持ってあとを追う。

こちらに近づいてきたのはふたりの男性だった。彼らの顔を見て、塔子ははっとした。ひとりはグレーのスーツを着た目つきの鋭い男、仙道滋。もうひとりは後輩の小杉広司だ。

——どうして大都新聞の記者がここに……。

先ほど電話をかけてきたのは仙道だったということか。なぜ彼は刑事に連絡をとったのだろう。いや、それよりも、なぜ鷹野が仙道の求めに応じたのかがわからない。

「遅かったじゃないですか。寒くて風邪をひくかと思いましたよ」

口元を緩めて仙道が言う。斜めうしろに立って、小杉は様子をうかがっていた。

「この場所を指定したのはそっちじゃないか」鷹野は相手の顔を見つめた。「それで仙道さん、重要な情報というのは何だ?」

「正直な話、誰に教えようか迷ったんですよ。でも、とても大事なネタですからね。十一係のエースである鷹野さんが最適だと思ったんです」

「先に言っておくが、妙な取引には応じられないぞ」

「取引だなんて、口が悪いなあ」仙道は顎に生えた無精ひげを撫でた。「凶悪事件を解決したいという思いは、みんな同じでしょう。その目的のために協力しませんか、ということです」

「その協力の内容が問題なんだ」

「前にも言いましたが、ギブアンドテイクですよ。手代木管理官は理解を示してくれましたけどね」

五日の午前一時三十分ごろ、SNSに高崎瑞江の画像が投稿された。そのアカウント主に仙道が取材を申し込もうとしたとき、手代木がやってきて諭していたように見えた。だがあれは、何か取引めいたことをしていたのだろうか。

「おたくがつかんでいる情報というのは何だ？」鷹野は硬い口調で尋ねた。「それを教えてもらわないことには、こっちもどうすべきか判断がつかない」

「鷹野さん、それは無理ですよ。私が詳しく喋ったら、はいさよなら、とあなたは消えてしまうでしょう？」

「聞かないことには有益な情報かどうかわからない」

鷹野はあくまで強気の姿勢を崩さなかった。仙道はしばらく考えていたが、やがて仕方ないという顔になった。

「じゃあ途中まで話しますよ。残りは、そちらから情報をもらったあとに伝えます」

「ちょっと待った。こちらから出せる情報には制約がある。俺の一存では話せないことばかりなんだ」

「難しい注文をするわけじゃありません。まず、私がつかんでいる情報を警察が知っているかどうか、教えてほしいんです。そのあと、状況の確認に協力してもらいたいんですよ」

ふたりのやりとりを聞きながら、これはどういうことだろう、と塔子は考えた。仙道が情報を持っているのは間違いなさそうだ。だがそれをわざわざ鷹野に伝えに来たのは、情報の信憑性《しんぴょうせい》に疑いがあるということか。その情報が正確かどうか、仙道は警察に確認したいのだろうか。

「わかった。仙道さん、話せるところまで話してもらおう」

鷹野が促すと、仙道は辺りの通行人に目を走らせてから、再び口を開いた。

「昨日あらたに四本の指が見つかりましたよね。あれの主が……つまり被害者が、湾岸エリアのどこかに捨てられているらしいんです」

まったく予想外の言葉だった。塔子は思わず仙道に問いかけていた。

「ふたり目の被害者のことですか？」

「そう。男性で、すでに指が四本切られた人物。その人がどこかに遺棄されているみたいなんですよ」

「そんな……」

頭を殴られたような気分だった。自分たちは、あの犯人にまた後れをとったのか。

「いったいどこからの情報だ?」

鷹野が厳しい声を出した。仙道のそばで、後輩の小杉は顔を強ばらせている。だが当の仙道は少しも動じていなかった。

「それは答えられません。新聞記者がネタ元を明かすわけないでしょう」

「言わなくても想像がつくよ。この事件の犯人だな？　あんたは結局我々の言うことを無視して、あのアカウント主に連絡したんだろう。犯罪者に直接取材を申し込んだわけだ」

「さあ、どうでしょうねえ」仙道はとぼけるように首を振る。

この男は、と塔子は思った。この新聞記者は、犯罪者の提灯持《ちょうちんも》ちになるつもりだろうか。全国紙という媒体を使って、犯人の言うことを代弁しようというのか。

「そんなことをすれば、犯人の思うつぼです」塔子は強い調子で言った。「犯人は世間を騒がせて喜ぶタイプかもしれません。大都新聞が自分の考えを広めてくれるとなれば、目立とうとして何をしでかすかわかりませんよ。犯人に都合よく動いては駄目です」

塔子が勢い込んで主張するのを、仙道は感心したような顔で見ていた。それから彼は、ふん、と鼻を鳴らした。

「まあ、優等生ぶるのはそれぐらいにしてもらって……。ここでは現実的な話をしましょう。ご想像のとおり、私は指切り魔に取材を申し込みました。被害者の画像は削除されましたが、あのアカウントはまだ生きていたから、メッセージを送ることができたんです。ほかの社も接触を図ったようですが、ネームバリューでうちが選ばれたようですね。そこは会社の看板に感謝していますよ」

たしかに、大都新聞は全国紙の中でも発行部数が多いことで有名だ。犯人がそれを重視した可能性は高い。

「とりあえず私からの情報はここまでにしておきましょうか」今度は仙道が鷹野に尋ねてきた。「今の件、警察は知っていましたか？　もし、すでに第二の遺体を見つけてしまったのなら発表も間近でしょう。一足早く、うちの社に教えてくださいよ。そうすれば私が知っているほかの情報とも、すり合わせができますからね」

今の発言から、仙道はまだその遺体を発見していないことがわかった。なるほど、と塔子は思った。どこかに遺体があるかもしれない、という中途半端《ちゅうとはんぱ》な情報ではスクープにならない。遺体を発見するか、せめて写真でも手に入れない限りは記事にできないはずだ。

「どうですか。鷹野さんは今の情報をつかんでいましたか？」

そう問いかける仙道の前で、鷹野はしばし考え込んだ。塔子は息を詰めてその様子を見守る。

やがて鷹野は声を低めて答えた。

「仙道さん、その遺体を捜すのが最優先だよな。手がかりがあるなら聞かせてくれ。そのために俺を呼び出したんだろう？」

「ふうん、警察はこのネタをまだつかんでいなかったのか」仙道はひとり何度かうなずいた。「まあ、そういうことなら、あとは鷹野さんの知恵を借りるしかないですね。……犯人からのヒントはこれです」

仙道は畳んだ紙を開いて鷹野に差し出した。そこにはSNSアプリの画面が印刷されている。例のアカウント主から仙道宛《あ》てに送られてきたメッセージらしかった。

《〇千石　×南千石　×東千石》

地名らしきものが三つ列記されている。共通する部分は「せんごく」と読むのだろうか。

「簡単な話じゃないか」鷹野はすぐに顔を上げた。「文京区《ぶんきょう》に都営地下鉄の千石駅がある。あのへんは文京区千石という地名だったはずだ。ほかにもネットで検索すれば、千石という地名がいくつか出てくるかもしれないが……」

「もちろん検索しましたよ。鷹野さんの言うとおり、文京区に千石という地名があります。ほかに、江東区にも千石という場所がありました」

「江東区なら、この東雲駅辺りもそうだ。事件のあった青海も有明も江東区だよな」

「しかしね、千石、南千石、東千石という地名がすべて揃っている場所は、福島県にしかないんですよ」

「福島県？」鷹野はまばたきをした。

「それに千石がマルで、南千石と東千石がバツというのがわからない」

「たしかにな。今までずっと湾岸エリアで事件が起こっていたのに、急に福島とはならないだろう。いったいどういうことだ？」

腕組みをして鷹野は考え込む。その横で塔子はバッグから地図帳を取り出した。急いで湾岸エリアのページを開き、地名を確認し始める。

鷹野が黙り込んでしまったのを見て、仙道は落胆した様子だった。

「駄目ですか。鷹野さんならわかるんじゃないかと思ったんですがね」

「こんなクイズ、すぐに解けるわけがない」鷹野は不満げな顔をした。「少し考えさせてもらわないと……」

「私は鷹野さんが解いてくれると信じてますからね。答えがわかったら連絡をもらえますか。ギブアンドテイクを忘れないでくださいよ」

じゃあ、と言って仙道は踵を返し、小杉とともに駅のほうへ去っていった。

彼らの姿が見えなくなってから、鷹野は紙を畳んでポケットにしまい込んだ。それから彼は塔子に言った。

「さて、不本意だが俺たちはこのクイズに取り組まなくてはならない。携帯で調べるには限度があるだろうから、尾留川に協力してもらうかな」

車に戻ろうとする鷹野に、塔子は小声で呼びかけた。

「あの、鷹野さん。私、正解がわかりました」

「何だって？」足を止め、驚いたという顔で鷹野は振り返る。「ちょっと待て。俺がわからないのに、なんで如月にわかるんだ？」

「アナログの勝利ですよ」塔子は地図帳を指し示した。「たぶんネット検索では引っかからないんです」

「そんな馬鹿な……。どんな地名だって、検索エンジンでヒットしないことはないだろう？」

「それがですね、引っかからないものがあるんですよ。私、捜査で車を運転することがあるから知っているんです。前にも、なんでこれがヒットしないんだろうと不思議に思ったんですよ」

訳がわからないという顔で、鷹野はこちらを見ている。塔子は先輩を促した。

「仙道さんたちには内緒にしておいて、今すぐその場所に向かいましょう」

りんかい線東雲駅から面パトは東へ走りだした。

東雲地区から新末広《しんすえひろ》橋を渡って辰巳《たつみ》地区に入る。物流会社の倉庫を左手に見ながら進んでいくと、別の橋に差し掛かった。

「ここが新曙《しんあけぼの》橋です。これを渡ると新木場地区ですよね」

今日の午前中、塔子たちは若洲から戻る際、この道を西へ向けて走った。今はそれを逆にたどる形になっている。

やがて前方に広い交差点が見えた。これを左折すれば、りんかい線、ＪＲ京葉線、東京メトロ有楽町線の新木場駅だ。

「鷹野さん、この交差点の名前、わかりますか」

「ええと」鷹野は助手席で塔子の地図帳を開いた。「千石橋北交差点と書いてある。……なんだ？　このへんに千石橋というのがあるのか？」

「そうなんですよ」

塔子はウインカーを出して右レーンに入り、対向車が途切れるのを待って右折した。

そのまま百メートルほど進むと、また橋が現れた。

「これが千石橋です。左側に見えるのは砂町運河の中にある第一貯木場。もう少し進むと第二貯木場があります」

「新木場というのは、もともと木場から貯木場を移してきたんだよな」

「この貯木場の周りに千石橋、南千石橋、東千石橋というのがあるんですよ」

「あ……本当だ」鷹野は地図を見ながら、感心したような声を出した。「これ、ネットの検索エンジンではヒットしないのか？」

「『千石』ではなく、『千石橋』で検索しないと見つからないんですよね」

「これは驚いた。俺では絶対に気づかなかったよ。如月の手柄だな」

「犯人にとっては簡単な問題だったのかもしれませんけど」

鷹野はポケットから先ほどの紙を取り出した。

「例のアカウント主からのヒントでは、南千石と東千石はバツだ。正解は千石橋ということになる」

「その周辺に被害者が遺棄されている、と伝えたかったんじゃないでしょうか」

「千石橋の近くで可能性がある場所といったら……」鷹野は地図を指でなぞった。

「これか。橋を渡ったところに新木場公園というのがある」

「私も、そこじゃないかと思います」

高崎瑞江の遺体が見つかったのは、中央防波堤にある海の森公園だった。今回も公園に遺棄されているのではないか、という気がする。

塔子は公園のそばでエンジンを止め、面パトから降りた。鷹野とふたり、足早に新木場公園へ入っていく。

遊具などはなく、軽いスポーツや散策などに向いた公園だった。ところどころに木が植えてあり、海を望める場所にいくつかベンチが設置してある。振り返ると、先ほど車で渡ってきた千石橋が見えた。

五分ほどふたりで敷地内を歩いてみたが、これといって不審なものは見当たらない。

「妙だな。ここだと思ったんだが、違うのか?」鷹野は辺りを見回して首をかしげた。「いや、待てよ。馬鹿正直にすべてを信じるべきじゃなかったのか……。犯人が出したヒントがダミーだったかもしれないし、そもそも仙道の話がでたらめだった可能性もある。少し焦りすぎたか」

「でも、仙道さんがわざわざ私たちを騙したりするでしょうか。あの人も暇じゃないですよね」

「それはそうだ」鷹野はひとつ息をついてから歩きだした。「公園の周辺を調べてみよう」

塔子と鷹野は新木場公園を出て、近隣のビルや倉庫を訪ねていった。従業員に警察手帳を見せ、敷地内を見せてほしいと申し出る。どの企業も所有地が広く、隅々まで確認するには時間がかかった。

三ヵ所目に訪問したムライ物流という会社では、総務部の担当者が一緒に敷地内を回ってくれた。

「なんとまあ、この寒い中、刑事さんたちも大変ですね」

担当者は作業服の襟を立てながら、塔子たちを駐車場まで案内した。

彼は富倉《とみくら》という三十代後半の男性で、右目の脇に目立つほくろがある。身長は百七十五センチほどだが、体を鍛《きた》えているのか筋肉質だ。

「最近このへんで何か不審なことはありませんでしたか」

塔子が尋ねると、富倉は短く刈った髪を掻きながら首をかしげた。

「どうでしたかねえ。この辺りは倉庫や工場ばかりで、住んでいる人はほとんどいませんから……。ああ、少し向こうの有明のほうでは、何ですか、人間の指が出たなんて話も聞きましたけど」

「どんなふうにお聞きになっていますか？」

駐車している営業車の下を確認しながら、鷹野が問いかけた。

「有明二丁目で親指と小指が出たとか。あとは有明三丁目で中指と人差し指でしたっけ。まったく物騒な話ですよ」

内容が微妙に間違っているのだが、鷹野も塔子も特に訂正はしなかった。

建物の脇に小さな物置が見える。立水栓のそばで青いホースがとぐろを巻いていた。念のため、鷹野は許可を得てデジカメであちこちを撮影していった。

三人は駐車場を出て、建物の西側にある廃棄物集積場に移動した。

「週に一回、業者がごみを取りに来ることになっていまして」

木材や束《たば》ねた段ボール、雑誌、レジャーシート、機械部品などが置かれた雨ざらしのスペースだった。鷹野は富倉に尋ねた。

「ちょっと拝見してもいいでしょうか」

「かまいませんよ」

富倉はみずから進んで廃棄物集積場に踏み込んでいく。こちらを振り返って、どうぞ、と彼は手招きをした。

塔子と鷹野はそのスペースに入り、廃棄物の様子を観察した。段ボールを持ち上げ、下に何か隠れていないか確認する。

「本当に刑事さんたちも大変ですよねえ」富倉はのんびりした口調で言った。「もうクリスマスも近いっていうのに、こんなところでごみ漁《あさ》りなんか……。あ、すみません。失礼なことを言ってしまって」

「いえ、そのとおりですから」

塔子は気にせずそう答えたが、富倉は首をすくめて頭を下げていた。

鷹野がレジャーシートを取りのけた。冷たい空気の中、わずかに埃《ほこり》が舞い上がる。シートの下から現れたものを見て、彼は動きを止めた。

「富倉さん、少し離れていてもらえますか」

「……え？」

不思議そうな顔で富倉はまばたきをする。鷹野に促され、彼は集積場の外に出た。嫌な予感を抱きながら、塔子は鷹野に近づいていった。鷹野は極力、無表情を装っているようだ。だが富倉を遠ざけたことから、何か異状があったのだと推測できた。

鷹野の足下をひとめ見て、塔子は息を呑んだ。

コンクリートで固められたスペースの床に、ひとりの男性が横たわっている。青いトレーニングウエアの上下という、この寒い時期には似合わない恰好だ。その男性は両目を大きく見開いて、宙を睨んでいた。

鷹野は白手袋を両手に嵌め、男性の脈を調べた。そのあと胸の動きがないことを確認して、塔子のほうを振り返った。

「死亡している。頸部に索条痕あり。ロープか何かで首を絞められたんだ」

鷹野は倒れている男性に向かって静かに手を合わせた。

犯人が伝えてきたことは本当だったのだ。それを理解して塔子は唇を嚙んだ。

捜査が行き詰まる中、わずかな手がかりでもいいから入手したいと考えていた。そこへ仙道から情報が入って、鷹野と塔子はすぐに飛びついた。その結果、遺体が発見できたわけだが、犯人に踊らされてしまったとは言えないだろうか。

遺体を詳しく調べていた鷹野が、低い声で唸った。

「これは……ひどいな」

塔子も手袋をつけて遺体のそばにしゃがみ込む。鷹野が遺体の側頭部を指差しているのを見て、はっとした。

――耳がない！

刃物で切られたのだろう、被害者には右耳がなかった。反対側を確認すると、左耳も削《そ》ぎ落とされている。

「どうしてこんな……」声をひそめて塔子は尋ねた。「手の指はどうです？」

「左手の指は五本とも切られている。それに加えて、右手の指もすべて切断されている」

「右手も？」

「さらに、ここを見てくれ。どうにも理解できないんだが、足の指までなくなっているんだ」

「え……。足の指もですか？」

塔子は腰を上げて場所を変え、遺体の足に目をやった。靴も靴下も履いていない男性の足は、血の気を失って白っぽくなっている。左右どちらの足も指が切られ、なくなっていた。

塔子は目を見張った。これはまったく予想外のことだった。

「両手両足、全部ですか」

「そうだ。二十本の指と、ふたつの耳が切り取られている」

「どうしてそんなことを？」

犯人の意図がわからなかった。もともと指にはこだわりを持っていた人物だと思われる。しかし両手両足、すべての指を持ち去るというのは理解できなかった。さらに今回は耳までなくなっているのだ。犯人は人体パーツの収集家だとでもいうのだろうか。

そのときだった。うしろから富倉の声が聞こえた。

「あの……ちょっと……」

そうだ、彼に説明しなければ、と思いながら塔子は振り返った。だが、そこにいたのは意外な人物だった。

富倉を押しのけるようにして近づいてくるのは、大都新聞の仙道だ。後輩の小杉も一緒だった。

「刑事さん、この人たちが……」富倉は戸惑っているようだ。

廃棄物集積場のそばに来て、仙道は鷹野を見つめた。

「ひどいじゃないですか鷹野さん。何かわかったら教えてくれる約束だったのに」

「今見つけたばかりだ。連絡のしようがなかった」そう言ったあと、鷹野は仙道を睨み返した。「それより仙道さん、そっちこそひどいんじゃないか？　我々のあとをつけてきたってことだよな」

「尾行に気づかなかったとは、鷹野さんも如月さんも、よほどクイズに夢中だったようですね」

「一度駅に向かうようなふりをして、車で追ってきたのか」

「保険をかけただけですよ。鷹野さんが裏切らないよう、見張っておかないとね」

鷹野は何か言い返そうとしたが、その言葉を呑み込んだようだ。少し考えてから、彼は口を開いた。

「この男性について我々はすぐに調べる。今は引き揚げてもらいたい」

「じゃあ約束してください。調べがついたら、私のところに情報を流すと」

「俺の一存では無理だ」

「はあ？　何を言ってるんですか。私たちの情報で、鷹野さんは遺体を見つけることができたんでしょう？　ここに来て、急にルールを変えられては困ります」

おい如月、と鷹野が硬い声で言った。

「特捜本部に連絡だ。至急応援と鑑識をよこすよう頼んでくれ」

「……了解しました」

塔子はバッグを探って携帯電話を取り出そうとした。

そのときだ。カメラのシャッター音を耳にして、塔子はぎくりとした。慌てて音のしたほうに目を向けると、仙道がデジカメで男性の遺体を撮影していた。

「何をしてるんですか！」

強い調子で塔子は言った。だが仙道は動じる様子もなく、写真を撮り続ける。

「やめろ仙道さん。それ以上やると公務執行妨害になるぞ」

鷹野も厳しい表情で警告する。

後輩の小杉が戸惑うような顔をしていた。

「仙道さん、これはちょっと……」小杉はささやいた。「まずいんじゃないですか」

ようやく仙道はカメラを下ろし、ひとつ息をついてから鷹野を見た。

「わかりましたよ。でもこの画像データは渡しません」

「その写真をどうするつもりだ」

「ご心配なく。いくらなんでも、全国紙に遺体の写真なんて載せません。これは今後の交渉材料ですよ」

「まだ警察と交渉する気なのか？」

「切り札というやつです」仙道は澄ました顔で答えた。「私たちも自分の身を守らなくちゃいけないのでね。こういうものを用意しておかないと、警察に何をされるかわからないから」

　これは聞き捨てならない言葉だった。塔子は仙道を睨みつけ、一歩前に出た。

「仙道さん、それがあなたのやり方ですか？　凶悪事件を解決したいという思いは同じだと、あなたは言いましたよね。でも今の態度を見ていると、そうは思えません。あなたは犯人の手助けをしたいんですか？」

「如月さん、犯人は私たちマスコミを利用しようとしているんですよ。だったらこっちは利用されたふりをして、向こうの隙を突けばいい。そのために、うちの社が犯人とのパイプを作ったわけです。こんなこと、警察にはできないでしょう。ここは感謝されるところだと思いますけどねえ」

　すかさず塔子は反論しようとしたが、鷹野がそれを制した。彼は仙道に向かって低い声で言った。

「とにかく、今は帰ってくれ」

「連絡を待っていますよ。もし鷹野さんが無理なら、手代木さんから電話をもらうのでもかまいません」

　そんなふうに釘《くぎ》を刺して、仙道は現場から離れていった。小杉は何か言いたそうな顔をしていたが、仙道に呼ばれてあとを追った。

「まあ、こうなるだろうな」鷹野はため息をついた。「所詮《しょせん》、警察とマスコミが協力するなんて無理な話だ。だがマスコミと完全に敵対するわけにもいかない。我々にとって、彼らの報道が役に立つ場面もあるからだ」

「嫌な感じですね」去っていく仙道たちの背中を見ながら、塔子はつぶやいた。「あんな記者は初めて見ました。あの人、社内でどう思われているんでしょう？」

「それは我々が心配することじゃないさ。それより早く本部に連絡してくれ」

「あ……。そうでした、すみません」

塔子はあらためて携帯電話を取り出し、メモリーから早瀬係長の番号を呼び出した。

鷹野は再び遺体のそばにしゃがんで、所持品などを調べ始めた。離れた場所で様子をうかがいながら、富倉は不安そうな顔をしている。

「係長に連絡しました」電話を切って塔子は報告した。「すぐに応援を出してくれるそうです。もちろん鑑識も」

わかった、とうなずいたあと、鷹野は塔子の前に小さな物体を差し出した。

「トレーニングウエアのポケットに入っていた」

塔子は眉をひそめた。それは高崎瑞江の遺体から見つかったものと同じだ。

メモリーカードだった。

4

連絡をとってから約十五分後、ムライ物流の敷地に警察車両が次々とやってきた。

この辺りは住人のほとんどいない場所だが、サイレンの音を聞きつけ、近くの会社の従業員たちが集まってきている。彼らに見られないよう、鑑識課員たちはブルーシートで廃棄物集積場をすっかり囲った。

「お手柄……というべきなのかどうか」早瀬係長は表情を曇らせて、眼鏡のフレームを押し上げた。「こんなことになってほしくない、という気持ちもあった。だが高崎瑞江と同じく、すでに指が遺棄されていたからな。いずれ被害者が見つかることは避けられなかったのかもしれない」

鷹野は遺体発見までの経緯を手短に説明した。大都新聞の仙道記者についても隠さずにすべて話した。

「そうか。仙道の件は手代木管理官と俺に任せてくれ。上を通して大都新聞と話をする。鷹野たちは捜査に専念してほしい」

お願いします、とうなずいたあと、鷹野は左手に持っていたメモリーカードを差し出した。

「あの男性のポケットに入っていたものです」

「また何か録音されているのか……」

早瀬は手袋を嵌めた手でそれを受け取ると、振り返って鑑識の主任を呼んだ。

「カモさん、ちょっと来てくれ」

はい、と答えて癖っ毛の鴨下主任がこちらにやってくる。彼は証拠品保管袋に入った運転免許証を掲げてみせた。

「廃棄物集積場を調べたところ、免許証が見つかりました。顔写真から、この被害者のものと思われます。関丈弘《せきたけひろ》、四十三歳、住所は神奈川県川崎市。問い合わせたら、ホームセンターの社員だとわかりました」

「了解だ。すぐ鑑取り班を行かせる」そう言ってから、早瀬はメモリーカードを鴨下に手渡した。「被害者がこれを持っていた。すぐに中身を調べられるか?」

メモリーカードに顔を近づけて、鴨下はじっと見つめる。

「この前のカードと同じ商品ですね。データをコピーしてみましょう」

鴨下の案内で、塔子たちは鑑識課のワンボックスカーに乗り込んだ。三分ほど待つと、若い鑑識課員が別のメモリーカードを持ってやってきた。

「複製できました。パソコンで聞くことができます」

鑑識課員はカードを鴨下に差し出す。それをノートパソコンにセットして、鴨下は音声データを再生させた。

　高崎瑞江のときと同様、ノイズがしばらく聞こえたあと、ボイスチェンジャーを通した声が流れだした。

「警察の諸君、この前俺が残したメッセージは聞いてもらえただろうか。さて、今回はふたり目だな。この男を殺したのも俺だ。なぜこんなことをしたのか。この男は死ぬべき人物だったからだよ。

　そんなことが誰に決められるのか、とあんたたちは言うかもしれない。だが事情を知れば、無関係なあんたたちだって思うはずだ。この男は生きていてはいけなかったんだ、とな。……それがわかるよう、面白い話を聞かせてやろう。

　あるところにひとりの善人が住んでいた。誰に迷惑をかけることもなく、静かに暮らしていた。ところがそれに悪人が目をつけた。善人を脅して、自分の思うように利用した。善人は善人であるがゆえに抵抗できなかった。

　そしてとうとう悲劇が起こった。ある夜、悪人は善人の家に侵入して殺してしまったんだ。善人は声を上げることもできずに息絶えた。だが死ぬ間際、ひどく悔しがったに違いない。なぜ自分が死ななければならないのかと考え、悪人を恨んだはずだ。罪のない善人が殺され、悪人はまんまと逃げ去った。ああいう奴は何度でも同じことを繰り返すだろう。絶対に許せない！

だから俺は復讐することにした。警察に任せておけばいい、と言いたいか？　ふざけるなよ。あんたら暢気《のんき》な公務員は少しの間だけ捜査して、犯人は捕まりませんでしたと公表する。自分たちの能力が低いのを棚に上げて、被害者を平気で侮辱する。事なかれ主義のクズども、それがあんたたち警察官だ。そんな連中、役に立つわけがないだろう？　だから俺が自分でやるしかないんだ。

俺は何度も夢に見た。波もなく、凪のように静かな海。どろりとした油のようだ。その海面に響き渡る悲鳴。善人が感じた恐怖と苦痛がその叫びに込められている。善人は心の中で叫んでいたはずだ。ああああああっ！　私を！　私を助けて！

なあ、あんたら、もしかして俺は、おかしくなってしまったんだろうか。いや、他人には判断できないだろうな。正常か異常かは俺自身が決めることで、誰かが意見できることじゃないんだ。

最後にあんたらに命令する。あの女と同様、この男の身元も公表してはならない。もし公表したらどうなるか、わかっているな？　ひとりやふたりじゃ済まない。大勢の人間が死ぬことになるだろう。その気になったら俺は必ず行動する。その結果、自分がどうなろうとかまわない。俺は死んでもいいんだよ、このクソどもが！」

メッセージは終わり、あとはノイズだけになった。

鷹野も早瀬も鴨下も、みな青ざめた顔でじっとしていた。

——私たちの敵は、こんな男なのか。

塔子は背中がひやりとするような気分を感じていた。前回のメッセージに続いて、今回も毒気のあるひとり語りだ。これが会話や通話であれば、ところどころで質問を挟み、何か探ることができるかもしれない。しかし一方的に吹き込まれた録音では、こちらは黙って聞いているしかないのだ。相手の言うことがわからなくても、おかしいと感じても、ひたすら我慢して聞かなければならない。そこに大きなストレスがあった。

「いったいどういう奴だ？　想像がつかない」

早瀬係長が眉をひそめていた。鴨下主任は咳払いをしてから話しだした。

「科捜研で心理学的なアプローチをしていますが、まだ分析結果は出ていないようです。今の段階でわかるのは、この犯人が今回の被害者たちに深い恨みを持っていること、自滅してもいいと思っていること、でしょうか。善人と悪人という言葉は前回の録音と同じです。過去何らかの事件があって、犯人は復讐の計画を立てたのかもしれません」

「その復讐の対象が高崎瑞江さんと関丈弘さんだった……」塔子はつぶやく。「このふたりは、どこかでつながっているはずですよね」

そうだな、と早瀬は答えた。

「至急ふたりの関係を調べよう。その線から犯人の素性がわかるかもしれない」

「係長、もうひとつ気になることがあります」鷹野が口を開いた。「自分がどうなろうとかまわない、と犯人は言いました。無差別殺人は別として、奴はまだ何か事件を起こすつもりじゃないでしょうか。その覚悟があるんだと伝えているのでは……」

鷹野の言葉を聞いて、みな黙り込んでしまった。数秒考えてから、早瀬は言った。

「奴が何を企んでいるかはわからない。だが、次の事件が起こる前に必ず捕らえるぞ。それが我々の役目だ」

はい、と答えて塔子たちは表情を引き締める。

ノックの音がして、スライドドアが外から開かれた。タブレットPCを手にした尾留川が、ワンボックスカーを覗き込んできた。

「早瀬係長、SNSに不審な写真が載っています。関丈弘だと思われます」

「なんだと？」

尾留川が差し出したタブレットを、早瀬は受け取った。塔子たちもその画面に注目する。

前回、高崎瑞江の画像がアップされたときとは別のアカウントだ。投稿されているのはただ一件。そこには《犯罪被害者・男性》というメッセージとともに、一枚の画像が掲載されていた。ブルーシートの上に男性が倒れているのがわかった。

「くそ、まただ！」早瀬は悔しそうに舌打ちをした。「被害者の身元を公表するなと言っておきながら、なぜ写真をアップするんだ？」

タブレットの画面を見ていた鴨下が、遺体の下を指差した。

「あの廃棄物集積場ではないですね。監禁していた場所で撮った写真でしょうか」

「たぶん高崎さんのときと同じ場所です。ブルーシートの汚れに見覚えがあります」

鷹野の言葉を聞いてうなずいたあと、早瀬は尾留川に命じた。

「科捜研の河上に、この写真のことを伝えるんだ。高崎瑞江のときと同じアジトである可能性が高い。至急調べてもらえ」

「了解です」

タブレットを受け取って、尾留川はワンボックスカーから離れていった。

鷹野は早瀬のほうを向いた。

「我々は鑑取り班と連携して、関丈弘さんのことを調べます」

「そうしてくれ。こちらでも何かわかったら連絡する」

お願いします、と答えて鷹野はワンボックスカーを降りていく。塔子もすぐさま、あとを追った。

5

徳重たちは関丈弘の会社を訪ね、次に知人に当たっていくという。

その間に、塔子と鷹野は関の実家を訪ねることになった。住所などの情報を得たあと、世田谷《せたがや》区北沢《きたざわ》へ面パトを走らせた。

住宅街を走っていくと、クリーニング店の先に、目的の民家が見えた。コインパーキングを見つけて車を停め、塔子たちはその家に向かう。

築五十年ぐらいだろうか、こぢんまりした二階家だ。庭にはさまざまな種類の草木が茂っていて、子供などがいれば喜んで遊びそうだった。

関丈弘の父・秀治《しゅうじ》は六十七歳。町工場を退職したあと、今は週に何回かその会社にアルバイトとして通っているという。長年機械を扱ってきたせいか、指先にたこができていた。力強い男の人の手だ、と塔子は思った。

「警視庁の如月と申します」

玄関で塔子が警察手帳を見せると、秀治の表情が険しくなった。角張った顔、引き結んだ口から、職人気質なのだろうと想像できた。

息子の丈弘が遺体で見つかったことは、別の捜査員が電話で伝えている。もっと動揺していてもおかしくないのだが、秀治は取り乱した様子もなく、淡々とした口調で言った。

「どうぞお上がりください。男のひとり暮らしなので散らかっていますが」

塔子と鷹野は台所のテーブルに案内された。あらかじめ用意していたようで、秀治はすぐにお茶を出してくれた。三人はテーブルを挟んで向かい合った。

散らかっていると本人は言ったが、そんなことはなかった。もしかしたら、塔子の家より整理整頓《せいとん》されているかもしれない。目の前に座ったこの男性は、かなり几帳面な性格だと思われる。

釣りが趣味なのだろう、流しの横にクーラーボックスや釣り竿、バケツ、ワイヤーなどが置いてあった。壁には港や船の写真が飾ってある。神奈川の漁協の倉庫なども写っていた。

「先に電話でご連絡しましたが……」塔子は秀治の表情をうかがいながら、できるだけ穏やかに話しだした。「今日、丈弘さんのご遺体が発見されました。おつらいと思いますが、息子さんのことを聞かせていただけないでしょうか」

塔子の言葉を聞いても、秀治はしばらく黙ったままでいた。十秒ほどたってから、彼はようやく口を開いた。

「馬鹿な奴です。今までさんざん人様に迷惑をかけてきて、最後は警察の方にまで……」秀治は深いため息をつき、肩を落とした。「刑事さん、丈弘はどんな場所で死んでいたんでしょうか」

「新木場にある会社の……」廃棄物集積場で、と説明しようとしたが、塔子は言い直した。「駐車場のそばで発見されました」

「どんな姿で？」

そう訊かれて、塔子は答えに窮した。手足の二十指と両耳を切られていたことは、捜査上の秘密だと早瀬係長から言われている。事件現場や遺体の状況は、犯人しか知り得ない事実として、逮捕の決め手になる可能性がある。だから今の時点では、遺族にも黙っておいたほうがいいという判断だろう。

「トレーニングウエアを着て、仰向けに横たわっていました」

それだけ言うのが精一杯だった。塔子が詳しく説明しないのを見て、秀治は何か感じ取ったようだ。自分から話題を変えた。

「あいつは空を見ていたでしょうか」

「はい？」

思わず塔子は聞き返した。隣で鷹野も怪訝そうな顔をしている。

「子供のころから勉強が嫌いで、外で遊んでばかりいました。中学生のとき、うちの屋根に登って空を見ていましてね。あいつ、高いところが好きだったんですよ。そのうち山に興味を持って、高校ではワンダーフォーゲル部に入りました。そして大学では山岳部に……。なんでそんなに山へ行きたいのかと訊いたら、空に近いからだと言うんですよね」

「丈弘さんはあちこちの山に登っていたんですか？」

塔子が尋ねると、秀治は記憶をたどる表情になった。

「息子は大学のときひとり暮らしを始めましたから、詳しいことはわかりません。でも、たまにここへ戻ってくると、酒を飲んでいろいろ話していました。就職してからも山には行っていたようです。当時は私の妻もまだ元気でした」

「奥様はいつごろ……」

「長く患っていたんですが、十二年前に亡くなりました。そのころから、丈弘はあまり顔を見せなくなりましてね。うるさい父親しかいない実家には、近づきたくなかったんでしょう。山の事故のあと、私もいろいろ言うようになりましたから」

「山の事故？　何かあったんですか」

塔子が問いかけると、秀治は渋い顔になった。機嫌を悪くしたというより、何かを後悔しているような表情に見える。

「丈弘は学生時代から山で怪我をしたり道に迷ったりして、人様に迷惑をかけてきました。去年の十二月は特にひどくて……。八ケ岳《やつがたけ》に登ったんですが、雪のせいで沢に落ちてしまったんですよ。低体温症になって動けなかったようです。山岳救助隊が来てくれたんですが、隊員のひとりが滑落して大怪我をしたと聞きました。たしか、左目のそばにひどい傷ができてしまったとか。本当に申し訳ないことをしました。あとで私もお詫びにうかがったんですが……」

「そんなことがあったんですか」

毎年のように、冬山で登山者が遭難したというニュースが報じられている。関丈弘は山岳部の出身だったから、自分の力を過信してしまったのだろうか。それとも、途中で予想外のトラブルが起こったのか。

登山関係の話を一通り聞き終わったあと、塔子は別の質問に移った。

「ところで、丈弘さんがどんな人たちと親しくしていたかご存じでしょうか」

「少し聞いたことがあります。二年前まで丈弘は女性と交際していたようですね。たしかミズエさんという人で……」

はっとして、塔子は秀治の顔を見つめた。

「高崎瑞江という女性でしょうか」

「ああ、そうです。刑事さん、よくご存じですね。……ミズエさんというのは私の親戚にもいるもので、覚えていたんですが」

秀治は高崎瑞江の死を知らされていないようだ。マスコミにも公表していないことだから、ほかの捜査員たちもその情報を伝えなかったのだろう。

　今の秀治の証言で、関丈弘は第一の被害者・高崎瑞江と交際していたことがわかった。これでふたりの被害者がつながった。

「ふたりのつきあいは二年前までだったんですね？」

「ええ。二年前の秋ぐらいだったか、息子からその話を聞かされました。まあ、あいつが女性とつきあったり別れたりしても、親が口を出すことではないと思ったので、あまり突っ込んだ話にはなりませんでしたが」

「ふたりはどこで知り合ったんでしょう。高崎さんは教材販売会社に勤めていました。息子さんはホームセンターの社員だったそうですが」

「接点がある職業とは思えませんね」秀治は首をかしげた。「仕事上のつながりでないとすると、たとえば学生時代の友達だったとか……」

　塔子は手元のメモ帳を開いた。

「丈弘さんは四十三歳ですよね。高崎さんは三十七歳ですから、かなり年齢差があります」

「じゃあ、社会人になってからどこかで知り合ったのかな」

「登山の仲間ということは考えられませんか」

　ここにきて初めて、鷹野が口を開いた。だが秀治はゆっくりと首を振る。

「あいつは、山にはひとりで出かけていたようなんです。飲みながら話したとき、そう言っていました」

「ほかに何か思い出すことはありませんか」鷹野は真顔になって相手を見つめた。

「社会人サークルとか、ネットの掲示板の仲間とか……」

　秀治はしばらく考えていたが、やがて「そういえば」とつぶやいた。

　彼は椅子から立ち上がり、隣の居間に行ってカラーボックスを調べ始めた。

「三年ぐらい前に丈弘がここへ来たとき、遊びで作った名刺をくれたんですよ。家庭用のパソコンで印刷できる、ミシン目の付いた用紙を使ったものでね。そこに何か英語の名前が入っていました。趣味のグループだと言っていたような気がします。……ああ、これだ」

　一枚の名刺を持って、秀治は台所に戻ってきた。塔子たちの前にその名刺を置く。上のほうに《TORQ》とあり、あとは《関丈弘》という名前と携帯電話の番号、メールアドレスが印刷されている。ごく簡素なものだった。

「トルキュー？」

　塔子が首をかしげると、隣で鷹野が言った。

「そうやって勝手に読むと先入観が生じるぞ。ここはそのまま『ティー・オー・アール・キュー』と呼ぼう」

「どういう意味でしょうね」

「所在地は書かれていないから、小規模な同好会という感じだったのかもしれない」

「何か手がかりがあるといいんですが」

塔子は携帯でネット検索してみたが、何かの略というわけではなさそうだ。鷹野は腕を組み、ひとり考え込んでいる。

「いい大人がこんなものを作って何をしていたんでしょうね」秀治は名刺を指差した。「グループだかサークルだか、そういう集まりだったことは間違いないと思います。ただ、登山のサークルではないはずです」

そのＴＯＲＱというグループで、関丈弘と高崎瑞江は知り合ったのかもしれない。詳しく調べてみる必要がある。

グループ関係の話を聞き終わると、塔子はこう尋ねた。

「大志田潔さんという人を知りませんか」

「……大志田さん、ですか。いえ。覚えていません。どういう方なんですか？」

「五年前に行方不明になった人ですが、私たちが調べている事件に関係あるかもしれないんです。高崎瑞江さんと面識があった可能性もあります」

「じゃあ、その人もＴＯＲＱに所属していたんでしょうか」

「ええ、考えられますね」

聞き込みが終わると、塔子は関秀治に謝意を伝えた。そのあと姿勢を正してこう付け加えた。

「息子さんのことは本当に残念です。私たちが必ず犯人を逮捕してみせます。それまで待っていてください」

「いいんですよ、刑事さん」意外なことに、穏やかな表情で秀治は言った。「あいつは今まで好き勝手なことをして、周りに迷惑をかけてきました。登山でもそうですし、もしかしたらＴＯＲＱというグループでも仲間を困らせていたんじゃないでしょうか。そして今は、警察の方々のお手を煩わせて……。本当に申し訳ありません」

秀治は深々と頭を下げた。被害者の遺族からこんなことを言われたのは初めてだったから、塔子はひどく戸惑った。

関の家を出てから、塔子は小声で鷹野に話しかけた。

「あの人、ずいぶん世間のことを気にしていましたね。迷惑をかけて申し訳ないって」

「息子さんの登山事故の件で、秀治さんは相当嫌な目に遭ったんだろうな。山に登るのは自己責任だ、勝手に遭難して迷惑をかけるとは何事だ、山岳救助隊はひどい怪我をしたんだぞ……。そんなふうに責められたのかもしれない。それ以降、周りに気をつかって、息をひそめるように生きてきたんじゃないだろうか」

振り返って、塔子は関の家に目をやった。そのうち、ふと気がついた。玄関の横にある小窓から、秀治がこちらを見ていたのだ。

塔子は会釈しようとしたが、突然窓が閉まり、秀治の姿は消えてしまった。

面パトに戻ると、塔子と鷹野はそれぞれ携帯を取り出し、ほかの班に連絡をとった。

関丈弘について父親が語ったことを報告し、その情報をもとにいくつかの調査を依頼する。同時に、遊撃班として塔子たちがこれから為《な》すべきことの指示を受け、今後の活動予定を立てた。

聞き込みを続けていくうち、ほかの班から電話があって、調査の結果を教えてもらうことができた。塔子は道端《みちばた》に車を停め、鷹野と情報のすり合わせをした。

「トクさんに頼んで、高崎瑞江さんの遺族に確認してもらいました。遺品を調べたところ、関という名前がメモされていたそうです。やはり高崎さんと関丈弘さんは知り合いだったんですね。高崎さんもＴＯＲＱというグループに入っていたんじゃないでしょうか」

塔子がそう伝えると、鷹野は別の情報を聞かせてくれた。

「白骨化して見つかった大志田潔さんの弟から、いろいろ借用してきただろう。あれを予備班に調べてもらったんだが、こちらでは関という名前は見つからなかったそうだ」

「関さんと高崎さんは関係があったけれど、大志田さんは別だった、ということになりますか？」

「現時点ではそうだな」

塔子はノートを開いて、これまでにわかった人間関係の図を描いた。

◇大志田潔（五年前から行方不明、ほぼ白骨化した状態で発見）
　｜（面識あり）
◇安達真利子（五年前に自殺？）……Ｍ．Ａ．？
◆関丈弘（ＴＯＲＱ？）…殺害
　｜（二年前まで交際）　仲間？
◆高崎瑞江（ＴＯＲＱ？）…殺害

今回の事件の被害者である高崎と関。彼らは、ほぼ白骨化した状態で発見された大志田潔や、自殺したとされる安達真利子と関係があったのだろうか。それとも、この二組はまったく無関係なのか。塔子はひとり考え込む。

まだ昼食をとっていなかったことを思い出して、塔子たちはコンビニに向かった。弁当を買い、車に戻って短時間で掻き込む。

こうしている間にも、犯人が次の計画を進めているのではないか、と気になった。奴は今どこにいて、どんな風景を見ているのだろう。

得体の知れない犯人のことを考えると、気持ちが焦って仕方がなかった。


午後六時四十五分。塔子たちは東京湾岸署の特捜本部に戻った。

捜査会議が始まるまで、まだ時間がある。今のうちに、関丈弘関係の預かり品を調べることにした。これは鑑取り班が、関の家から運んできてくれたものだ。

作業用のデスクに紙バッグの中身を並べていく。それらの品を丁寧にチェックしていると、門脇がやってきた。

「なんだ。今日は戻りが早いと思ったら、ふたりで調べものか」

「関丈弘さんのノートやメモです。あ、そうだ」塔子は自分のノートにＴＯＲＱと書いて門脇に見せた。「これが何だかわかりますか？」

門脇はノートに書かれた四文字をじっと見つめる。

「トーキュー……ってことはないよな。いったい何だ？」

「こういう名前のグループがあって、関丈弘さんが所属していたんじゃないか、というんです。名刺まで作っていたんですよ」

塔子は借りてきた関の名刺を、門脇のほうに差し出した。

「学生みたいなノリだな」門脇は腕組みをした。「俺は大学のときラグビーをやっていた。部全体で揃いのTシャツを作ったり、こういう名刺を作ったりもした。連帯感が出るんだよな」

「社会人サークルでもそういうことはありますかね？」と塔子。

「それはあるだろう。お、尾留川が帰ってきた」

門脇は手を振って後輩を呼び寄せた。はいはい、と言って尾留川はこちらにやってくる。今日も彼はサスペンダーをつけ、高そうなスーツを着ていた。

「なあ、社会人サークルでこんな名刺を作ったりするよな？」

そう訊かれて、尾留川は名刺を手に取った。しばらく表と裏を確認していたが、やがて彼はうなずいた。

「たしかに、作る人はけっこういますね。ちなみにバーやクラブの女性も、こういう名刺を持っていますよ。サークル活動というより『私たちクラブ活動』です、みたいな」

尾留川はそんなことを言って口元を緩めた。だが鷹野も門脇も笑わないので、ばつの悪そうな顔をした。

　塔子たちが預かり品について話しているところへ、早瀬係長が急ぎ足で近づいてきた。鑑取り班の徳重も一緒だ。急いでいたのか徳重は息を切らしている。

　眼鏡のフレームに指先を当ててから早瀬は言った。

「新しい情報だ。五年前の九月十七日、千葉県浦安《うらやす》市で強盗殺人事件があった。宝飾店経営者の中尾《なかお》規子《のりこ》という女性が殺害されて、現金七千万円が奪われたそうだ。犯人はまだ捕まっていない」

「その事件が何か……」

　鷹野が尋ねると、徳重が続きを説明してくれた。

「第二の被害者・関丈弘さんがその事件の情報を集めていたらしいんです。関さんの古い知り合いに雑誌の記者がいましてね。浦安の強盗殺人について詳しい情報はないかと、関さんから何度も質問を受けていたそうです」

　徳重の話を聞いて、塔子は眉をひそめた。ひとつ気になることがあった。

「ちょっと待っていてください。もしかしたら……」

　鷹野とともに、関丈弘の預かり品をもう一度チェックしていく。スクラップブックが一冊見つかった。新聞、雑誌から切り抜いた記事が大量に貼り付けられている。

「これですね！」あるページを指差して塔子は声を上げた。「浦安市の強盗殺人。五年前の九月十七日の深夜に発生……。関さんはずいぶんたくさんの記事を集めていたようです」

ここにきて、急に重要な情報が集まってきた。門脇は腕時計を見てから言った。

「捜査会議まで、まだ時間がある。取り急ぎ、問題点を整理しておこう。如月、例のノートを出してくれ」

早瀬や所轄の捜査員たちが見守る中、急遽《きゅうきょ》、打ち合わせが始まった。

門脇が口にする項目を、塔子はノートに書き付けていく。

■青海事件
（一）犯人が左手の四指を東京マリンタウンの店舗（カフェ、アクセサリーショップ）に遺棄したのはなぜか。★場所または企業へのこだわり？
（二）左手の親指だけは店舗に遺棄しなかったのか。その理由は何か。

■中央防波堤事件
（一）高崎瑞江が左手の五指を切断されたのはなぜか。東京マリンタウンの店舗と何か関係あるのか。
（二）犯人はなぜ遺体を中央防波堤、海の森公園に遺棄したのか。★場所へのこだわり？
（三）なぜ遺体のありかを一一〇番通報してきたのか。
（四）残されていた音声データは何を意味するのか。
（五）高崎瑞江が二年前まで交際していた男性（DVあり？）は誰か。今回の事件に関係あるのか。★第二の被害者・関丈弘？
（六）高崎瑞江の画像をSNSにアップしたのはなぜか。

■南蒲田事件
（一）五年前行方不明になり、昨年ほぼ白骨化した状態で見つかった大志田潔は、青海事件などと関係あるのか。
（二）大志田のメモ「M.A.」は何を意味するのか。★安達真利子のことだと思われる。

■有明事件
（一）有明四丁目の物流会社の郵便受けに小指・薬指を遺棄したのはなぜか。★場所または企業へのこだわり？
（二）有明三丁目の高層ビル内・子供服メーカーの郵便受けに中指・人差し指を遺棄

したのはなぜか。★場所または企業へのこだわり？
（三）なぜ同じ日に有明四丁目、三丁目に二指ずつ遺棄したのか。
（四）有明四丁目、三丁目に遺棄された四指は誰のものか。親指はどこにあるのか。
★関丈弘のものと判明。
（五）指を切断された被害者はどこにいるのか。現在も生存しているのか。★関丈弘が遺体で発見された。

■新木場事件
（一）関丈弘の遺体がある場所を大都新聞に知らせたのはなぜか。★マスコミを利用して世間を騒がせるため？
（二）犯人はなぜ遺体をムライ物流に遺棄したのか。★場所または企業へのこだわり？
（三）残されていた音声データは何を意味するのか。
（四）関丈弘の画像をＳＮＳにアップしたのはなぜか。

■ＴＯＲＱ関連
（一）高崎瑞江と関丈弘はＴＯＲＱに所属していたのか。★関は所属していた。

（二）大志田潔と安達真利子はＴＯＲＱに所属していたのか。
（三）大志田潔はなぜ殺害されたのか。安達真利子は本当に自殺したのか。
（四）ＴＯＲＱとはどのようなグループなのか。

情報が多いため少し混乱しそうだ。塔子は自分のノートをじっと見つめたあと、先輩たちに言った。

「五年前の強盗殺人に関して、関さんは記事を集めていました。彼はその事件に深く関わっていたから気になって、報道された情報を集めていたんじゃないでしょうか。つまり関さんもその事件の犯人のひとりだった、ということは考えられませんか。……それともうひとつ。高崎瑞江さんのポケットに残されていた音声データに、『善人の財産は悪人に持ち去られた』とありました。あのひとり語りは、浦安市の事件を告発したものかもしれません。そして関丈弘さんのポケットにあった音声データもまた、別の事件を告発しているような気がします」

そこまで言ってから、塔子は鷹野の表情をうかがった。

「先走りしすぎでしょうか？」

「いや、そんなことはない」鷹野はゆっくりと首を振った。「そろそろ俺たちには、大胆な筋読みが必要だ」

早瀬や徳重、門脇たちもうなずいている。一刻も早く犯人を割り出さなければという思いが、みなの顔に表れていた。

現在の事件と過去の事件。それらは複雑に絡み合っているように見える。だが塔子の中にある思いはひとつだった。

——もうこれ以上、被害者を出してはいけない。

塔子はスクラップブックを手に取り、強盗殺人の記事を読み始めた。

第四章　ランドクルーザー

1

コンビニの外に出ると、途端に吐く息が白くなった。

今朝は一段と気温が低くなったようだ。塔子は使い捨てカイロで手を温めたあと、レジ袋を提げて足早に歩きだした。

東京湾岸署まではほんの一ブロックほどだ。この辺りの道には立て看板や放置自転車などがないから、はるか先まで見通すことができる。今、署の正面玄関付近には数十名の記者たちが集まって、取材の準備をしていた。周辺には新聞社やテレビ局の車もみられ、報道がますます加熱していることがうかがえた。

十二月七日、午前七時十分。最初の青海事件の発生から、四度目の朝を迎えていた。

すでに高崎瑞江と関丈弘、ふたりの被害者を出している。犯人からのメッセージにより、特捜本部はまだ彼らの身元を公表していないが、そろそろマスコミの追及が厳しくなってきた。幹部たちは今、公表のタイミングを図っているところらしい。

この事件の犯人は指切り魔などと呼ばれている。その名前がひとり歩きして、悪質ないたずらにつながらないかと、塔子は心配していた。昨日、若洲公園のキャンプ場で毒物が発見された件も、そうしたいたずらのひとつだったのではないか、という気がする。

——鑑識の調べで、あれはたしかに農薬だということだったけど……。

飲んでも死亡するほどの濃度ではなかったそうだ。だがキャンプ場には小さな子も訪れるだろうから、危険であることは間違いない。土壌の汚染などがないか調べるため、キャンプ場は一週間ほど閉鎖されることになった、と聞いている。

塔子が歩道を進んでいくと、前方に立っていた男性がこちらを向いた。

整髪料で固めた髪、一重まぶた、真面目そうな表情。大都新聞の若手記者・小杉だ。普段は先輩の仙道と一緒だが、今日はひとりのようだった。

会釈だけして、塔子はそのまま進もうとした。それを見て、小杉が慌てた様子で声をかけてきた。

「如月さん。ちょっといいですか」

塔子は足を止め、相手の顔を見上げる。硬い調子でこう答えた。

「今、急いでいますので」

「すぐに済みます。お願いします」

小杉は食い下がってきた。いったいどういうつもりだろう。鷹野がいないときなら捜査情報を聞き出せると考えたのか。そうだとしたら、塔子もずいぶん軽く見られたものだ。

「私からお話しできることはありません」冷たい口調で塔子は言った。「記者発表を待ってください」

「いや、聞いてほしいことがあるんです。今回の事件について」

「聞いてほしいこと？」

眉をひそめる塔子の前で、小杉は深くうなずいた。塔子も刑事として経験を重ねているから、小杉が他人を騙そうとしているかどうか見当はつく。これは嘘をつこうとしている顔ではない。

「うちの鷹野も言いましたけど、取引には応じられませんよ」

「取引だなんて、とんでもない」小杉は胸の前で手を左右に振った。「如月さんを見ていて、同じ考え方の人がいると気がついたんです。警察官と新聞記者じゃ立場が違いますけど、如月さんとは感覚が近いような気がして」

「とはいえ、あなたは仙道さんの後輩ですよね」

「僕は仙道とは違います。あの人は優秀な記者ですが、尊敬はできません」

意外な言葉だった。小杉は仙道の子分のようなもので、いつも言いなりなのだと思っていた。

「そんなことを言っていいんですか？　私が仙道さんに告げ口したらまずいんじゃ……」

「あなたは告げ口をするような人じゃありませんよね」

小杉の目は真剣だ。塔子は、話だけでも聞いてみようかという気になった。

「どんな内容です？」そう尋ねたあと、急いで付け加えた。「話を聞いてしまったから言うことを聞け、というのは受け入れられませんからね」

「まさか、そんなひどいことは言いませんよ」

少し口元を緩めてから、小杉は再び表情を引き締めた。

「仙道と僕が犯人のSNSアカウントにメッセージを送ったことは知っているでしょう。じつは昨日の夜、犯人から新しい情報が届いたんです。『トルク』を調べてみろ、と指示があって、同時にある暴力団の名前が書かれていました」

「暴力団……」

警察官なら誰でも反応する言葉だ。塔子も最初はそちらに意識を向けていたが、じきにはっとして尋ねた。

「今、トルクと言いましたよね。それ、もしかしたらアルファベット四文字の……」

「ええ。ティー・オー・アール・キューでTORQ《トルク》と読むらしいです。犯人のメッセージにそう書いてありました」そこまで言ってから小杉はまばたきをした。「如月さん、どうしてトルクを知ってるんですか？」

「ある人物がトルクというグループだかサークルだかに、所属していたことがわかったんです」

塔子は言葉を選びながら言った。歩み寄れそうだといっても相手は新聞記者だ。具体的なことは話せない。

「警察の捜査でもトルクが出てきたのなら、犯人のメッセージにも信憑性がありそうですね」

小杉はひとりうなずいている。その様子を見ながら、塔子は探りを入れてみた。

「メッセージに書かれていた暴力団というのは？」

「澄山《すみやま》組です。ひょっとしたら、トルクはそこと関係あるんじゃないかと思うんです」

「どうして犯人は大都新聞にその情報を流したんでしょう？　メッセージに理由は書かれていたんですか？」

「いえ。ただ調べてみろ、とだけ」

「犯人はトルクと澄山組の関係を知っていて、それをマスコミに報道させたいということでしょうか」

「たぶんそうだと思います。普通に考えれば、両者が通じていて何か犯罪を起こしたんじゃないかと……。犯人はそれを告発したいのかもしれません」

塔子は相手の目をじっと見つめた。小杉はその視線を受けて、居心地の悪そうな表情を浮かべた。

「あの……如月さん、何か？」

「うまくいけば、その情報はスクープにつながりそうじゃないですか。どうして私に聞かせようと思ったんです？」

小杉は戸惑う様子だったが、咳払いをしてから答えた。

「社としてはネットを使った取材も増えてきているんですが、僕は反対なんです。あれを取材だと認めたら、僕らジャーナリストの価値はどんどん下がっていくと思うんです」

「先輩の仙道さんは、その方法で進めようとしていますけど」

「そんなやり方、間違っていますよ」

彼の言葉を聞いて塔子は不思議に思った。新聞社に所属していながら、この小杉という男性はほかの記者たちとは違うようだ。

「小杉さんはスクープを狙《ねら》っていないんですか？」

とんでもない、と小杉は慌てた様子で首を振った。

「そりゃ僕だってスクープはとりたいですよ。でもルール違反をしてまで、いい記事を書きたいとは思いません。おまえは甘いってよく言われますけど、仕方ないんです。自分自身、ネットの怖さを知っているから……」

「何かあったんですか？」

塔子が尋ねると、小杉は真顔になって答えた。

「高校時代、友達の親が事件に巻き込まれたんです。自宅に取材者が殺到したので、僕の友達は親戚の家に隠れていたんですが、ネットで親切な相談相手を見つけました。一度会って話そうと言われて出かけたら、その人は雑誌の記者だったそうです。そんな取材の方法、許されませんよね？」

そこまで話したあと、小杉は急に声のトーンを落とした。

「すみません。よけいなことを言いました」

「いえ、いいんです」塔子は表情を和らげた。「小杉さんのような記者もいるとわかって、少しほっとしました」

それはどうも、と言って小杉は頭を掻いた。

「うちの仙道のようなやり方は記者として恥ずかしいし、このまま続けたら法に触れるかもしれません。だから僕は、如月さんにトルクと澄山組の情報を伝えたかったんです。先輩を裏切ることになりますが、これが僕なりのやり方です。如月さん、うちの仙道より早くトルクについて調べてください。お願いします」

そう言って小杉は深く頭を下げた。

小杉が掲げるのは、ある意味、優等生的とも言える正義感だ。彼はまだ若手だから、理想を追っているだけなのかもしれない。

だが塔子は、そんな小杉に共感するところがあった。

──私だって少し前までは新米だったんだから。

仕事に慣れてくると、昔の自分を忘れてしまうものだ。しかし塔子は、警察官になりたてのころ考えていたことを大事にしたいと思っている。他人に笑われようとも、それは忘れたくなかった。

「情報をありがとうございました。今後の捜査に必ず活かします」

小杉に礼を言うと、塔子は足を速めて東京湾岸署に向かった。


休憩室で朝食をとる間、塔子は先ほどの件を報告した。

鷹野はトマトジュースを飲みながらその話を聞いていたが、やがてこう言った。

「彼の話を全面的に信用できるかという問題はあるんだがな……」

「でも重要な情報かもしれません。鷹野さんは記者が嫌いかもしれませんけど、この際、意地を張らずに調べたほうがいいと思うんです」

「別に、その件を調べないとは言っていない」

トマトジュースの缶をテーブルに置いて、鷹野はサンドイッチに手を伸ばした。彼が塔子に買ってくるよう頼んだのは野菜サンドだ。

「今の話、トクさんに伝えておこう」サンドイッチを頰張《ほおば》りながら鷹野は言った。「鑑取り班にはマル暴関係に詳しい捜査員がいたはずだ。トルクと澄山組の間につながりがあるかどうか、調べてもらうことにする」

「そうですね。お願いします」

「しかし小杉という記者、勝手なことをして大丈夫なんだろうか。あとで仙道に叱《しか》られるんじゃないのか？」

「そうかもしれませんが、あの人の目は本気でしたよ。記者の中にも、まだまだ骨のある人がいるんですね」

塔子の言葉を聞いて、鷹野は怪訝そうな顔になった。

「ずいぶんその記者に肩入れするじゃないか」

「小杉さんが話してくれた情報は、捜査に役立つはずだと感じたんです」

「いつもの直感か」

「それに、あの人、たぶん私より年下ですよね。なんだか自分の若いころを思い出してしまって、応援したくなるというか」

「自分の若いころって……。そんな歳じゃないだろうに」

そう言いながら、鷹野はまたトマトジュースの缶を手に取った。

朝食のあと、鷹野は徳重に暴力団関係の捜査を依頼していた。また、早瀬係長にも報告してくれたようだ。

八時半からの捜査会議で早瀬はその情報に触れ、みなに伝えた。

「……ということで、今回の事件にトルクというグループが関わっている可能性があります。澄山組と関係あるのかどうかも気になるところです。情報収集を行う際、注意してください」

刑事たちはみな、その情報をメモ帳に書き込んだ。

会議が終わったあと、塔子と鷹野はいつものように、面パトで捜査に出かけた。

「トルクについて、俺たちもあらためて確認する必要があるな」鷹野は助手席で腕組みをした。「関丈弘さんの父親以外にも、もう一度話を聞いてみるべきかもしれない」

「そうですね。今まではそのグループのことを尋ねていませんから」

塔子は都心部へ車を走らせた。鷹野の指示で、あらためて関係者を訪ねていく。トルクや澄山組のこと、そのほか最近明らかになったことなどを伝えたあと、新しい情報はないかと質問する。

直接会えない人には電話で確認することにした。

「白骨で見つかった大志田潔さんの弟さん……卓也さんに電話してみます」

今日は勤務先の食器メーカーに出社している可能性が高い。本人の携帯電話にかけるのが正解だろう。

車を路肩に停めると、塔子はバッグから携帯を取り出した。連絡先は先日会ったとき、すでに聞き出してある。

「警視庁の如月と申します。この前はありがとうございました」

「あ、ちょっとお待ちください」廊下にでも移動したのか、十五秒ほどしてから卓也の声が再び聞こえてきた。「すみませんでした。ええと、何でしょう。兄のことで何かわかったんですか？」

塔子は彼の容姿を思い浮かべた。卓也は亡くなった兄・潔より背が高く、柔和な印象の人物だ。

「今日はお訊きしたいことがありまして。潔さんは何かのグループに所属していなかったでしょうか。トルクという言葉に聞き覚えは？」

「……わからないですね。それがグループの名前なんですか？」

「おそらくそうです。行方不明になる前、潔さんがそのグループに所属していた可能性はないでしょうか」

「本人からそういう名前を聞いたことはありません。この前お渡しした兄の遺品の中に、何か書かれていたんでしょうか？」

「いえ、それは見つかっていないんですが……」

現在、予備班が調べてくれているが、大志田潔の遺品からＴＯＲＱの四文字はまだ発見されていなかった。

「潔さんが暴力団について話していたようなことは？」

「あの兄貴でも、さすがに暴力団とのつきあいはなかったと思いますけど」

「以前、潔さんは安達真利子さんという方と面識があったようなんですが、ご存じですか？」

「安達さん……。いや、聞いていませんね」

「わかりました。今後、もし何か気づいたことがあったら連絡をお願いします」

そう依頼すると、塔子は礼を言って電話を切った。メモ帳にチェックマークを付けてから助手席のほうを向き、鷹野に報告する。

「大志田潔さんの弟さんからは、特に情報はありませんでした」

「無理もないか。もともとなぜ潔さんに目をつけたかというと、ほぼ白骨化していた右手の五指が失われていたからだ。青海事件と関係あるかどうかも、わかってはいない」

「たしかにそうですが、私は関係あるんじゃないかと……」

あきらめきれずに塔子は言う。それには答えず、鷹野はメモ帳を見て唸った。

「さて、次の人はどうかな。安達真利子さんだが……」

安達真利子は五年前に服毒自殺したとされる女性だ。大志田潔の所持品から「M.A.」というイニシャルのメモが見つかっている。それが安達真利子を指すというのは、大きく外れた想像ではないように思う。

「大志田さんと安達真利子さんがよく会っていた、というのは知り合いが証言していましたよね」

「ご主人は大志田さんを知らないと話していたんだよな。しかし念のため、もう一度連絡してみるか」

真利子の夫は条南大学の教授・安達謙哉だ。白衣を着て、眉間に皺を寄せている姿を思い出しながら、塔子は研究室に電話をかけた。

「はい、条南大学・安達研究室です」

事務の女性が出たので、塔子は自分の所属と名前を伝え、安達を呼んでもらった。

幸い、彼はすぐ電話口にやってきた。

「警視庁の如月です。安達先生、先日はありがとうございました」

「ああ、その節はどうも」

「お忙しいところすみません。お訊きしたいことがありまして……。トルクという言葉に聞き覚えはないでしょうか」

「トルク？」

「TORQと書きます。グループとかサークルとかだと思うんですが、そこに奥さんが所属していた可能性はありませんか」

「いや、それはないですね。妻は私をおいて、ひとりで社会人サークルに入るような性格ではなかったので」

「では、暴力団の澄山組というのは……」

「はい？」

安達はよくわからないという声を出した。当然の反応だと思いながら、塔子は彼に説明した。

「トルクというグループは暴力団の澄山組と関係があったらしいんです。何かお聞きになったことはないでしょうか」

「刑事さん、その質問は、私や妻とは関係ないものですよね？」

「いえ、もしかしたら関係あるかもしれません。奥さんは何かの事件に巻き込まれていた可能性があります。それを調べるためにお尋ねしているんです。気になることがあれば、教えていただけませんか」

電話の向こうで安達はため息をついたようだ。これは駄目かな、と思っていると、予想外の答えが返ってきた。

「さっき話に出たトルクのことで少し……。そういうグループは知りませんが、言葉は聞いたことがあります。たしか、トルクという名の装身具があるんですよね」

「……え？」

「ネックレスのようなものだと思います。以前、妻がそういう話をしていましてね。いや、現物は持っていなかったはずなんですが」

礼を述べて電話を切ると、塔子は今の話を鷹野に伝えた。それから携帯でネット検索をしてみた。「ＴＯＲＱ」ではヒットしないが、「トルク」「装身具」というキーワードで検索すると、たしかにその情報が見つかった。

「これです。安達先生が言っていた、首にかけるタイプの装身具。このアクセサリーは気になりますね」

「東京マリンタウンで指を遺棄された店のひとつが、アクセサリーショップだったな」

「もしかしたら犯人は、この装身具を意識していたのかも……」

「トルクという言葉に、ほかの意味はないのかな。念のため調べてみてくれないか」

塔子はさらに検索を行った。

「ええと、十世紀から十三世紀にかけてトルク族という人たちがいたそうです。これは関係なさそうですね。あとは、回転軸の周りの……力のモーメント？　よくわかりませんね」

そんな話をしているところへ電話がかかってきた。塔子は手に持っていた携帯電話に目を落とす。液晶画面に徳重の名が表示されていた。

「はい、如月です」

「お疲れさま。暴力団関係者に当たっているうち、トルクというグループのことがわかったよ。ＴＯＲＱと書いてトルク。奴らは『普通の犯罪者集団』だ。……いや、言い方が変だったね。暴力団とつながりはあるけど盃《さかずき》は交わしていない連中、という意味だ」

「でも犯罪は行っていたわけですね？　組織的に事件を起こしていたんでしょうか」

「うん。暴力団の下働きとして覚醒剤《かくせいざい》の運び屋をしたり、窃盗や強盗、詐欺《さぎ》なんかで荒稼ぎしていたらしい。リーダーは影山竜次《かげやまりゅうじ》という男。ほかに松島豪《まつしまごう》、矢沢励人《やざわれいと》という仲間がいる。現在のメンバーはその三人だそうだ」

「そのトルクは今も活動しているんですか？」

「いや、五年前にでかい仕事をしたあと、最近はおとなしくしているらしい」

またた、と塔子は思った。ここでも五年前という言葉が出てきた。

「五年前のでかい仕事って何だったんでしょう？」

「噂でしかないが、強盗殺人じゃないかという話だよ」

「それってもしかして……」塔子は早口になりながら言った。「浦安市で宝飾店経営者の女性が殺害された、あの事件じゃないですか？」

「確証はないけど、可能性はあるね。引き続き情報収集して、何かわかったらまた連絡するから」

「よろしくお願いします」

塔子が電話を切ると、待ちかねたという顔で鷹野が尋ねてきた。

「トルクが浦安の事件を起こしたのか？」

「はっきりしませんが、可能性はありそうです」

鷹野は細い顎に指先を当てて、視線を宙にさまよわせた。

「第二の被害者の関さんはトルクの名刺を持っていた。そして彼は第一の被害者・高崎瑞江さんと二年前まで交際していた……」

「現在のトルクは三人だと言っていましたから、関さんや高崎さんが過去にメンバーだったとしたら、どこかのタイミングで脱退したのかもしれません」

そうだな、と応じたあと鷹野は首をかしげた。

「大志田潔さんと安達真利子さんはどう関係してくるんだ？　彼らもトルクの元メンバーだったということかな。いや、その考え方はちょっと強引か……」

ひとりつぶやいている鷹野の横で、塔子はノートに人間関係図を描いた。

◇大志田潔（五年前から行方不明、ほぼ白骨化した状態で発見）
　｜（面識あり）
◇安達真利子（五年前に自殺？）……M.A.？
◆関丈弘（TORQ脱退？）…殺害
　｜（二年前まで交際）　　　　　　　┐
◆高崎瑞江（TORQ脱退？）…殺害　　　├仲間？
◆影山・松島・矢沢（現TORQ）　　　　┘

塔子はノートをしばらく見つめたあと、鷹野に話しかけた。

「想像ですが、仲間割れの結果、高崎さんと関さんは影山たちに殺害されたんじゃないかという気がします。でも大志田潔さんと安達真利子さんはどうなんでしょうか」

助手席で鷹野はメモ帳を開き、ページをめくっていった。やがて捜していた項目を見つけたらしく、顔を上げた。

「浦安市で強盗殺人事件があったのは五年前の九月十七日。そのあと九月二十八日の夜、安達真利子さんが自殺したとされている。一方、大志田潔さんは二十九日から会社を無断欠勤していたんだよな。やはり、この前の如月の勘が当たっていたのかもしれない」

「九月二十八日の夜、大志田さんは事件に巻き込まれて殺害された、と……」

「ああ。そのあと指を切られて、大田区南蒲田の廃屋の庭に埋められたんだろう」

「だとすると安達真利子さんも、自殺ではなく誰かに殺害されたのでは？」

「その可能性が高くなってきたな。だが、問題は犯行の動機だよ。それがわからなければ、偶然パズルが解けただけ、ということになってしまう」

「犯人を追い詰めるには、動機を解明する必要がありますね」

うん、と塔子に向かってうなずいたあと、鷹野は眉をひそめながら言った。

「大胆に推測してみよう。トルクは浦安市の宝飾店経営者・中尾規子さんを殺害して七千万円を奪ったのではないか。想像だが、そのときトルクは五名で構成されていた。影山、松島、矢沢、そして関さん、高崎さんというメンバーだ。当時大志田潔さんと安達真利子さんは交際していて、何らかの事情でトルクと関係があった。強盗殺人事件のあと、詳しい経緯は不明だが、トルクは大志田さんと安達さんを殺害した。安達さんは自殺に見せかけて毒殺。大志田さんは別の場所で殺害したあと、指を切って埋めた……」

「安達さんと同じように、大志田さんも自殺に見せかければよかったような気がしますけど」

「そうだな。もしかしたら青酸化合物で殺害したのかもしれない。……この場合、ふたりとも同じように毒殺したと考えるほうが自然か」

白骨化が進んでいて死因の特定は困難だと、科捜研からも報告を受けている。

「ふたりを殺害してから、トルクは大きな仕事を避けていた」鷹野は続けた。「そのまま強盗殺人事件は迷宮入りとなった。しかしその後、仲間内で何かトラブルが起こったんじゃないだろうか。金の分配が原因か、メンバーの力関係が変わったか、あるいは誰かが揉め事を起こしたか。そういうトラブルが嫌になって関さんと高崎さんはトルクを脱退し、同時に交際もやめてしまった……という見方はどうだろう」

ふたりは二年前に別れたようだと、関の父親が話していた。トルクを抜けたタイミングで、交際も終わりにしたということか。

「一時はそれで済んだが、今になってトルクはあらたな事件を起こしたんだろうな。

以前脱退した高崎さんと関さんを殺害したんだ。粛清という意味合いがあったのかもしれない」

「わざわざ指を切断して遺棄したのはなぜです？」

塔子が尋ねると、鷹野は指先でこめかみを掻いた。回答に困っているようだ。

「メンバーの中に、指にこだわる人間がいたんじゃないだろうか。血の盟約というような形で、指を切り落としたとか……。それは苦しいかな」

「血の盟約ですか」塔子は首をかしげたあと、鷹野に言った。「もしこれが猟奇的な理由でないとしたら、世間の注目を集めるための工作だった、というのはどうでしょう。指をたくさん遺棄することで、警察を混乱させようとしたとか」

何か別の目的があり、それを隠そうとしているのではないか、というのが塔子の推測だ。ただ、その目的が何なのかはまだ想像がつかない。

「とにかく、この七人はつながっていたんだと思う」鷹野は塔子の描いた図を指差した。「そのうち四人が死んでしまった今、過去の経緯を知るのは影山、松島、矢沢の三人だけだ。早急に奴らを見つける必要がある」

そうですね、とうなずいたあと、塔子は表情を和らげた。

「筋読みができて、ほっとしました。この三人が犯人なら、もう指切り魔のような事件は起こらない、ということですよね」

「いや、そうとも限らない」

鷹野の返事を聞いて、塔子は眉をひそめた。

「どうしてですか？」

「グループ内のトラブルで事件が起こったとすると、この先まだ被害者が出る可能性がある。リーダーの影山というのがどんな男なのか、我々は詳しく知らないんだからな」

たしかに、と塔子は思った。東京マリンタウンで指を遺棄したり、不可解な音声メッセージを残したり、ＳＮＳに被害者の画像を投稿したり、犯人は異様な行動を繰り返している。奴が何を考えているのか、塔子たちにはまったく理解できていない。計画的でありながら、破滅を恐れない人物。普通の価値観が通じない、どこか壊れているような男。それが、塔子が思い描いている犯人像だ。

自分と関係があった者を殺害するのか、それとも一般市民を巻き込んで大きな事件を起こすつもりなのか。

――早く止めないと、奴は何をするかわからない。

これまでの筋読みを早瀬係長に報告するため、塔子は携帯電話を手に取った。

2

捜査員たちの聞き込みによって情報は集まりつつあるが、トルクのメンバーがどこに潜んでいるかは不明のままだった。

午後一時ごろ塔子が次の行き先を考えていると、早瀬係長から連絡があった。科捜研でいくつか調査の結果が出たので、確認してほしいという。鷹野にそのことを伝え、塔子は面パトを桜田門へ走らせた。

科捜研の研究室に入っていくと、いつものように河上が出迎えてくれた。

「如月さん、お待ちしていました」

先日は過労で倒れそうに見えた河上だが、今日は表情が生き生きしている。

「よかった。少し休めたんですか？」

塔子がそう訊くと、彼は「いえいえ」と胸の前で手を振った。

「相変わらず残業続きですが、如月さんから励ましのメールをいただいて、俄然《がぜん》やる気になりました」

前回約束したあと、塔子は河上にメールを送っていた。それほど長いものではなかったが、彼は喜んでくれたようだ。

「それはともかく、今日は如月さんたちに大事な報告があります」

河上は塔子と鷹野を打ち合わせスポットに案内し、資料を差し出した。黒縁眼鏡の位置を直してから、彼は報告事項の説明を始めた。

「ふたつあります。まずひとつ目。ＳＮＳに被害者・高崎瑞江と関丈弘の写真がアップされましたよね。高崎瑞江のほうなんですが、画像を解析した結果、撮影したカメラのレンズにわずかな汚れが付いていたことがわかりました。いろいろな原因が考えられますが、もっとも可能性が高いのは、皮脂などが付いてしまったのではないか、ということです。もしかしたら血液か脂肪かもしれませんが、とにかく犯人はそれを薬剤で拭き取った。しかし少しだけ汚れが残ってしまったのだろう、というのが私の推測です」

鷹野はポケットからデジタルカメラを取り出し、電源を入れてレンズを指差した。

「河上さんの推測どおりだとすると、ここに血か脂が付いたわけですね。たとえばアジトで被害者の指を切断しているとき、近くに置いてあったカメラに汚れが付いた、とか……」

「あるいは、切った指をテーブルかどこかに置こうとしたとき、血が滴《したた》り落《お》ちたのかもしれません。世間を騒がせるためなのか、犯人は被害者の姿を撮影しました。そんなことをしなければ、このミスはなかったと思うんですが」

「自分の計画に入れ込みすぎて、視野が狭くなっていたんでしょうか」と塔子。

「そうですね。あくまで私の感想ですが、犯人はかなり変わった人物だという気がします。大変な集中力を持っているのに、こだわりが強すぎて周りが見えなくなるというか……」

鷹野はカメラの液晶画面を見ていたが、そのうち顔を上げた。

「薬剤というと、レンズのクリーニング液でしょうか。あるいは……」

「残念ながら詳細は不明です。今も分析を続けていますから、何かわかったらすぐにご連絡します」

そう言ったあと、河上は別の資料をテーブルに置いた。

「ふたつ目です。司法解剖の詳しい結果が出ました。高崎瑞江も関丈弘も死亡する前、低温の場所に閉じ込められていた可能性があるそうです。遺体の状態から見て、零度から五度ぐらいだと思われます」

「零度から五度ぐらいというと……」塔子は河上の顔を見つめた。「もしかして、冷蔵庫とか？」

「そうです。それで調べてみたんですが、青海地区や有明地区には物流会社や倉庫会社がたくさんありますよね」

「あ……。つまり、被害者は冷蔵施設に閉じ込められていた可能性がある！」

塔子が声を上げると、河上は大きくうなずいた。

「そのとおりです。先ほど青海地区を中心とした湾岸エリアで、冷蔵施設を持っている会社を調べておきました。これです」

河上は塔子の前にリストを差し出した。会社名と住所、電話番号が記されている。ありがたいことに所在地を示す地図も印刷されていた。

「助かります」塔子は立ち上がって深々と頭を下げた。「やっぱり河上さんに調べてもらってよかった！」

「ここは『仕事ですから』と答えるべきなんでしょうが、正直な話、如月さんに喜んでもらえて、とても嬉《うれ》しいです」

「いや、河上さん、私もいますが……。私も喜んでいますよ？」

横から鷹野が口を挟んだ。河上は困ったような顔をしたあと、咳払いをした。

「まあ、そうですね。現場の方に喜んでもらえれば本望ということで」

「ありがとうございました。今度またお礼をしますから」

資料をバッグにしまい込むと、塔子は鷹野とふたり、廊下に向かった。

「如月さん、気をつけてくださいね」

そう声をかけてきた河上に、塔子はもう一度頭を下げた。

被害者二名は死亡する前、冷蔵施設に監禁されていた可能性がある。それは非常に大きな手がかりだった。

塔子の報告を受けた早瀬係長は、至急捜索チームを編成する、と言った。河上が作ってくれたリストをもとに担当地区を割り振り、湾岸エリアにある冷蔵施設に順次当たっていくそうだ。塔子たちも桜田門を出て該当エリアに到着し次第、捜査に加わることになった。

「いよいよ犯人のアジトがわかるかもしれない」覆面パトカーの助手席で、鷹野は腕組みをした。「たとえ不在だったとしても、アジトが見つかれば犯人の手がかりが得られるはずだ。どれほど注意しても、何かしら痕跡は残る。その痕跡が犯人の正体を教えてくれるだろう」

二十分ほどで湾岸地区に戻ることができた。すでに電話で徳重と連絡をとっていた鷹野が、塔子に指示を出した。

「俺たちの担当は有明三丁目、国際展示場の南側だ。道はわかるな？」

「任せてください」

青海事件が発生してからというもの、この湾岸地区を毎日車で走っている。塔子は頭の中で最短ルートを考え、アクセルを踏んだ。

右手に国際展示場の会議棟を見ながら、ゆりかもめの車両基地に向かう高架に沿って、南下していく。やがて車は巨大な倉庫の並ぶ地区に入った。

割り当てられた一件目の企業は倉庫会社だった。敷地内に面パトを停め、塔子と鷹野は受付で警察手帳を呈示する。

「警視庁の如月といいます。緊急でこの地域一帯の冷蔵施設を確認しています。担当の方を呼んでいただけますか？」

早口になりながら、塔子は受付の女性にそう伝えた。相手は驚いた様子で席を立ち、上司の机に向かう。彼女の上司が設備担当者を呼んでくれた。

「あの……冷蔵施設を調べているって、どういうことでしょうか」小太りで目のぎょろりとした設備課の課長が、怪訝そうな顔で尋ねてきた。「何か問題でもあったんですか？」

「冷蔵施設が犯罪に利用された可能性があります。異状がないか、一緒に確認していただきたいんです」

「それはかまいませんけど、犯罪というのは……」

「すみません、詳しいことはお話しできないんですが、誰かが監禁されていたかもしれないんです」

え、と言って設備課長はまばたきをした。幸い、事の緊急性はわかってもらえたらしい。

彼は塔子たちを案内して、廊下を急ぎ足に歩きだした。

倉庫の中は広く、天井もかなり高い。整然とスチール棚が並ぶ中、床に引かれた白線に沿ってフォークリフトが動いている。検品や出荷作業だろうか、作業服の男性たちがハンディターミナルを使ってバーコードを読み取っているのが見えた。

「ここから先が冷蔵施設です」課長が頑丈そうなドアに手をかけた。「棚の商品には手を触れないよう、お願いできますか」

「わかりました。目視で確認させてもらいます」鷹野が言った。「急ぎましょう」

課長のあとについて、塔子と鷹野は冷蔵施設に入った。ひやりとした空気に包まれたが、十二月になってから朝晩は零度近くまで下がることもある。そういう意味では、経験したことのない寒さというわけではなかった。

建物の中にもうひとつ小規模な建物があるといった構造で、先ほどまでいた倉庫よりはいくらか天井が低い。しかし棚がずらりと並び、商品がぎっしり収められていることには変わりなかった。

課長の案内で、塔子たちは棚や床をチェックしていった。何か不審なものは落ちていないか。見慣れない傷のようなものはないか。まさかとは思うが、血痕が残っているようなことはないだろうか。

時間をかけて一通り調べてみたが、特に気になる点はなかった。

冷蔵施設を出て、塔子たちは辺りを見回す。

「あの奥にあるのは何ですか？」

銀色のドアを指差して鷹野が尋ねると、課長はこう答えた。

「あそこは冷凍庫です。マイナス二十度ぐらいありますから、長く留《とど》まるのは危険ですよ」

「一応、中を見せてもらえませんか」

鷹野がそう言ったので、塔子は思わずまばたきをした。今回の事件で冷凍庫が使われたことはないはずだ。もしマイナス二十度の場所に監禁されたら、ロープで首を絞めるまでもなく凍死してしまうだろう。

だが鷹野は中を見たいと言う。念のためだと考え、塔子もあとについていった。厚手の防寒コートと手袋を借りて身に着ける。

ドアを開け、三人は冷凍庫の中に入った。その途端、猛烈な冷気に包まれた。最初のうちはまだよかったが、何分も我慢できるような寒さではない。

さすがの鷹野も、少し棚をチェックしただけでギブアップしたらしい。

「こ……ここはけっこうです」鷹野は課長に言った。「そ……外に出ましょう」

冷凍庫を出ると、外はかなり暖かく感じられた。鷹野はほっとしたようだ。課長は銀色のドアを閉めながら言った。

「従業員でも長い時間、中にいることはないですからね。下手をすれば凍傷になってしまうし……」

「それは怖いですね」と塔子。

「私たちも気をつけているんですが、一度凍傷になると、二度目はそれほど低い温度でなくても、また凍傷になることがあるんです。……夏は涼しくていいだろうなんて言われますけど、じつは大変な仕事なんですよ」

「たしかにそうですね。温度の差が大きいですから」

課長によると、この会社の倉庫に入るにはICカードが必要で、部外者が忍び込むのは難しいだろうということだった。

彼によく礼を言ってから、塔子たちはその会社を出た。

割り当てられた件数が多かった上、施設がどこも大きかったため、かなり時間がかかってしまった。

担当区域の確認がすべて終わって腕時計を見ると、午後七時を過ぎていた。日が暮れて、すでに辺りは真っ暗になっている。念入りに調べたのだが、犯人につながりそうな情報はまだ得られていない。

早瀬係長に架電して報告を行ったあと、鷹野は辺りを見回しながら言った。

「気持ちは焦るが、少し休憩しないか。急いでいたから今日は昼飯を食っていない」

「そういえばそうですね」

短時間で済ませようと鷹野が言うので、塔子はファストフード店がいいだろうと考えた。事件現場がどうなったか気になっていたこともあり、東京マリンタウンの駐車場に車を停めた。

ショッピングモールの中にはクリスマスのBGMが盛《さか》んに流れている。塔子たちは指が遺棄されたカフェ、アクセサリーショップを覗いてみた。警察手帳を見せて、何か変わったことはないかと従業員に尋ねたが、特に不審なことはないという。

フードコートに移動して、五分でハンバーガーとフライドポテトを食べた。手を洗ってから、駐車場に戻るためモールを歩きだす。途中に百円ショップがあった。

「ちょっと待っててくれないか。飲み物を買ってくる」

こういう店では安い飲み物を取り扱っている。もともと百円ショップ巡りが趣味だったこともあって、鷹野は捜査中にときどき買い物をする。

「私も行きます。ほしいものがあるので」

「何を買うんだ？」

「使い捨てカイロを少々……」

「ああ、そうだよな。毎日寒いからな」

塔子たちは売り場の通路を歩いていった。それぞれ目的の商品を手に取り、レジに向かう。だがコスメチック関連の棚を見て、鷹野は急に足を止めた。

化粧水やファンデーション、リップクリームなどが並んでいる。塔子も高校生ぐらいのころは、こうした商品にずいぶん助けられた。

「どうかしたんですか」

「いや、指のことを思い出してね」

鷹野が真顔で見つめているのは、小さなボトルに入ったマニキュアだった。いくつか種類があると気づいて、彼は商品を見比べている。

「高崎瑞江さんの指にはマニキュアが塗ってありましたね。でも百円ショップで売っているようなものじゃなかったと思いますけど……」

「如月、これは何だ?」

鷹野は別の商品を指差した。ああ、と塔子はうなずく。

「男の人はあまり使いませんよね。それは除光液です。ネイルリムーバーともいうんですが、マニキュアを落とすときに使うんですよ」

「プラモデルの塗料を落とす、シンナーみたいなものかな」

「まあ、そうですね」

何を思ったのか、鷹野はその除光液を手にして通路を歩きだした。

「え？　それを買うんですか」

「カイロも一緒に買ってきてやろう。貸してくれ」

「あ……。すみません」

塔子からカイロの袋を受け取って、鷹野はレジに近づいていく。店員に何か尋ねるのかと思ったが、そのまま飲み物と除光液、カイロを購入した。

鷹野はモールに戻ると、すぐにレジ袋から除光液を取り出し、パッケージの細かい文字を読み始めた。続いて携帯電話を使い、ネットで何か検索を始めたようだ。

「あの、鷹野さん、さっきからいったい何を……」

塔子が言いかけるのを制して、鷹野はまた歩きだした。

黙ったまま、彼はショッピングモールを出て駐車場に向かう。面パトに乗り込んでから、ようやく説明してくれた。

「俺はカメラをよく使うから、自宅でレンズの手入れもする。指紋や脂の汚れが付いてしまったときは薬剤を使うんだよ。たとえばこれ。ネットで検索したんだが……」

鷹野は携帯の画面をこちらに見せた。「イソプロピルアルコールだ。カメラに詳しい人間なら知っていると思う」

「イソプロ……何ですかそれ」

「シンナーのようなものだ」鷹野は真剣な顔で塔子を見た。「俺の推測を聞いてくれ。犯人は高崎瑞江さんを捕らえ、あとでSNSにアップするための写真を撮ろうとした。そのとき、科捜研の河上さんが言ったように皮脂か血液、脂肪などがレンズに付いてしまったんじゃないだろうか。ティッシュペーパーで拭《ぬぐ》っても駄目だから、犯人は持っていたイソプロピルアルコールなどを使ってレンズを清掃した。だが、少しだけ汚れが残ってしまったことに気がつかなかった……」

「そうまでして、高崎さんの写真をアップする必要があったんでしょうか？」

「奴のこだわりだろうな。被害者の写真をさらすことは復讐計画の一環だったのかもしれない」

たしかに今回の事件で、犯人はかなり細かいことにこだわっているようだ。また、画像を公開することで世間を騒がせ、捜査を混乱させようとした節もある。

「ところがそこで作業を焦ったか、奴はさらにミスをしたんだと思う。ネットで調べたんだが、イソプロピルアルコールはマニキュアの除光液としても使えるんだ。奴は誤って、その液を垂らしてしまったのではないか。それが、切断された高崎さんの左手の五指のうち、親指の爪にかかったんじゃないだろうか」

「左手の親指……」

それは青海事件の中で、唯一見つからなかった高崎瑞江の指だ。

「イソプロピルアルコールは親指の爪のマニキュアを少し溶かしてしまった。しばらくして犯人は、それを見つけて慌てた。これは非常に不自然な状態だ。勘のいい刑事が見たら、除光液のようなものが使われたと気づくかもしれない。そうなれば、警察はいずれ自分に疑いの目を向けてくるのではないか、と犯人は思った。実際そこまで追及されるかどうかはともかく、犯行の途中だったから、強迫観念にさいなまれたんだろう。……奴は考えた。マニキュアがないから塗り直すことは不可能だ。だからといって、ほかの指のマニキュアまですべて落とすのは手間がかかるし、下手をすればもっと不自然になるかもしれない。それにイソプロピルアルコールの成分が残ってしまったら、まずいことになる。だったら、親指だけは保管しておいたほうがいい、と考えたんじゃないだろうか。五指のうち四本だけを遺棄すれば、かえって何か意味がありそうに見えるというわけだ」

「つまり高崎瑞江さんの親指を遺棄しなかったのは、ミスを隠すためだったと……」

「そう。奴は我々が考えていたような猟奇殺人犯でも、愉快犯でもなかったのかもしれない。ミスはしたが、合理的で冷静な判断ができる人物だと俺は思う」

塔子は考え込んだ。もしそうだとすると、これまで思い描こうとしていた犯人像とはだいぶ違ってくる。だが、奴が鷹野の推理のように行動した可能性はある、と思った。

「もうひとつ突飛な推測があるんだ」鷹野は続けた。「第二の被害者・関丈弘さんの指が切られていた件だ。父親によると関さんは去年の十二月、八ヶ岳で遭難している。低体温症になっていたというから、彼の手足にはある症状が出ていたんじゃないだろうか。凍傷だよ」

「……たしかに、考えられますね」

「そして今日、俺たちはこんな情報を得た。『一度凍傷になると、二度目はそれほど低い温度でなくても、また凍傷になることがある』そうだ。今回、高崎さんと関さんは殺害される前、冷蔵庫のような場所に監禁されていたと考えられる。だったらそのとき、関さんはまた凍傷になってしまったんじゃないだろうか。二度目だから冷蔵庫の、零度を下回らない温度でも凍傷になった。一方の高崎さんはこれまで凍傷になったことがなかったから、冷蔵庫の温度では支障がなかった……」

鷹野は熱心に説明しているのだが、塔子には話の着地点がなかなか見えてこない。首をかしげながら尋ねてみた。

「関さんが凍傷になったとして、それが事件とどうつながるんでしょうか」

「わからないか？　凍傷になりやすいのは手足の指と、両耳だ」

あ、と言って塔子は鷹野を見つめた。

「犯人は関さんが凍傷になったことを隠すために、すべての指と両耳を切断したんですか？」

「そうだ。遺体の指が凍傷になっていたら、関さんを低温の施設に監禁していたことがばれる。経歴を調べれば二度目の凍傷だとわかるから、冷凍庫ほどの低温ではなく、冷蔵庫ぐらいでも凍傷になると推測できる。関係ありそうな冷凍・冷蔵施設をしらみつぶしに調べられたら、自分が使った冷蔵庫が見つかってしまうかもしれない。施設がばれることで自分が犯人だとわかってしまう、という危機感があったんじゃないだろうか」

「アジトに自分がいた痕跡が残っている。あるいは、アジトそのものが自分につながる大きなヒントになってしまう。そういうことですか」

綱渡りのような筋読みだが、説明はつくように思われる。この推理が正しければ、塔子たちはあと一息で犯人にたどり着けるのではないか。

しかし一点だけわからないことがあった。

「でも、有明で見つかった関さんの四指は、凍傷ではなかったはずですが……」

二十指すべてが凍傷になっていたのなら、すべて隠さなければならなかったはずだ。

「あの四本は死後切断ではなかった。何か聞き出すために拷問して、犯人は関さんが生きているうちに左手の指を切ったんだろう。高崎さんのときと同じ状況になるよう、五本だ。そのうち四本を有明四丁目と三丁目に遺棄してから監禁場所に戻ってみると、関さんは凍傷になっていた。これを警察に見られてはまずい。だから犯人は、彼を殺害したあと残りの指を全部切り、両耳も切った。そして遺体を新木場に遺棄したんだ」

「左手の親指はどうしたんでしょう？」

「自分で隠し持っているんだと思う。青海事件で犯人は、四本遺棄することに意味があると見せかけ、高崎さんの親指に注意が向かないようにした。それなのに有明事件で指が五本出てきてしまったら、高崎さんのとき親指がなかったことが、再度注目されてしまうからな」

そこまで説明すると鷹野は腕を組み、フロントガラスの向こうを睨んだ。真っ暗な空をバックにして、湾岸エリアのあちこちにビルの明かりが灯っている。

「監禁された場所はどこかの冷蔵施設だ。それは間違いない」鷹野は顎を撫でながらつぶやいた。「だがそこから先の推理は難しい。あともう一歩だと思うんだが、考えがまとまらないな。……如月、新しい切り口はないか？　新鮮な発想がほしいんだ。おまえなら何か思いつくだろう？」

「急にそう言われても……」

「何でもいい、俺が思いつかないようなことを言ってくれ」

塔子はメモ帳を開いてページをめくった。これまで見落としていたことはないだろうか。あるいは、見えているのに理解できていないことはないか。

バッグから捜査用のノートを出して開いてみる。それから地図帳をめくってみた。

「……そういえば、犯人の選んだ事件現場がだんだん移動していましたよね」

「ああ、そんなことを話していたな。俺にも地図を見せてくれるか？」

塔子は湾岸エリアのページを開いた。

「青海から始まって中央防波堤、有明四丁目、三丁目、新木場と続いていますね」

「埋め立て地をぐるりと一周するような形で、事件現場が動いていく」鷹野も首を伸ばして地図を覗き込んだ。「これは興味深いことだ」

「もしかして、現場の位置に何か意味があるのでは……」塔子は事件現場をひとつずつ目で追った。「逆に考えると、この大きなサークルの中で使われていないのは若洲ですよね」

「大きなサークル、か……」鷹野は考え込む。

若洲、若洲、と塔子は口の中で何度か繰り返した。そのうち、あることを思い出してはっとした。

「若洲のキャンプ場で毒物事件があったでしょう。ひょっとしたら、一連の事件と関係あるんじゃないですか？」

鷹野はまばたきをしたあと、塔子をじっと見つめた。

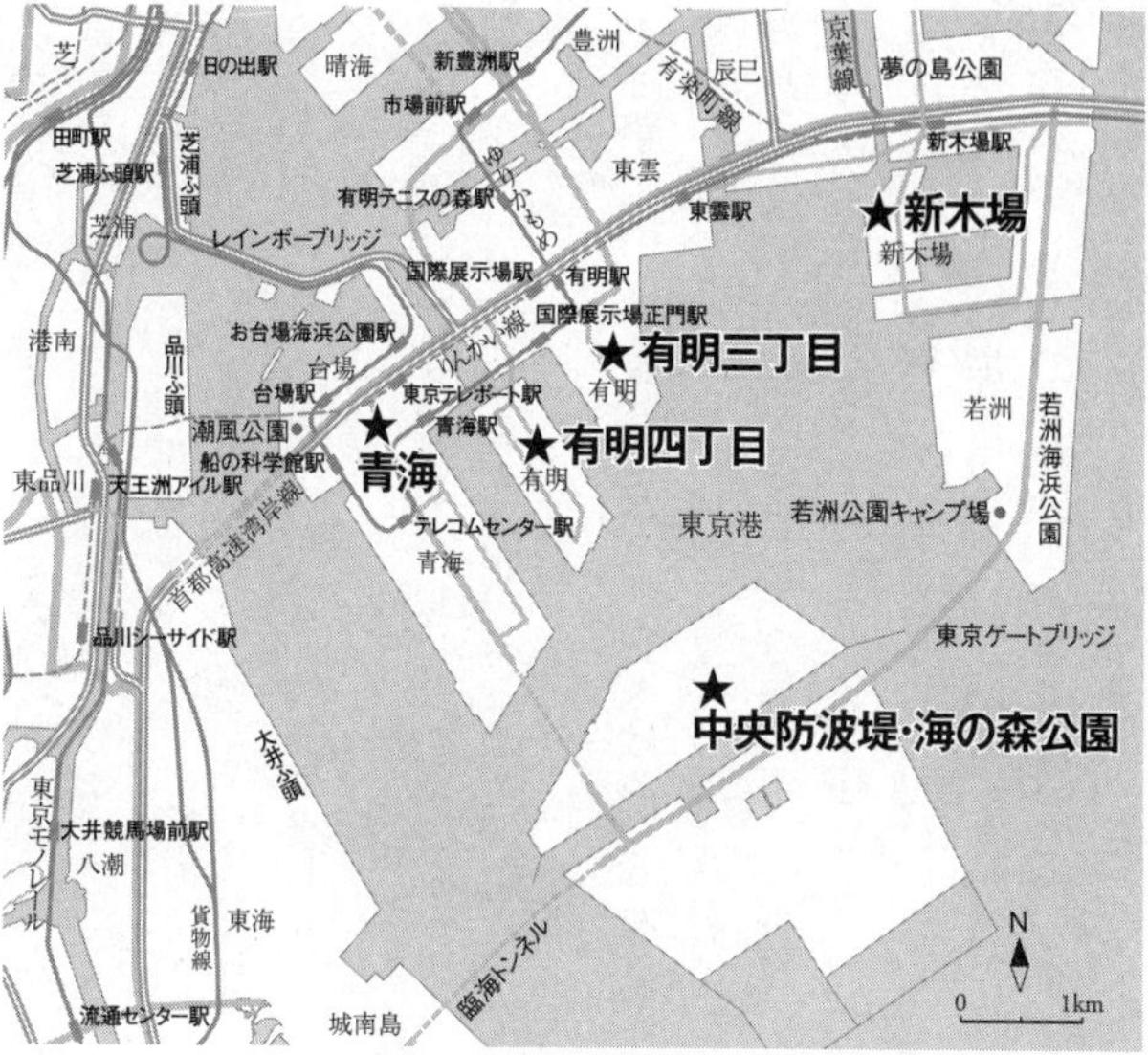
芝
日の出駅
晴海
新豊洲駅
豊洲
有楽町線
辰巳
京葉線
夢の島公園
市場前駅
田町駅
芝浦ふ頭駅
芝浦ふ頭
ゆりかもめ
東雲
新木場駅
有明テニスの森駅
東雲駅
★新木場
新木場
芝浦
レインボーブリッジ
国際展示場駅
有明駅
国際展示場正門駅
港南
お台場海浜公園駅
品川ふ頭
りんかい線
★有明三丁目
台場
台場駅
東京テレポート駅
有明
若洲
若洲海浜公園
潮風公園
★青海
青海駅
★有明四丁目
船の科学館駅
有明
東品川
天王洲アイル駅
首都高速湾岸線
テレコムセンター駅
東京港
若洲公園キャンプ場
青海
東京ゲートブリッジ
品川シーサイド駅
★
中央防波堤・海の森公園
大井ふ頭
東京モノレール
大井競馬場前駅
八潮
貨物線
東海
臨海トンネル
N
0
1km
流通センター駅
城南島

「若洲の事件も犯人の仕業だったということか？　しかし、どうだろうか。『ユビキリマ』と書かれてはいたが、事件の規模としては、いたずらのようなものだった。今までの残酷な犯行と比べたら、少し地味すぎないか」

「犯人は合理的で冷静な判断ができる人物ではないか、と鷹野さんは言いましたよね。そうだとしたら、若洲の事件も計算の上で行った可能性があります」

「その目的は？」

「たとえば、若洲に人を寄せ付けないための犯行だった、とか」

「たしかに若洲公園キャンプ場は、安全確認が済むまで閉鎖されている。しかし、それが何だというんだ？」

「この地図を見て、違和感はありませんか？　犯人は陣取りゲームをするように、主要な埋め立て地を順番に使ってきました。指を目立つ場所に置いたり、警察や新聞社に連絡して遺体を発見させたりしましたよね。その結果、捜査員がそれぞれの埋め立て地を詳しく調べることになりました。ところが、主要な埋め立て地の中で若洲だけは別なんです。いたずらのような軽い事件が起こっただけだから、それほど念入りな捜査は行われていません。犯人の最後の狙いは若洲じゃないでしょうか。この大きなサークルを完成させるため、とんでもないことを計画しているような気がします」

鷹野は右手の指先で顎を掻いた。ひとりつぶやき始める。

「如月の言うとおりかもしれない。そうだった場合、犯人の最終的な目的は何だ？　これだけの計画を進めてきたんだから、奴には確固たる行動原理があるはずだ。……動機面から推測してみるべきだろうか」

彼はしばらく考えてから、あらためて塔子のほうを向いた。

「トルクが過去、宝飾店経営者の中尾規子さんを殺害したのなら、中尾さんの遺族や友人に恨まれているかもしれない。そして、トルクが大志田潔さんと安達真利子さんを始末したのなら、その関係者に恨まれているだろう。それらの人物の中に冷蔵庫と関わりのある人物がいれば、疑ってみる価値はあるかもしれない」

「冷蔵庫といっても、家庭用のものでは小さすぎますよね」

塔子が問いかけると、鷹野は深くうなずいた。

「かといって、物流会社の倉庫みたいな施設は社員が管理しているから、部外者が簡単に出入りすることはできない。もっと手頃で、使いやすい冷蔵庫はないだろうか」

「物流会社の冷蔵倉庫でもいいんじゃないですか？　犯人がその施設の管理者であれば、自由に使えると思います」

「まあ、そうだな。だが物流会社は社員の数が多い。長時間、見つからないように被害者を監禁しておくのは難しいんじゃないだろうか」

「だとすると……たとえばスーパーの冷蔵庫とか？」

「うん、いいところを突いてきたな。そういう業務用冷蔵庫が怪しいと思う」

何かないか、と独《ひと》りごとを言いながら、鷹野はデジタルカメラを操作し始めた。ボタンを押して、これまでに撮影してきた画像を一枚ずつチェックしていく。

そのうち彼の動きが止まった。眉間に皺を寄せ、一枚の画像を凝視している。やがて鷹野の口から声が漏れた。

「妙なものが写っている……」

鷹野は顔を上げると、カメラの液晶画面を塔子に見せた。

「如月、これは何だと思う？」

塔子は画面に顔を近づけた。そこには、ある建物の壁が写っていた。おそらく聞き込みの途中で、鷹野が気まぐれに撮影したものだろう。

「これはたしか……」

記憶をたどりながら、塔子はその建物のことを口にした。うん、そうだよな、と鷹野は言った。

「もし、これが冷蔵施設だとしたらどうだろう」

「え？」

「ちょっと確認してみる」

携帯電話を手にして、鷹野はメモリーから番号を呼び出した。発信ボタンを押し、携帯を耳に当てる。緊張した表情で、彼は相手が出るのを待った。

「ああ、すみません。先日うかがった警視庁の鷹野と申します。……ええ、そうです。今いらっしゃいますか？」

誰かに取り次ぎを頼んだようだ。保留になったらしく、鷹野の携帯からかすかに音楽が聞こえてきた。これは何の曲だっただろうかと塔子が考えているうち、音楽が止まった。鷹野は再び口を開いた。

「ええ……はい……。そうですか、わかりました。ひとつお訊きしたいんですが、そちらで冷蔵庫を使っていませんか。業務用というか、ちょっとした部屋ぐらいの大きなものを」

鷹野は真剣な顔で相手の話を聞いている。ややあって、彼は大きくうなずいた。

「なるほど、ありがとうございます。助かりました」

電話を切ると、鷹野は塔子に向かって口元を引きつらせた。いや、そうではない。緊張した表情のまま、彼は笑みを浮かべようとしていたのだ。

「冷蔵庫がひとつ見つかった。かなり怪しいやつだ」

「じゃあ、早速……」

塔子がそう言いかけると、鷹野は素早く首を左右に振った。

「そこを調べるのは別の捜査員に任せよう。それより気になることがある。被疑者は今、外出しているんだ」

塔子は腕時計を確認した。まもなく午後七時三十分になるところだ。

「クリスマスプレゼントでも買いに行ったのか？　そんなはずはないよな。その人物は何か企《たくら》んでいるんだと思う」

「まさか、今から第三の事件を？」

「ああ、何か事を起こす可能性がある。……如月ほどじゃないが、俺も直感が働くようになったのかもしれない」

「わかりました。鷹野さん、行き先はあそこですよね？」

エンジンをかけながら塔子は尋ねる。鷹野はフロントガラスの向こうを見つめたまま答えた。

「そう。如月が目をつけた場所、若洲だ」

3

ハザードランプを点灯させ、男は道端に車を停めた。

運転席のドアを開けると、ひやりとした空気が入ってきた。風はあまりないが、夜になってかなり気温が下がっている。

男は銀色のランクル――ランドクルーザーから降りて、後部座席のドアを開けた。積んでおいた手製の装置を四つ取り出し、辺りの様子をそっとうかがう。

夜、この場所を走る車は多くない。たまに物流会社のトラックが通りかかるが、それをやりすごせば落ち着いて作業ができそうだ。

ヘッドライトが近づいてこないことを確認すると、彼は急ぎ足で仕掛けをした。路肩の街灯の下にひとつ、沿道の建物にひとつ、それぞれ持ってきた装置を設置する。

さらに対向車線に移動して、街灯とガードパイプに同じ細工を施した。その間、通りかかった車は一台もなかった。

これで第一ポイントの仕掛けは完了だ。

運転席に戻り、男はランドクルーザーをスタートさせた。ルームミラーで後方を見ながら、安全な速度で進んでいく。

数分後、第二のポイントに到着した。

対向車線をトラックが走ってくるのが見えた。路肩に車を停めて、それが通過するのを待つ。何を積んでいるのか、大きな地響きを立ててトラックは走り去った。

男は後部座席から装置を四つ取り出し、先ほどと同じ要領で道路に設置した。ここまでは計画どおりだ。

そのとき、遠くから爆音が聞こえてきた。あれはオートバイのエンジン音だ。それも一台ではなく、二台か三台。この寒い中、バイクで湾岸を暴走する物好きな奴らがいるのだ。

今この場所で見られるのはまずい。運転席に戻ってサイドブレーキを解除すると、男はアクセルを踏み込んだ。

車を走らせながら耳を澄ます。バイクは前方からこちらに近づいてくるようだ。今途中で交差点を見つけ、男はランクルをUターンさせた。反対の車線に入って、今来た道を戻っていく。先ほど仕掛けをした第二ポイントを通り過ぎ、五十メートルほど進んでから車を左に寄せて停めた。

ハザードランプを点けずに、息を殺してじっと待つ。

やがて後方から爆音が近づいてきた。ルームミラーに単車のヘッドライトが映る。三台だ。どれも排気量の大きなバイクで、やかましいエンジン音を響かせている。近くに住宅のない湾岸エリアだから、ここぞとばかりに騒音を立てているのだろう。道端に停まっている車が珍しかったのか、ライダーたちはスピードを緩めてランクルのそばに差し掛かった。

男はウインドウを下げ、体をひねって斜めうしろを見た。バイクに乗っているのは三人とも男性だ。ヘルメットをかぶっているが、彼らの顔を視認することができた。からかうつもりだろう、三人は車の運転席を覗き込むような姿勢で近づいてくる。

やがて先頭の黒いバイクがランクルの横で停まった。

「なんだよ！　違うじゃねえか。野郎ひとりだ」

黒いバイクのライダーが、うしろを振り返って言った。青いバイクに乗った、ひげ面のライダーが答える。

「こんなとこに停まってるから、車ん中で何かやってると思ったんだよ！」

「ほんと、そればっかりだな」白いバイクのライダーが言った。「そんなこと考えるのは、おまえだけだろうが」

三人はげらげら笑いだす。

男はウインドウから顔を出し、大声で呼びかけた。

「あんたたち、トルクだろう？」

それを聞くと、三人の表情が急に険しくなった。疑うような顔で、黒いバイクのライダーがこちらを見た。

「おまえは誰だ」

「噂を聞いたんだ。torque《トルク》っていうのは軸を回転させる力、バイクなんかの性能を示す言葉。そこから取ったグループ名だよな」

「おまえ、なんでそんなことを知っている？」

「あんたたちは有名だから、みんな知ってるよ。影山竜次さん、松島豪さん、矢沢励人さん。そうだろう？　なあ、今、メンバーの募集はしてないのかい？」

「おかしな奴だな」黒いバイクに乗った影山が、街灯の下で眉をひそめた。「走りたけりゃ、ひとりで走りな」

青いバイクの松島、白いバイクの矢沢とともに、影山は走り去った。

男はランクルをスタートさせた。バイクの赤いテールランプを追いながら、二百メートルほどの距離を保って走っていく。

やがて三台のバイクは交差点を右折した。この辺りは埠頭に隣接する地区で、物流会社や倉庫会社が並んでいる。昼はトラックが頻繁に走る場所だが、今は交通量が少なかった。埋め立て地を縦断する大通りから離れていて、しかも広い道路が多いのでサーキットのように走ることができる。

そういう環境を求めて、トルクの三人はここにやってきたはずだ。

予想していたとおり、影山たちはその倉庫街で暴走を始めた。信号がないから途中でスピードを落とす必要もない。三台のバイクはテクニックを競うように走っていく。

道端にランドクルーザーを停め、男はリュックサックの中を探った。携帯電話に似た装置を取り出し、腕時計を確認する。午後七時四十三分。

男は安全装置を解除したあと、第一のボタンを押した。

その直後、埋め立て地の南側で爆発音が響いた。はるか遠くで煙が上がるのが見える。続いて第二のボタンを押した。今度は北側で大きな音がした。

第一、第二のポイントに仕掛けておいた爆破装置を起動させたのだ。これで、あの道路を簡単に通ることはできなくなる。

二ブロックほど先で、バイクのテールランプが光った。爆発音に気づいた三人がブレーキをかけたのだ。彼らが何か言葉を交わしているのがわかった。

男はランドクルーザーのアクセルを踏んだ。前方に停車しているバイクがみるみる近づいてくる。

何だ、という顔をして影山たちがこちらを振り返った。赤いテールランプが目の前に迫る。男はさらにアクセルを踏み込んだ。

どん、という衝撃があった。

フロントガラスの向こうで、白いバイクが吹っ飛んだ。重い車体が斜めになって宙を飛び、アスファルトの路面に落ちる。乗っていた矢沢励人も、弧を描いて七、八メートル飛ばされた。彼は人形のように道路の上を跳ねて転がり、そのまま動かなくなった。

男はブレーキをかけ、ランドクルーザーを停車させた。

影山と松島のふたりは驚愕《きょうがく》の表情でこちらを見ている。何が起きたのかわからない、という顔だ。いきなりバイクに襲いかかってきた車。しかもそれは頑丈なランドクルーザーだ。いくら大型のバイクでも、馬力でこの車にかなうはずはない。

ハンドルを回して男はランクルの向きを変えた。

殺意を感じたのだろう、影山と松島も慌ててバイクを反転させた。黒いバイクと青いバイクは同時に走りだす。

男はランドクルーザーで二台のバイクを追跡し始めた。

4

新木場地区を通って覆面パトカーは南へ向かっている。

右手には木材会社や物流会社の建物が見える。左手にあるのは東京ヘリポートだ。その先には若洲橋があり、じきに若洲地区に入れるはずだった。ところがその橋を渡っている途中、塔子は路面の揺れを感じてブレーキを踏んだ。

前方を走っていたトラックも停車している。

「今、揺れましたよね？」

「揺れたな」助手席で鷹野はうなずいた。「地震か？　いや、そういう感じの揺れ方ではなかった」

　前方のトラックはハザードランプを点けている。塔子は面パトの運転席から路面に目を走らせた。橋の向こう側で煙が立ち昇っているのが見えた。

「あんな場所で何が……」塔子はブレーキを緩めて、弱めにアクセルを踏んだ。「ゆっくり進んでみましょう」

「あまり無理するなよ。危険があれば引き返そう」

「了解です」

　塔子はスピードを抑えめにして、慎重に車を進めた。トラックの横を通るとき、鷹野は赤色灯を車の屋根に出した。それから「ここで待て」と運転手に手振りで伝えた。

　若洲橋を渡りきった辺りで、塔子は異状に気がついた。沿道の小型倉庫が激しく燃えている。倉庫から吹き飛ばされた建材が道に散らばっていた。さらに、背の高い街灯が倒れて、車道をふさいでしまっている。

　ガードパイプも破壊されて破片が飛んでいた。それだけではない。辺り一面に釘が散乱していて、迂闊《うかつ》に走ったらタイヤがパンクしそうだ。

　塔子はブレーキをかけ、鷹野の顔を見つめた。

「爆発でしょうか？」

「まずいな。悪い予感が当たったらしい」

鷹野は携帯電話を取り出し、手早くボタンを操作する。相手が出ると、早口で喋りだした。

「早瀬係長、緊急事態です。若洲橋付近で爆発が発生した模様。沿道の倉庫が破壊され、道がふさがれています。……え？　そうなんですか。……同時に発生したんでしょうか。……わかりました。若洲に入れるかどうか確認してみます」

電話を切ると鷹野はこちらを向いた。険しい表情になっている。

「東京ゲートブリッジでも爆発が起こったらしい。若洲橋と同じタイミングでやられたのかもしれない」

「犯人が二ヵ所を爆破したということですか？」

「その可能性が高いな」

塔子は頭の中に湾岸エリアの地図を思い浮かべた。若洲は島のような形をしていて、ほかの埋め立て地と地続きにはなっていない。

「若洲に入るにはふたつのうち、どちらかの橋を通らなくてはいけませんよね。つまり、犯人は若洲地区を孤立させた……。なぜでしょう？」

「わからない。今、若洲でいったい何が起こっているんだ？」

塔子たちは車を降りて、爆発の跡を調べてみた。建材や街灯は重く、広範囲に散らばっていて、ふたりや三人の力ではとても処理できない。

うしろから何台か車がやってきたのを見て、鷹野が大きく手を振った。彼は後続車の運転席に近づき、ここは通れない、と伝えたようだ。

そのとき、若洲地区から激しい衝突音が聞こえた。続いて急発進するバイクの音、自動車のエンジン音も響いてきた。

「何だ？　交通事故か？」鷹野が眉をひそめる。

塔子の携帯電話が鳴った。急いでバッグから携帯を取り出し、通話ボタンを押す。相手は門脇だった。

「早瀬さんから聞いたんだが、如月たちは今、若洲橋にいるんだよな？」

「そうです。爆発のせいで道が通れなくて……」

「若洲の倉庫会社の社員から、一一〇番通報があった。倉庫街でランドクルーザーがバイクを追い回しているらしい。すでにひとり撥ねられて、動かなくなったそうだ」

塔子は慌てて倉庫街のほうへ目を向けた。先ほど聞こえたのは、まさにその音だったのではないか。

「バイクはあと二台だ。今は逃げ回っているが、何度も車に体当たりされている。このままだと残りのふたりもやられる可能性がある」

「ランドクルーザーで人を撥ねるなんて……」

「殺すつもりでやっているんだろう」

塔子は眉をひそめた。確証はないが、ランドクルーザーを運転している人物が、一連の事件の犯人ではないか、という気がした。

「なんとかしてバイクを助けに行けないか？」

門脇に訊かれて、塔子は辺りを見回した。車を置いて歩けば、無理なく若洲に入ることができるだろう。だが暴走するランドクルーザーを人間の手で止められるわけがない。では、追われているバイクのライダーたちを誘導し、保護すればいいのか。しかし必死に逃げ回っているライダーたちに、こちらの意思が伝わるだろうか。

「一旦引き返して東京ゲートブリッジから……」

そう言いかけたが、塔子は考え直した。向こうの橋でも同じように爆発が起こったのだから、状況はそれほど変わらないはずだ。移動する時間がもったいない。だとしたら、このまま進むしかないだろう。

「車で若洲に入れるか、試してみます」

「頼むぞ。こっちでも何か手がないか考えてみる」

電話を切って、塔子は今の話を鷹野に伝えた。彼は険しい表情で路面を見渡す。

「釘を拾っている時間はないだろう。タイヤをやられるかもしれないが、挑戦するしかないな。……建材や倒れた街灯はどうする？」

「乗り越えます！」

塔子は鷹野とともに面パトに戻った。アクセルを踏み込んで急発進させる。タイヤが建材を踏む感触がハンドルに伝わってきたが、かまわず車を走らせた。

倒れた街灯に乗り上げて一瞬車体が浮いたが、どうにか前に進むことができた。金属をこする嫌な音がしたが、かまってはいられない。

スピードを上げて、面パトは若洲地区に入った。

左手はゴルフ場だから関係ないだろう。適当な場所で右折し、騒ぎが起こっている倉庫街に車を向けた。まだバイクやランクルのライトは見えてこない。

「こんな場所でカーチェイスをするなんて」塔子はつぶやいた。「この先には公園やキャンプ場があるっていうのに……」

「そうか、そういうことか」鷹野がこちらを向いた。「この前の毒物事件は、やはり犯人の仕業だったんだ。毒物事件を起こせばキャンプ場はしばらく閉鎖される。そうなればここで暴走騒ぎを起こしても、キャンプの客たちが邪魔になることはない。バイクを追い回すのに集中できるわけだ」

「やっぱりこの事件の犯人は、冷静に計画を立てていたんですね」

「犯行自体は猟奇的だったし、メモリーカードの録音メッセージも異様だった。リスクを恐れず、破滅してもいいと考えているように見えた。しかしそれらはすべて、計算した上でのことだったんだ」

奴は猟奇的な殺人者を演じていたのだ。相当慎重でありながら、決断力と行動力を持つ人物。それがこの事件の犯人なのだろう。

「見えた！」

鷹野が前方を指差した。次の瞬間、塔子もそれを視認していた。

この先に交差点があるらしく、黒いバイクと青いバイクが右から左へ横切っていった。そのすぐあとに続いたのは銀色のランドクルーザーだ。

「追います」

塔子はアクセルを踏み込んだ。交差点の手前で減速し、左折する。

百メートルほど先にランクルの後部が見えた。その前には二台のバイクがいる。

ひとけの少ない倉庫街だったが、一一〇番へ通報してくれた人がどこかにいるはずだ。ほかに夜勤の人などもいるだろう。バイクのライダーを救出することはもちろん大事だが、一般市民を巻き込むわけにはいかなかった。早くあの車を止めなければ、被害が大きくなるおそれがある。

鷹野が面パトのサイレンを吹鳴《すいめい》させた。静かな夜の埋め立て地に、甲高《かんだか》い音が響き渡る。

マイクを手に取り、鷹野は拡声器で警告を発した。

「そこのランドクルーザー、止まりなさい！　こちらは警察です。ただちに停車しなさい！」

だがランクルはスピードを落とさなかった。この距離で聞こえていないはずはない。犯人は警告を無視したのだ。

T字路《ティーじろ》に入って黒いバイクは左折した。青いバイクは少しブレーキのタイミングが遅れ、コースが外側に膨《ふく》らんでしまった。その間にランドクルーザーが肉迫する。

左折したあと、青いバイクは距離を詰められた。車は一気に加速してバイクを煽《あお》る。いや、煽るどころではない。バイクの後部に車体をぶつけていた。二回、三回とそれを繰り返す。

ライダーは振り返り、ランクルの運転手に首を振ってみせた。左手をハンドルから離して、大きく左右に動かしている。もうやめてくれ、助けてくれ、と懇願《こんがん》しているのだろう。

それを受け入れたのか、ランクルは速度を緩めた。運転席のウインドウから右手が出て、人差し指で下を示している。止まれ、という合図らしい。

指示に従って青いバイクはスピードを落とした。だがその直後、信じられないことが起こった。

車の運転手がいきなり速度を上げたのだ。青いバイクは後部から頑丈なランドクルーザーに追突され、バランスを失った。そのままバイクは転倒し、ライダーはゴムボールか何かのように道の上を跳ねた。

「まずいぞ！」鷹野が叫んだ。

ランクルは最後の黒いバイクを追って、そのまま走っていく。塔子は急ブレーキをかけ、面パトを停車させた。車を降りてライダーに駆け寄る。ヘルメットをかぶっているから頭は大丈夫だろうが、体の骨折は避けられなかったのではないか。

「大丈夫ですか？　あなた、名前は」

鷹野が問いかけると、ライダーは苦しそうに顔をしかめた。

「松島……豪……」

その名前には聞き覚えがある。鷹野は重ねて尋ねた。

「トルクのメンバーだな。あの黒いバイクの人は？」

「か……影山……」

「どうしてあなたたちは襲われているんだ？」

「知らねえよ。あいつ、いきなり追ってきて……。いてえ、いてえよ。助けてくれ」

どうするか、と塔子が辺りを見回したとき、近くの倉庫から作業服を着た男女が飛び出してきた。これまでのカーチェイスを、建物の中でおそるおそる見ていたのだろう。

「警察の方ですよね？」眼鏡をかけた男性が尋ねてきた。「さっきからバイクと車が、この辺りをずっと走り回っているんです。早くあの車を止めてください。このままだと最後のバイクもやられます」

「この人のことを頼んでもいいですか」塔子は言った。「ここは危険ですから、安全な場所へ」

「わかりました。仕事柄、応急処置には慣れています。さっき救急車を呼びましたから、いずれ来てくれるはずです」

「すみません。お願いします」

負傷者をふたりに託して、塔子と鷹野は再び面パトに乗り込んだ。サイレンを吹鳴させて、車は走りだした。


ランドクルーザーは影山のバイクを追っているはずだ。

塔子は二台の走り去った方角へ車を向けた。だが赤いテールランプはなかなか見えてこない。ひとけのない夜の倉庫街を、覆面パトカーは疾走する。

「トルクというのは、バイクで暴走するのを楽しむグループだったんだな」助手席で鷹野が言った。「そういえば大志田さんは月に何度か、夜に友達と会っていたはずだ。『バイクで出かけていたらしいので、酒を飲みに行っていたわけじゃないと思う』と弟さんが話していた」

そこでバイクという手がかりは、すでに出ていたのだ。そのまま聞き流してしまったことを、今になって塔子は悔《く》やんだ。

鷹野は電話をかけて、早瀬係長に状況を報告している。段取りを相談してから電話を切ると、彼は険しい顔をこちらに向けた。

「爆破現場がまずいことになったらしい。交通規制が間に合わなくて、事件のことを知らない車が何台も橋を渡ったそうだ。その結果、タイヤのパンクと、建材や街灯への乗り上げで追突事故が起こった。今は若洲橋も東京ゲートブリッジも通れなくなっている」

「となると、救急車は？」

「かなり時間がかかってしまうな。いや、救急車だけじゃなく、パトカーも若洲に入れないようだ。早瀬係長はバイクと徒歩で応援を出してくれると言うんだが、あの頑丈なランドクルーザーにどう立ち向かうのか……」

やはり塔子たちがこの面パトで対応するしかないようだ。なんとしても止めなければ、と塔子は自分に言い聞かせた。

バイクとランクルはまだ見えてこない。今、いったいどの辺りを走っているのだろう。

「如月、ちょっと車を停めてくれ」

鷹野に言われて、塔子はブレーキをかけた。鷹野は車の外に出て、じっと耳を澄ましている。やがて何かを感じ取ったのか、彼は助手席に戻ってきた。

「かすかに音が聞こえた。南だ」

「了解です」

塔子は進路を変え、南の方向に車を進めた。倉庫街を出て面パトは若洲公園に近づいていく。そのうち、塔子の耳にもエンジン音がはっきり聞こえた。

「どこでしょう。まさか公園に入ったわけじゃないですよね？」

「そんな馬鹿な。バイクならともかく、車は……」言いかけて鷹野は首を振った。

「いや、ランドクルーザーならどこでも走れるのか？」

バイクと車のエンジン音がさらに大きく響いてきた。若洲公園の入り口が近づいてくる。

「如月、あそこ！」

鷹野がフロントガラスの向こう、右前方を指差した。そこは昨日訪れた、若洲公園の駐車場だ。バイクの影山は、苦し紛れにここへ逃げ込んだのだろうか。あるいは進路を誤ってここへ追い詰められたのか。

駐車場は五百台ほどが停められる広さだ。その中で黒いバイクが右へ左へと逃げ惑い、銀色のランドクルーザーがタイヤを軋《きし》ませながら追走している。バイクは駐車場から外に出ようとするが、ランクルはそれを先読みして脱出を阻《はば》む。隙を見せればうしろからぶつけられ、撥ね飛ばされるだろう。極度の緊張が続いて、バイクのライダーは疲弊しているようだ。

「ランドクルーザー、止まりなさい！」鷹野がまた拡声器を使った。「止まらない場合、強硬手段をとる！」

だが相手はスピードを緩めなかった。塔子はランクルのあとを追いかけ、脇に回って車体を幅寄せした。こうすればバイクの追跡を断念するかと思ったが、ランクルの運転手は少しも動揺しないようだ。

ランクルは突然減速して面パトにフェイントをかけ、そのあと急加速して影山を煽った。バイクの後部に車のノーズが接触する。衝撃を受けてバイクはバランスを崩しかけた。

「危ない！」

塔子はアクセルを踏み込むと、ハンドルを切って車をランクルにぶつけた。耳障りな金属音が辺りに響き渡る。それでも相手はひるまない。逆に面パトに車体をぶつけ返してきた。

互いに譲らず、二台は車体をこすりつけたまま加速していく。塔子は再び体当たりして、ランクルの進路を変えさせようとした。だがそこで予想外のことが起こった。

突然、面パトのコントロールが不安定になったのだ。

「鷹野さん、ハンドルが……」

「さっきの釘のせいだ」彼は大声で言った。「もうタイヤが持たない！」

ハンドルが利きにくい状態でなんとか運転を続けたが、圧倒的にこちらが不利だった。ランクルに車体を押しつけられ、面パトは駐車場の塀をこすりながら走っていく。車体の軋む音がする。

強引にハンドルを切って塀から離れようとしたとき、

「如月、前を！」

鷹野の声が聞こえたが、そのときには遅かった。目の前に管理施設が大きく迫っていた。塔子は両目を見開いた。

次の瞬間、強い衝撃に襲われた。激しい音がしたかと思うと、エアバッグが飛び出して前が見えなくなった。

「……大丈夫か」

助手席から鷹野の声が聞こえた。塔子は我に返って彼のほうを向く。幸いふたりとも怪我はなかった。

ドアを開け、塔子たちは外に転がり出た。エンジン音のするほうに目を向けると、バイクがしつこく追われているのが見えた。蛇行《だこう》しながら影山は逃げている。だがそのうち集中力が尽きたのだろう、彼は運転ミスをした。バイクは転倒し、駐車場の白線の上を横に滑《すべ》っていく。一度倒れた影山はどうにか立ち上がったが、すぐアスファルトに膝《ひざ》をついてしまった。

塔子は彼のそばへ走った。

「影山さんですね？」

「そ……そうだ。頼む、助けてくれ。あいつに殺される！」

影山を立ち上がらせようとしたが、右脚を負傷しているらしい。塔子は彼を抱えるようにして、背中に手を回す。

ランドクルーザーは方向転換して、こちらに向かってきた。勢いをつけてふたりとも撥ね飛ばすつもりだ。

塔子と影山の前に、鷹野が立った。右手に棒きれを握っていたが、武器にするにはあまりにも頼りない。

「きさま、この上さらに三人殺す気か！」

鷹野はそう叫んだが、おそらく犯人の耳には届いていないだろう。

車のヘッドライトが迫ってくる。辺りがまばゆく照らされる。その光の中に、塔子は何かの幻を見たような気がした。

――鷹野さん、私たちはもう……。

と、そのときだった。猛烈な風を受けて、塔子たちはよろめいた。自動車のものとは別の、強烈なライトが駐車場を照らした。

虚を突かれた犯人は運転を誤ったようだ。ハンドルを切りすぎて駐車場の塀に突っ込み、ランドクルーザーは動けなくなった。

塔子たち三人の前に、巨大な物体が現れた。強い風とともに上空から下りてきたのだ。

それは、白いサーチライトを光らせたヘリコプターだった。

ヘリから徳重と尾留川、所轄の若手刑事たちが降りてきた。

「怪我はないですか？」

ローターの風を受けながら、徳重たちはこちらに走ってくる。ライトに照らされ、まぶしそうにしながら鷹野は答えた。

「大丈夫です。トクさん、助かりました」

「橋の事故が片づかなくて困っていたら、神谷課長がヘリを使えと言ってくれたんです。緊急事態ということで、関係各所の許可もすぐ下りました。早瀬係長は全体の指揮を執っているので、代わりに私たちがここへ……」

「東京ヘリポートのそばだったのは幸いでしたね」尾留川が北のほうを指差した。

「ほんの目と鼻の先だっていうのに、橋を渡れないのが、こんなに不便だなんて」

所轄の刑事たちがランドクルーザーに駆け寄り、運転席から男を引きずり出すのが見えた。これまで執拗にバイクを追い回してきた犯罪者も、自分の負けを悟ったのだろう。抵抗することなく引き立てられてきた。

鷹野はその男に向かって言った。

「高崎瑞江さんの写真を撮るとき、カメラのレンズが汚れていたことがわかっています。汚れを取るのに、犯人はイソプロピルアルコールか、それに似た薬剤を使ったと考えられる。その薬剤がこぼれ、高崎さんの左手親指のマニキュアを溶かしてしまったんでしょう。

イソプロピルアルコールなどを使うのは、カメラにかなり詳しい人です。今回我々が聞き込みをした関係者の中で、カメラに精通していると思われる人がひとりいました。工学部機械システム工学科で熱工学を専門とし、ヒートパイプを研究している人です。ヒートパイプは小型電子機器が発する熱を外へ逃がすための仕組みですよね。それが組み込まれる電子機器は携帯電話やパソコンだという話でしたが、確認したところ、あなたがおもに研究しているのはデジタルカメラへの応用でした。

そしてもうひとつ。高崎瑞江さんや関丈弘さんは死亡する前、気温の低い場所に閉じ込められていた。調べてみると、あなたの職場には冷蔵施設があるとわかりました。校舎の脇、パイプやダクトの先に物置のような小屋がありますね。あれは、熱工学を専門とするあなたの研究室が管理しているものです。鍵を持っているのはあなたですよね。誰にも知られることのない秘密のアジトとして、あなたはあの冷蔵施設を使った。そうですね？　安達先生」

鷹野は厳しい表情で相手をじっと見つめる。

ランドクルーザーから降ろされ、呆然《ぼうぜん》とした表情で塔子たちの前に立っている人物。それは条南大学工学部の教授・安達謙哉だった。

5

若洲橋のほうからパトカーと救急車のサイレンが聞こえてきた。

取り急ぎ、若洲橋の爆発現場で障害物の撤去を行い、緊急車両だけ通行できるようにしたという話だった。東京ゲートブリッジのほうは作業に手間取っていて、今も通行止めが続いているらしい。

若洲地区の倉庫街を警察官たちがチェックし、被害状況を報告していた。

ランドクルーザーに撥ねられ、白いバイクが横倒しになって、ライダーが道端に放り出されていたことがわかった。右肩など数ヵ所を骨折しているものの、意識はあり、矢沢励人と名乗ったそうだ。青いバイクの松島豪も負傷していたから、まもなく救急車で病院に搬送されると思われる。

ワンボックス型の警察車両の中で、被疑者への聴取が行われることになった。本格的な取調べは東京湾岸署に連行してからとなるが、まずは身元などを確認しなければならない。

後部座席のシートは、向かい合わせになるよう設置されていた。今そこに座っているのは被疑者と徳重、鷹野、塔子の四名だ。

「さて、君の名前と年齢、職業を聞かせてもらおうかな」

徳重がそう話しかけたが、被疑者は焦点の合わない目で宙を見ている。

「どうした？　名前と年齢、職業だよ」

再度促されると、ようやく彼は徳重のほうに目を向けた。

「名前は安達謙哉、四十四歳、職業は大学教授です」

大きな事件を起こした犯人とは思えないような、落ち着いた声で安達は答えた。

「安達謙哉、君は高崎瑞江、関丈弘の二名を殺害した。そして今夜、通称トルクのメンバーである松島豪、矢沢励人に重傷を負わせ、影山竜次を殺害しようとした。間違いないね？」

「ああ、まあ、結果としてはそうなりますね」安達は淡々とした口調で答えた。「私は五人殺すつもりだったのに、ふたりしか始末できなかった。もともと計画に無理があったんでしょうか。しかし五人全員を一度に殺すのは難しい。三段階に分けるしかなかったんです。まず捕らえやすい女を襲って、計画に問題がないか検証し、次に男を襲った。そこまでうまくいったので、あとは三人一緒に行動している奴らを、まとめて殺そうとしたんです。……刑事さん、私の考え方はおかしいですかね」

まばたきもせず、安達は徳重の顔をじっと見つめる。

横でその様子を見ながら、何か異様だ、と塔子は感じた。以前大学で聞き込みをしたときには、安達はごく普通の受け答えをしていた。だが今、彼の表情や言葉には明らかに不自然なところがある。何かに取り憑《つ》かれ、それまでの自分をなくしてしまったかのように見えた。

「安達謙哉。我々の質問に答えてもらおうか。一連の事件についてだ」

そう言ったあと、徳重は鷹野に目で合図をした。うなずいて鷹野は安達のほうを向く。

「関丈弘はトルクというグループの名刺を持っていましたが、それはオートバイ愛好家の集まりだったと思われます。五年前までのメンバーは影山、松島、矢沢、関、そして高崎瑞江。そのほか大志田潔さんと安達真利子さん――あなたの奥さんですね、このふたりもメンバーだったか、誰かの知り合いだったため、トルクとつきあいがあったんじゃないですか？」

ここで鷹野は安達の表情をうかがった。だが被疑者からは何の反応もなかった。

鷹野はそのまま説明を続けた。

「もともとツーリングの集団だったトルクは、影山たちの借金が原因だったのか、ある時期から運び屋の仕事をするようになりました。暴力団の命令を受けて、覚醒剤などをバイクで運んでいたんです。そのうち暴力団と密接な関係ができて、窃盗や強盗、詐欺事件なども起こすようになった。しかしそれは影山など一部の人間の判断であって、グループの総意ではなかった。少なくとも大志田さんと安達真利子さんは、不本意ながら手伝わされていたのだと思います。

そして五年前、トルクはついに殺人事件を起こした。浦安市の宝飾店経営者・中尾規子さんから金を奪い、殺害してしまったんです。この事件で嫌気が差した大志田さんと真利子さんは、グループを脱退したいと言ったんじゃないでしょうか。それで影山たちは口封じのため、ふたりを始末することにした……」

妻の死に話が及んだとき、安達の表情にわずかな変化が見えた。塔子たちが見守る中、彼はゆっくりと口を開いた。

「五年前のあの日――九月二十八日の夜、仕事で疲れて家に戻ったとき、私が目にしたものは何だったと思います？　どうですか、如月さん」

急に問いかけられて塔子は戸惑った。鷹野や徳重の顔をちらりと見たあと、言葉を選びながら答えた。

「奥さんの……真利子さんの遺体ですよね。でもそれは自殺ではなく、他殺だったのではないかと私たちは考えています」

安達は舌の先で唇を湿らせた。ややあって、彼はこう言った。

「帰宅したとき私が見たのは、妻の遺体と、知らない男の遺体でした」

「え？」塔子はまばたきをした。「その人はいったい……」

「あとでわかったんですが、それは大志田潔だったんです。妻と大志田は、私を混乱させ、激高させるような状態で死んでいました」

安達の唇が震えていることに、塔子は気づいた。

彼を混乱させ、激高させるような状態とは何だったのだろう。大志田潔と安達真利子は、いずれもトルクの中心メンバーではなかった。そのふたりが同時に死亡していたのはなぜか。ふたりとも謀殺されたということか。

考えを巡らしながら、塔子は安達の表情を観察した。

――いや、この顔にはほかの感情も含まれている。

安達が憤っていることは間違いない。だがそれ以外にも何かが隠されているような気がした。安達はふたりの遺体を見て衝撃を受けた。そのあと、彼の心にどんな感情が湧き起こったのか。

もしかしたら、彼が感じたのは悲しみだったのではないだろうか。

毎日遅くまで働いていた安達がショックを受け、深い悲しみを感じたと仮定してみる。それはいったいどんな状況だったのか。家に帰ると妻が死んでいた。そしてその横には見知らぬ男がいて……。

そこまで考えたとき、塔子ははっとした。

「ひょっとして、大志田さんと真利子さんは一緒に死を選んだのでは……」

「一緒に、というと？」安達が先を促した。「はっきり言ってもらって、かまいませんよ」

「つまり、心中《しんじゅう》していたんじゃありませんか」

安達は自分の指先をじっと見つめた。しばらくそうしていたが、やがてゆっくりと顔を上げた。

「そう。大志田と妻は手を握り合って死んでいたんです。大志田の右手が、妻の左手と合わさって……。何が起こったのか、最初はわかりませんでした」

予想外の話に、塔子は言葉を失った。その出来事がどれだけ安達を動揺させ、傷つけたか、容易に想像がつく。

塔子の反応を見たあと、安達は説明を続けた。

「部屋には大志田の遺書がありました。そこには、自分たちふたりが浦安市の強盗殺人事件を起こした、と書いてあった。もう逃げられないと観念したので一緒に死ぬ、金はあることに使ってしまったので絶対見つからないだろう、とも書かれていました。……これを読んだとき、私が感じたのは激しい怒りと嫉妬《しっと》でした。私が大学で働いている間、妻はこの男と何をしていたのか？　浮気をされていたのに私は少しも気がつかなかった。それを知ってか知らずか、ふたりは私の家で死んでいたんです。私にふたりの仲を見せつけるかのように！　絶対に許せないと思いました。

だからです。私は大志田の遺体を隠すことにしたんですよ。悪いのはこいつだ。この男の遺体さえなければ、妻はひとりで自殺したのだと説明できる。そうすれば不倫の末に妻が男と心中したことを、世間に知られずに済む。浦安の強盗殺人とやらも、ごまかせるはずだ。……私が家に戻ったのは午後十一時四十分ごろでした。急いで大志田の遺体を布団袋に入れ、近くに借りていたレンタル倉庫まで車で運びました。本当はもっと遠くへ行って遺棄したかったんですが、通報が遅くなると不自然なので、一時的にレンタル倉庫を使ったんです。家に戻ると遺書を隠し、ほかに大志田の痕跡がないか確認したあと、警察に通報しました。それが午後十一時五十七分のことでした」

安達は以前、帰宅したのは午後十一時五十分ごろだと話していた。だが実際にはその十分前に戻っていたのだ。そしてわずかな時間で「そこにあってはならない遺体」を片づけたというわけだ。

「警察の調べは明け方までかかりましたが、ひとりになると私はもう一度車に乗り、レンタル倉庫から遺体を運び出しました。まだ朝早い時刻だったので、人目につくことはありませんでした。私は仕事で土地鑑のあった南蒲田の廃屋に侵入し、庭に遺体を埋めてきたんです」

早朝、廃屋の庭で穴を掘り、男の遺体を埋めた安達。その表情には鬼気迫るものがあったに違いない。

ここで再び鷹野が問いかけた。

「白骨化が進んでいた大志田さんの遺体には、右手の五指がありませんでした。あれはあなたが？」

「そうです。だってあの男は、私の大事な妻の手を握っていたんですよ。そんなこと、許されるわけがないでしょう。私は遺体を埋める前、五本の指を切ってやった。ホルマリンに漬けて、今でも保管していますよ」

そう語ったとき、初めて安達の口元が緩んだ。だが口は笑っていても、目にはまったく表情が感じられない。そこが塔子には不気味に思えた。

安達はひとつ息をついてから、講義をするような口調で話し始めた。

「なぜ真利子が心中したのか、大志田とはどう知り合ったのか、私は調べることにしました。大志田の遺体を隠したこともあって、警察の手を借りることはできませんでした。自分の力と、あとは探偵社などを使って調べていきました。すると独身時代、今から八年ほど前に、真利子は関丈弘という男と交際していたことがわかりました。そいつと別れて私と結婚したわけですが、五年前また関から呼び出しがあったようです。当時のトルクの状況はこうでした。メンバーは影山、松島、矢沢、関、高崎の五人。関丈弘は高崎瑞江とつきあっていましたが、すでに結婚していた私の妻を呼び出して、トルクの集まりに連れていったようです。たぶん金づるになりそうな相手を探していたんでしょうね。やがて関は真利子から金を脅し取るようになりました。……これらの情報については、高崎や関を殺す前、拷問して裏をとったから間違いありません」

拷問という言葉を、安達はさらりと口にした。まるでその意味を理解していない子供のように、邪気のない口ぶりだった。

「関との関係は終わっていたわけですよね。それなのに、なぜ奥さんは呼び出しに応じたんですか」

鷹野が訊くと、安達は相変わらず無表情な顔で答えた。

「私と結婚する前、真利子は関に弱みを握られていたんです。具体的に言いましょうか。リベンジポルノに使われるような、まずい写真を撮られてしまったんですよ。写真をネットで公開されたくなければ言うことを聞け、と関は脅した。真利子は誰にも相談できず、私が仕事に出かけている間、呼び出しに応じるようになりました。関は何度も何度も金をゆすり取った。真利子は逆《さか》らうことができませんでした。……ねえ如月さん、あなたは女性だから、真利子の気持ちがわかりますよね？」

塔子は答えに窮した。何を言ったとしても、自分の本当の気持ちを表すことはできないだろう。だから、ただうなずくしかなかった。

安達は鷹野のほうに視線を戻した。

「それだけでも苦しかっただろうに、真利子はグループ内で暴力を振るわれました。やったのは誰だと思います？　高崎瑞江ですよ。今つきあっている関が昔の女を連れてきたわけだから、面白くなかったんでしょう。高崎は関たちの前で真利子を痛めつけました。同じ女性なのに、いや、同じ女性だからこそひどい仕打ちを続けた。高崎によって、真利子は辱めを受けることもあったそうです。嫉妬というのは本当に醜《みにく》いものですよ。……いろいろ調べた結果、そういう経緯がわかって、私は関と高崎に恨みを抱きました。奴らは真利子を服従させるため、ネットに写真をアップするぞと脅していた。ふざけるな、というのが私の正直な気持ちでした」

それを聞いて、鷹野は何かに気づいたようだ。

「だからですね？」彼は安達に問いかけた。「あなたは高崎さんと関さんを痛めつけたとき、SNSで写真を公開した。あれは、かつて奥さんが脅されていたから、意趣返しのためにしたことだったわけだ」

「意趣返しといえば、そうかもしれませんね。そんなにネットが好きなら、おまえらが痛めつけられている写真も公開してやるよ、と私は考えたんです。おまえらの写真は、興味本位でアクセスする連中にいじられ、面白がられるだろう。いい気味だ。……私は高崎と関の写真をネットにアップしてやった。さらに、頭の悪い新聞記者に遺体のありかのヒントを与えました。世間が騒げば、真利子への供養にもなると思ったからです。ただ、数時間たって世間がこの話題で盛り上がりかけたころには、写真を削除しました。ネットの中で騒ぎ立てる若い連中のことも、私は嫌っているのでね。いつまでも奴らを楽しませてやる気はありませんでした」

彼が写真にこだわっていた背景には、そんな理由があったのだ。塔子にしてみれば、ここで供養という言葉が出たことには違和感がある。だが安達はそう表現するのが適切だと考えているのだろう。

「ああ、話が逸れましたね」安達は咳払いをした。「じつは真利子とは別に、グループ内で脅されている人間がもうひとりいたことがわかりました。それが大志田潔だったんです。奴はもともと素行不良な面がありましたが、グループ内で一度ヘマをして、リーダーの影山から疎まれるようになったそうです。ほかのメンバーからも見下され、ついに金を脅し取られるまでになった。そういう状況だったから同病相憐《どうびょうあいあわ》れむという感じで、大志田は真利子と親しく話すようになったらしいですね。そんな中、決定的な事件が起こりました」

「五年前の九月十七日、トルクが浦安市で宝飾店経営者の女性を殺害したんですね？　そして七千万円を奪った」

鷹野にそう訊かれ、ええ、と安達はうなずいた。

「当初は疑われることもないと考えていた影山たちでしたが、やがて千葉県警の手が伸びてきた。事件を起こす前、宝飾店経営者に近づいて情報収集していたことが、警察に怪しまれたようです。それで影山たちは、大志田と真利子に罪をなすりつけることにした。……九月二十八日の夜、トルクの五人は大志田を連れて私の家に押し入りました。もちろん奴らは私が不在であること、家には真利子しかいないことを知っていたんです。影山たちは五人がかりで大志田と真利子を押さえつけ、無理やり毒物をのませた。暴力団あたりから闇ルートで手に入れた青酸化合物だったんでしょうね。トルクの奴らはこれを心中に見せかけるため、ふたりの手をつながせ、大志田の遺書を置いていきました。たぶん、無理やり書かせたものだったんだと思います」

ふたりは心中したわけではなかったのだ。それを知って塔子はいくらか安堵《あんど》した。だが安達の表情に変化はない。真利子も大志田も金づるとして利用され、最後にはごみのように捨てられた。その事実は変わらないからだ。

毒をのまされる瞬間、彼らは何を思ったことだろう。その場面を想像して、塔子は息苦しさを覚えた。鷹野も徳重も表情を曇らせている。

「今年になってそれを知ったとき、私はすべてに絶望しました」安達は説明する声を少し強めた。「大志田に同情しようという気にはならなかったけれど、奴を今までどおり憎むこともできなかった。それまで大志田が妻を誘惑したのだと思っていたのに、あいつもまた影山たちの犯罪の被害者だったんです。とはいえ私は、大志田への怒りが間違いだったことを認めたくなかった。この気持ちをすべてリセットするには、あらたに憎悪の対象を決める必要がありました。……私は決意しました。影山たちトルクのメンバーを全員殺してやろう、と」

「全員を？」鷹野は眉をひそめる。「関さんや高崎さんへの恨みはわかります。リーダーの影山も罪深い人間だ。しかし松島や矢沢についてはどうなんです？」

「あなた方は知らないでしょうが、私は奴らに一度殺されかけたんですよ。一通り調べが終わったころ、私は髪型を変え、眼鏡をかけて、影山、松島、矢沢の三人に接触を図ったんです。ところが私が大志田潔の話をすると、突然三人は殴る蹴《け》るの暴行を加えてきました。たまたま人が通りかかったので奴らは逃げましたが、あのままだったら私は死んでいたかもしれません。そのとき悟ったんです。トルクは全員殺さなくては駄目だとね。私は殺害の計画を練りました。……さっきも言ったとおり、大志田の死体損壊・遺棄をしてしまっていたから、警察に頼ることはできませんでした。たとえ死体損壊・遺棄の公訴時効が過ぎたとしても、私は大学教授です。今の職を失いたくはなかった」

塔子は眉をひそめた。妻が殺害されただけでなく、自分自身も暴行を受けた。その経験が、安達を今回の犯行に駆り立てていたのだ。

少し間をおいてから、鷹野は別の質問をした。

「あなたが遺体のポケットに残した音声データ。あれは浦安市の事件と、奥さんの事件を告発したものだったんですね？」

「別に告発したわけじゃありません」安達はゆっくりと首を振った。「そうせずにはいられなかったんですよ。あいつらがしたことを言葉にして、私自身を奮い立たせる意味があった。私は自分を、ぎりぎりの場所まで追い込まなければならなかった。それだけです」

静かな口調だが、安達の言葉には凄《すご》みがあった。固く握った彼の右手が、小刻みに震えているのがわかった。

塔子は頭の中で、この事件の人間関係を整理してみた。

◇大志田潔
　—（同情・共感）
　　偽装心中で殺害
◇安達真利子
　→（八年前まで交際・五年前脅迫）
◆関丈弘（TORQ脱退）
　—（三年前まで交際）
◆高崎瑞江（TORQ脱退）
◆影山・松島・矢沢（現TORQ）

過去トルクのメンバーがしてきたことは、どこまでも利己的な犯罪行為だ。そのトルクに妻を殺害された安達には、同情の余地があるように思う。

ただ、そういう理由があったとしても彼の行動は許されるものではない。高崎、関の二名を殺害し、指や遺体を遺棄した上、車で影山たち三人を殺害しようとしたの

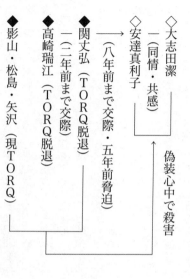

だ。あまりにも悪質な犯行だった。

「各事件について聞かせてもらえますか」鷹野は手元のメモ帳を開いた。「まずあなたは、トルクを脱退した高崎さんと関さんを先に殺害することにした。影山たち主要メンバーのほうが憎かったかもしれないが、いきなり彼らを襲うのはリスクが高かった」

「浦安の強盗殺人以来、トルクは大きな犯罪を起こしていませんでした。しかしバイクで湾岸を走るグループとしてはずっと活動していたんです。影山、松島、矢沢の三人で月に何回か湾岸エリアを走っていました。ということは、誰かひとりが襲われたら残りふたりはすぐに異状を察知するでしょう。それでは殺害計画が中断されてしまうおそれがある。だから私は、トルクとは縁が切れている高崎瑞江と関丈弘を先に殺すことにしました。そのあと、トルクが湾岸を走るとき三人を一緒に始末しようと決めたんです。念のため、ふたりの身元を公表しないよう、警察には命令しておきました」

安達は過去の行動について語った。第一の事件では、十二月二日の夜、高崎瑞江を拉致して条南大学品川キャンパスに運び、自分が管理している冷蔵施設に閉じ込めた。そのあと暴行を加え、大志田と妻を殺害した経緯を聞き出したという。指を切るなど、拷問と呼べるやり方だった。その拷問の途中、安達は被害者の写真を何枚か撮影した。世間を騒がせるのに、あとあとそういう写真はとても効果的だと考えたからだった。

「写真を撮る前、刑事さんが言ったように高崎の血や脂で、カメラのレンズが汚れてしまったんです。私はイソプロピルアルコールでレンズを拭きましたが、液が垂れて、左手親指のマニキュアが溶けてしまった。このマニキュアを今持っているかと尋ねましたが、高崎は持っていないと答えた。だから私は親指を除いた四本を、東京マリンタウンに遺棄したんです」

「商業施設に指を置いたのは、捜査を混乱させるためですね？」と鷹野。

「五年前、妻の死のことで疑われた経験は今でも忘れていません。警察の捜査を混乱させてやろう、と考えていました」

「二日の夜に拉致してから、四日の夜に殺害、遺棄するまで、高崎さんをずっと冷蔵庫に閉じ込めておいたんですか？」

「そうです。大学の講義の合間に、ときどき様子を見に行ったりしてね。なかなかスリルがありましたよ」

感情のこもらない声で、安達はそう言った。

彼が第二の事件を起こしたのは五日の未明だった。関の家に侵入し、やはり拉致して品川キャンパスの冷蔵施設に監禁した。

「過去の事情を聞きながら、私は左手の五指を切りました。関を生かしたまま冷蔵庫に残して、私は指を遺棄するために出かけた。高崎のときと似せればまた捜査が混乱するだろうと思って、親指だけは遺棄しませんでした。その日は奴をずっと閉じ込めておきました。ところが夜になって冷蔵庫に行ってみると、予想外のことが起こっていたんです」

その件も鷹野が推測したとおりだった。一度凍傷にかかったことのある関は、冷蔵庫内で再び凍傷になっていたのだ。安達はそれを隠すため、凍傷にかかった残りの十五指と両耳を切断しなければならなかった。

新聞社経由で関丈弘の遺体のありかを伝えたのも、自分を猟奇犯と見せかけて捜査を攪乱するためだったという。

あえて被害者の免許証を残しておいたのは、警察にもトルクの悪事を調べさせたかったからだ、と安達は説明した。それは自分の復讐計画が失敗したときのための保険だったらしい。

「今回、私がこれほど指を切ることになったのは、五年前、大志田の指を切ったことと通じているのかもしれません。何か因縁《いんねん》のようなものを感じます」

高崎と関の左手親指は、自宅の冷蔵庫に保管してある、と彼は言った。

「遺棄現場の選び方について聞かせてください」塔子は安達に尋ねた。「あなたが指や遺体を遺棄したのは青海、中央防波堤、有明四丁目、有明三丁目、新木場でした。どれも警察にわかりやすい形にしていたし、場所のヒントを出したこともありました。それから、若洲公園キャンプ場に毒物を置いたのもあなたですよね？」

「そのとおりです」

「毒物を放置したのは、若洲公園キャンプ場を閉鎖させて、利用客が今夜の事件に関わらないようにするためでしょう。そのほかの埋め立て地で順番に事件を起こしたことと、今夜若洲でカーチェイスが行われたことは関係ありますよね？」

ええ、もちろん、と安達はうなずく。彼の表情を観察しながら、塔子は自分の考えを口にした。

「私はこう推測しました。トルクのメンバーが走るのは、いつも湾岸エリアだったんじゃないでしょうか。それ以外の場所に行くことはないとわかっていたから、あなたは彼らが走れる地区を狭めていった。青海、中央防波堤、有明四丁目、有明三丁目、新木場で事件を起こせば、捜査員がその辺りを何日も詳しく調べることになります。現在、指名手配されているわけではありませんが、影山たちは脛《すね》に傷を持つ身です。捜査が行われている地区で、暴走行為をするのは避けますよね。……ニュースで報じられた事件現場を見れば、若洲は無事だというのがわかります。だから今夜、彼らは捜査員がいない若洲にやってきた。そういうことですよね？」

感心したような顔で、安達は塔子の顔を見た。

「なかなか見事な推理ですよ。もともとトルクのメンバーは湾岸地区を走っていて、若洲の倉庫街もなじみの場所だったんです。それがわかっていたから、私は爆発物でふたつの橋を封鎖し、閉ざされた島で奴らを轢《ひ》き殺《ころ》そうとしました。綱渡りのような場面もありましたが、すべてはうまくいくはずでした。あなたたち警察が邪魔さえしなければね」

昔トルクに所属していた関や高崎が殺害されたことを、影山たちは知らなかった。だから湾岸エリアで起こっている一連の事件が、自分たちと関係あるものだとは思わなかったのだろう。

「私からも質問、いいかな」徳重が軽く右手を挙げた。「青海の事件で、指を二本ずつ二ヵ所に遺棄したのはなぜだ？」

「一本ずつだとうまく見つけてもらえないかもしれない、と思ったんです。可能性は低いですが、店の人間が警察沙汰《ざた》になるのを嫌って、隠してしまうこともあり得ますよね。確実に騒ぎを起こすため、二本ずつ、ふたつの店に遺棄しました。それもなるべく近い店を選んで、猟奇事件を演出したわけです。なにしろ捜査員に集まってもらわないと、トルクの連中の行動範囲を狭めることができませんからね。有明のときはもう捜査が進んでいましたから、指の件は必ず通報されるだろうと思って、四丁目と三丁目に分けて遺棄しました」

　指の遺棄についても、それだけ考えてあったということだ。これを合理的と感じるか、無用なこだわりと感じるかは、人によって判断の異なるところだろう。

「もう一点」徳重は続けた。「最初の事件を東京マリンタウンで起こしたのは、どうしてだ？　商業施設で人目を引きたかった、というのはわかったよ。しかし君の勤務地は品川キャンパスだ。この青海に何か思い入れでもあったのか？」

「品川キャンパスは海の近くにあって、ときどき潮風が吹いてくるんです。そして今回私が使ったいくつかの埋め立て地も、海のそばにあります」

「海へのこだわり、ということかな？」

「東京第一メモリアルという会社を知っていますか？」

　安達は思わぬことを尋ねてきた。もしかして、と塔子が考えていると、隣にいた鷹野が先に答えた。

「青海の水上バス乗り場にその名前が書かれていた。東京第一メモリアルは海洋散骨の会社ですよね？」

　そうだ、捜査の途中で塔子たちは水上バス乗り場に行った。あそこから東京第一メモリアルの船も出ているようだった。

「あなたの言うとおりです」安達は鷹野にうなずきかけた。「妻が亡くなったあと、私は彼女の遺骨を海に撒いたんです。昔、ふたりで話したことがありましてね。どちらが先に死んでも骨は海に撒くことにしよう、と決めていました。妻と青海に遊びに来たとき、あの桟橋の場所も確認していたんです」

思い当たることがあった。彼が四ヵ所に指を遺棄した理由は、そこにあるのではないか。塔子は安達に問いかけた。

「遺棄現場は、奥さんの思い出とつながっていたんじゃありませんか。桟橋を見たあと、夫婦ふたりで東京マリンタウンに入ったのでは？　あのカフェでお茶を飲んで、アクセサリーショップへ行った、とか……」

「よくわかりましたね」安達は塔子のほうを向いて、眉を少し動かした。「カフェで私たちはクランベリーソーダを飲みました。妻が好きだった飲み物ですよ。暑い日だったから、とても美味《おい》しかった。そのあとアクセサリーショップで買い物をしたんです」

「そんなことがあったのか」鷹野は表情を曇らせた。「クランベリーソーダに指を入れたのは、大志田さんの指のことが念頭にあったからだと思っていました。彼の指はホルマリン漬けになっていると言いましたよね？　その状態に似せたのかと」

「それは考えすぎですよ」と安達。

「ほかの場所についてはどうだったんです？」塔子は重ねて尋ねた。「有明四丁目の物流会社は、個人向けの引っ越しも請け負っているそうです。もしかしたら安達先生は、あの会社を使って引っ越しをしたんじゃありませんか。それから有明三丁目の子供服メーカーは……将来子供ができたとき、着せようと思っていた服のメーカーだったとか？」

「相当、突飛な思いつきですね。でも、ほぼ正解ですよ。あの物流会社を使って、私と妻は新居に引っ越したんです。子供服メーカーは、当時テレビでよくＣＭを流していましたからね。妻ともいろいろ話しました」

青海事件も有明事件も、安達の妻と深いつながりがあったわけだ。そこまで捜査の手が及ばなかったことは、残念だとしか言いようがない。

遺体を遺棄した中央防波堤と新木場については、特に思い出の場所ではなかった、と安達は説明した。あれはトルクを若洲に誘導するため、埋め立て地をつぶしていくのに利用したということだ。

「さて、質問はそれぐらいですか？　何もないようなら、そろそろ私の『講義』を終わりにさせてもらいたいんですがね。……如月さんもよろしいですか？」

学生を相手にするような態度で、安達は尋ねてきた。

真相はわかった。だがこのままでは、安達という人間は変わらないだろう。警察官としても、いち個人としても、塔子は彼の生き方に関わりたいと思った。少し考えたあと、塔子は彼の顔を見つめながら言った。

「あなたのしたことは重大な犯罪です。世間を騒がせ、警察の捜査を混乱させた。湾岸エリアで働く人たちを不安に陥れたという罪もあります」

「罪ですか。ふうん、私の罪ねえ」安達はわずかに首をかしげた。「私なんかより、影山たちのほうがよほどひどい罪人じゃありませんか。私の妻は何も悪いことをしていないのに、命を奪われました。そして私は妻を殺され、絶望に見舞われた。それでも奴らを憎んではいけないんですか？」

「それは……」

塔子は言い淀む。だが、ここで黙っていてはいけない、と思った。

「あなたが恨みを抱くのはわかります。でも、だからといって復讐が許されるわけではありません。私たちが止めなければ、あなたは今夜、さらに三人を殺害するところでした。そうなっていたら、被害者は五人ですよ」

「ああ、そうですね。影山たちを車で撥ね飛ばしたあと、私は三人の息の根を止めるつもりでした。ナイフやロープを用意してきたのに、本当に残念だ。……如月さん、あいつらは生かしておいてはいけない人間です。どれほど時間をかけても更生などできない。そういう連中は始末するしかないんですよ。長いこと学生たちと接してきた私にはわかります。世の中には、他人を傷つけてげらげら笑うような人間が大勢いるんです。あなたはそれを知るべきだ」

　感情を見せずに安達は言った。焦点の定まらない虚《うつ》ろな目が、塔子を不安にさせた。この人は本当に、人殺しを何とも思っていないのだろうか。

　そんなはずはない、と塔子は考えた。彼は大学の教員として普段から学生を指導し、諭してきたのだ。おそらく教育者としての権威を守って生きてきたのだろう。だとしたら、今彼を内側から支えているのはプライドではないのか。

　もしそうであれば、彼の心に切り込むチャンスはある。

「安達先生、あなたの知識や経験は、こんな犯罪には向きません。それは正しい場所で使うべきです」

「私はね、影山のようなチンピラより、よほど悪巧《わるだく》みのできる人間ですよ。人を殺すことだって平気だった」

「どうしてそのチンピラと同じレベルまで、自分を下げてしまうんですか」

「何だって？」

　一瞬、安達の表情が硬くなった。塔子の言葉が彼の心にさざ波を起こしたようだ。

「先生は教育者としてのプライドを持っていますよね？　それなら、喧嘩《けんか》を売ってきた相手と同じレベルまで下りていく必要はないでしょう。安達先生には安達先生のやり方があったはずです。それを考えることなく、暴力に暴力で応じるのは間違っています」

「あなたは優等生ですね。正論すぎて、聞いていると吐き気《はけ》がする」ふん、と安達は鼻を鳴らした。「あなたのような若い人にはわからないんですよ」

「どれほど低いところへ下りていったとしても、安達先生には良識が残っているはずです。あなたは無関係な人たちに怪我をさせないため、キャンプ場を閉鎖させたんじゃありませんか？　あなたには最後までためらいがあった。そんな人が悪人ぶるのは無理です」

「無関係な人間を巻き込むのは私の主義に反する。それだけです」

「いいえ、違うと思います」塔子は首を横に振った。「高崎さんや関さんに対しても、あなたはためらいを感じていたはずです。何も感じていないのなら、拉致してすぐに殺害したんじゃないでしょうか。でもあなたは高崎さん、関さんを冷蔵施設に閉じ込めてしばらく生かしておいた。人を殺害することをためらったからでしょう？」

「如月さん、歳をとらないと、わからないことがあるんですよ。伴侶《はんりょ》を奪われるというのは、この身を引き裂かれるような出来事なんです」

それは殺人を正当化する理由にはならない——。塔子がそう追及しようとしたとき、徳重が口を開いた。

「刑事として、こんなことを言ってはいけないのかもしれないがね」徳重は一呼吸おいてから続けた。「君の気持ちはよくわかる。私にも長年連れ添った妻がいる。あいつを突然失ったとしたら、私はどうなってしまうことか……。だが、君はひとつ大事なことを見落としている」

その言葉を聞いて、安達は疑うような表情になった。

「いったい、何を見落としていると？」

「警察官という仕事の中で、私は大勢の犯罪者を見てきた。そしてそれと同じぐらい、被害者の遺族も見てきた。遺族たちは犯人を恨み続けているよ。あいつを死刑にしなければ気が済まない、という人がたくさんいる。……君は伴侶を奪われたことを恨んで、高崎さんや関さんを殺害した。だが、もしかしたら彼らにも恋人や伴侶がいたかもしれない。君が高崎さんたちを殺害することで、誰かがこの世に取り残されてしまった可能性がある。そういう人たちが、今度は君を恨むんじゃないだろうか。いや、必ず恨むだろうね。そんな繰り返しに陥ってしまってもいいのか？」

「最初に手を出したのは向こうですよ。私と妻に非はなかった」

「そうかもしれない。しかし暴力に暴力で仕返しするのは、正しいやり方ではないよ。そもそも君が復讐することを、奥さんは望んでいただろうか。一緒にクランベリーソーダを飲み、アクセサリーを選んでくれた夫が、殺人犯になったと知ったら……」

徳重がそう問いかけると、安達は眉間に皺を寄せた。

「刑事さん、そういう言い方はずるいですよ」彼は小さくため息をついた。「妻がどう思っていたかなんて、そんなこと……」

遠くから救急車のサイレンが聞こえてきた。南のほうから響いてくるようだ。今まで封鎖されていた東京ゲートブリッジが、ようやく通行可能となったのだろう。

「真利子の気持ちが聞けたら、私はこんなことをしなかった」

そうつぶやいて、安達は窓外に目を向けた。

事件現場に到着して、救急車のサイレンがぴたりと止まった。若洲公園やキャンプ場、駐車場はしんと静まりかえる。

サイレンの残響は広い埋め立て地を渡り、やがて海へと消えていった。

6

午後七時半を過ぎると、聞き込みを終えた刑事たちが次々と戻ってきた。

特捜本部の隅に置かれたテレビのそばで、塔子は尾留川や徳重と情報交換をしているところだ。犯人の身柄確保から二日たち、先輩たちの表情にも余裕が出てきたようだった。

塔子たちが話しているところへ、門脇がやってきた。彼はインスタントコーヒーを淹《い》れにきたらしい。

「あ、予備班の門脇さん、お疲れさまです」

わざとらしい調子で尾留川が言うと、門脇は顔をしかめた。

「今回はいいところが少しもなかったな。俺がやったことといえば、預かり品の調査に、古い資料のチェック、電話番、あとは連絡役ぐらいだ」

「一昨日のヘリにも乗り損《そこ》ねましたよね」

「おまえはちゃっかり、トクさんと一緒に乗ったんだよな。どうだった？　けっこう揺れたか？」

「快適でしたよ。クリスマスが近いから夜景がきれいでした。次に乗るときは個人でチャーターして、東京湾の上をゆっくり飛びたいですね」

「ヘリでデートとは、とんでもない野心家だな」

門脇が腕組みをする横で、塔子は尾留川に尋ねた。

「ヘリコプターって普通に乗ったら、いくらぐらいするんでしょうね」

「そりゃ高いだろうなあ。ちょっと想像がつかないけど」

「チャーターで十万円ちょっとらしい」

うしろから声が聞こえた。振り返ると、トマトジュースの缶を持った鷹野が立っていた。

「へえ、十万円ですか。意外と安いですね」と尾留川。

「おまえ、何か副業でもやってるのか？」門脇はいぶかしげな顔をした。「前から気になってたんだが、サツカンの給料でおまえみたいな贅沢はできないよな」

「いや、門脇さん、ここぞというときは十万ぐらい、ぽんと出さないと。東京湾の夜景を見ながらプロポーズなんて、ロマンチックじゃないですか」

それを聞いて、鷹野がまた口を開いた。

「ああ、すまん。十万ちょっとのプランだと、飛行時間は十五分しかないんだ」

え、と言って尾留川は鷹野の顔を見つめた。

「十五分じゃ、飛んだと思ったらすぐ終わりじゃないですか」

「遊園地のジェットコースターはもっと短いだろう」

「そりゃそうですけど……。もう少し長く乗れるプランはないんですか？」

「ある。だいたい、六十分で五十万円弱というところかな」

「五十万！　いくら俺でも、一回のデートでそこまで出すのはちょっと……」

さすがの尾留川も、これには目を丸くしていた。

「女性代表としてはどうなの？」徳重が塔子に尋ねた。「ヘリコプターで非日常の体験をしながら、プロポーズを受けるなんて……。あこがれるかい？」

「いえ、全然」塔子は即座に答えた。「だって私、高いところは苦手ですから、ヘリなんてお断りですよ」

ああ、なるほど、と声を合わせて先輩たちはうなずき合った。

徳重がテレビを点けると、ちょうど報道番組が流れているところだった。画面に映っているのはアナウンサーとコメンテーターのふたりだ。それを見て門脇は舌打ちをした。

「まただ。こいつ、本当に目障りだな」

コメンテーターとして紹介されたのはノンフィクション作家の笹岡達夫だ。警察批判を繰り返す人物で、門脇は彼を敵視している。

事件の概要を説明したあと、アナウンサーは笹岡のほうを向いた。

「今回逮捕された安達容疑者は、大学で教鞭《きょうべん》を執っている人物でした。教育関係者が事件を起こしたということで、社会に与えた衝撃も大きかったと思うんですが」

「そうですね。一部の報道によると、容疑者は仕事の面で悩みを抱えていたそうです。研究室に出入りする大学生や大学院生との間で、トラブルが起きていたという情報もあります」

「いわゆるアカデミックハラスメントでしょうか。指導者が学生に対して圧力をかけるという……」

「安達容疑者は教育者として非常に熱心で、研究内容だけでなく、生活態度についても学生を厳しく指導していたようです。周りの教授が『少しやりすぎじゃないか』と思うくらい、きつく当たっていたらしいですね。そのせいで学生たちが反発するようになりました。最近では立場が逆転し、中には安達容疑者に嫌がらせをするような学生もいたそうです」

「そういったストレスが、事件につながった可能性は……」

「多少は関係あるかもしれません。ですが、今回犯人が事件を起こしたのは、自分の家族が殺害されたことへの恨みが原因だと聞いています。ストレスだけで事件を起こしたわけではありませんよね」

「警察の捜査についてはいかがでしょうか」

「捜査は後手後手に回っていましたから、もどかしいところがありました。被害者の身元の公表も遅かったですよね。それに、もっと早く容疑者を特定していれば、若洲の暴走事件も起こらなかったはずです」

「若洲の事件では、死者を出さずに犯人を逮捕できましたが……」

「やっとのことで面目を保ったという感じですね。今後もこうした事件が起こる可能性があるわけですから、容疑者の取調べも含めて、警察にはしっかり対応してほしいと思います」

門脇は腕組みをして、不満げな声を出した。

「毎度毎度、好き勝手なことを……。俺たちがどれだけ頑張って犯人を逮捕したか、わかってないんだろうな。文句があるなら、おまえが捜査してみろってんだよ」

ひとりぶつぶつ言っている門脇を、徳重がちらりと見た。太鼓腹をさすって彼は何か考えていたが、やがて口を開いた。

「でも門脇さん、犯人を捕らえるのは私たちの仕事であって、ノンフィクション作家の仕事じゃありません。我々には彼の苦労がわからないし、彼には我々の苦労がわからないんだと思います。他人は気にせず、それぞれが自分の責任を果たしていけばいいんですよ」

おや、と思って塔子は徳重の様子をうかがった。階級が下だからと、徳重はいつも門脇や鷹野を立てていたのだ。彼がこんなふうに、諭すようなことを言うのは珍しい。

鷹野も尾留川も、やはり意外だという表情で徳重を見ている。

「それにね」徳重は付け加えた。「苦労しているところは、あまり人に見られたくないものですよね。見えないところで捜査をして、最後に『犯人を逮捕したぞ！』と発表してみせる。これがいいんじゃないでしょうか」

門脇は柄にもなく戸惑う様子だったが、やがて何度かうなずいた。

「たしかにそうです。俺たちは見えないところで捜査をしなくちゃいけない。頑張ってるんだと、大きな声で主張してはいけない立場でしたね」

「それがかっこいい刑事というものです。わかる人はわかってくれますよ」

徳重は人なつこい笑顔を見せた。

そういえば、と塔子は思った。この前、手代木管理官が徳重に対して、あまり遠慮せず意見を述べたほうがいい、と話していた。その言葉が、わずかだが徳重に影響を与えたのかもしれなかった。


夜の捜査会議が早めに終わったので、すぐ飲みに行くのかと塔子は思っていた。しかし門脇に尋ねると、今日は人と会う約束があるという。

「誰です？　デートですか？」尾留川がからかうような調子で尋ねる。

「そんなわけないだろう。脚の怪我で入院していたとき、見舞いに来てくれた人がいるんだよ。今日は仕事が早く終わったから、一緒に飯を食うことにした」

「なら、仕方ないですね。じゃあトクさん、今夜は門脇さん抜きで一杯やりましょうか」

尾留川がそう呼びかけたのだが、徳重も首を横に振った。

「悪いね。家に電話したら、娘がちょっと……」

「何かあったんですか？」

「いや、たいしたことじゃないんだけど、仕事も一段落したし、たまには早く帰って話をしないとね。こう見えて、私もいろいろ大変なんだよ。それじゃあ、お先に」

慌てた様子で、徳重は特捜本部から出ていった。門脇も自分の席に戻って、帰り支度をしている。

「じゃあ、鷹野さんと三人で行くか。如月、今日は何が食べたい？」

尾留川は携帯電話を取り出し、近くの店を探し始める。どこがいいかな、と画面を見ていたが、そのうち彼ははっとした表情になった。

「まずい。エミリーの誕生日が近いのを忘れてた」

「は？　エミリーって誰ですか」

「俺の大事な情報源のひとりだよ。この時期はただでさえクリスマスで出費がかさむのに、誕生日とはなあ……。でもなんとかしないと」

また今度、と言って尾留川も廊下に出ていってしまった。ショッピングモールで女性へのプレゼントを買うつもりだろうか。そういう方面についてはじつにマメな人だ。

やれやれ、という表情で鷹野が話しかけてきた。

「尾留川は本当に忙しい奴だな。まあしかし、今は世の中全体が浮かれている時期だから仕方がない」

「みんな、いなくなってしまいましたね」塔子は資料を片づけながら、鷹野の顔を見上げた。「どうしましょう、このあと……」

「ん？　そうだな」

鷹野は指先でこめかみを掻いた。なぜか塔子から目を逸らしながら、彼は言う。

「まあ滅多《めった》にない機会だし、こういうときにしかできないことをする、というのもいいんじゃないかと……」

「そうですね！」塔子は深くうなずいた。「じゃあ今回の反省点をまとめて、資料を作りましょう。これからの捜査で活かすようにしないと」

「え……。仕事？」

「はい、仕事ですけど、それが何か」

「いや、いいんだが」

何か言いたそうな顔をしていたが、鷹野はそのまま黙り込んでしまった。

そこへ携帯電話が鳴りだした。塔子はバッグから携帯を取り出し、液晶表示を確認する。相手は意外な人物だった。

「お疲れさまです、如月です」

「ああ、科捜研の河上です。今、お話しして大丈夫ですか」

「どうぞ。何か新しいことがわかりましたか？」

「ええと……そうじゃないんですが、如月さん、どうしておられるかなと思って」

「おかげさまで今日も元気に残業です。あ、いえ、残業するかどうか考えていたところです」

そうなんですか、と応じたあと、河上はこう尋ねてきた。

「如月さん、今度猫を飼うそうですね」

「あれ。どうして知ってるんです？」

「秘密のルートから聞きまして。……いや、それは冗談です。昨日、神谷課長と別件の打ち合わせをしているとき、そんな話題が出まして」

なぜ打ち合わせのとき、猫の話が出たのかは謎だった。神谷課長と河上の間に、何か特別な関係でもあるのだろうか。

「それでですね、前に一度お伝えしましたが、私の姉夫婦が猫を飼っているんですよ。よかったら、その……少しお話ししませんか。猫の飼い方とか、そういったことを」

「本当ですか？　それはぜひお願いします！」

「よかった……」電話の向こうで、河上はほっとしたような声を出した。「じゃあ如月さん、このあとどうですか。私のほうは仕事が一段落したんです。如月さんのほうも、今日の捜査会議はもう終わったと聞きましたし」

「情報が早いですね。その件も神谷課長から？」

「尾留川さんが教えてくれたんです。いや、それはいいとして……。如月さんは今、東京湾岸署ですよね？　十時に東京テレポート駅で待ち合わせ、ということでいかがでしょうか。お台場で軽く食事でもしながら話しませんか」

「お台場ですか……」

塔子がそう言うと、河上は不安そうな声になった。

「駄目でしょうか？」

「いえ、そうじゃないんです。わざわざこちらまで来てもらって、申し訳ないと思って」

「あ、それはまったく大丈夫ですから。では十時に、よろしくお願いします」

電話を終えて、塔子は思わず苦笑いしてしまった。河上はずいぶん喜んでいるようだった。

――あの人、本当に猫が好きなんだな。

職場の科捜研ではペットの話など、なかなかできないのだろう。河上は黒縁眼鏡をかけていて、生真面目《きまじめ》そうな印象がある。もっと猫好きをアピールすればいいのに、と塔子は思った。

資料をバッグの中にしまい込んでいると、鷹野が驚いたという顔で尋ねてきた。

「どうした。今日も元気に残業じゃなかったのか」

「予定ができました。科捜研の河上さんと会ってきます」

「なに？　急ぎの打ち合わせか？」

「いえ、猫の話を」

「は？」

鷹野は何度かまばたきをしてから、怪訝そうな表情を浮かべた。腕時計を見て、咳払いをしたあと、彼は言った。

「俺も行こう」

「え？　だって鷹野さん、猫には興味ないですよね？」

「あれはあれで、なかなか可愛《かわい》いものだ。それに、河上さんにはいつも世話になっているからな。たまには飯でも奢《おご》ってやったほうがいいかと思って」

「あ、鷹野さんが出してくれるってことですか？　それはご馳走さまです」

「ええと……」彼は財布の中身を確認した。「まあ、なんとかしよう」

手代木管理官や早瀬係長に挨拶をして、塔子と鷹野は特捜本部をあとにした。

東京湾岸署の外はすっかり暗くなっている。玄関を出ると、ひやりとした空気に包まれた。

「けっこう冷えますね」と塔子。

「クリスマスが近いからな。当然だろう」

「意外だったんですけど、鷹野さんもけっこうクリスマスが楽しみなんですね」

「む……。なんでそう思った？」

「だってここ何日か、クリスマスの飾り付けをデジカメで撮影しているようでしたから」

「それは、たまたま写り込んでしまったんだろう。現場の写真は大事な資料だ。俺がどこへ行っても撮影しまくっていることは、如月も知っているよな？」

鷹野はポケットに右手を突っ込み、カメラを探っているようだ。

行く手に青海や台場のビルが見えてきた。ショッピングモールの入り口にはクリスマスツリーが飾ってある。赤、青、緑と色とりどりのイルミネーションが美しい。

「いいロケーションですけど、撮らなくていいんですか？」

辺りを見回しながら塔子が尋ねると、鷹野はポケットからデジタルカメラを取り出した。

電源を入れ、彼は液晶モニターを覗き込む。

「記録は大切だからな。まあ、一緒に写ってしまうものは仕方がない」

そんなことを言って、鷹野は湾岸エリアのイルミネーションを撮影し始めた。

◆参考文献

『警視庁捜査一課殺人班』毛利文彦　角川文庫
『警視庁捜査一課刑事』飯田裕久　朝日文庫
『ミステリーファンのための警察学読本』斉藤直隆編著　アスペクト

解説

西上心太（文芸評論家）

ここに宣言しよう。本書『凪《なぎ》の残響』は現在全十二作を数える〈警視庁殺人分析班〉シリーズの中で、ベスト三に入る作品であり、事件現場との親和性、この土地でなければならないという必然性においては、銀座が舞台となる『奈落の偶像』と双璧を為す作品であることを。

その前に警察官が被疑者を取り調べる際の手順と同じく、著者やシリーズの〈人定〉情報を確認していくとしよう。

『凪の残響』は麻見和史の〈警視庁殺人分析班〉シリーズの十一作目にあたる。なお〈警視庁殺人分析班〉というサブタイトルは文庫版のもので、初刊である講談社ノベルス版では〈警視庁捜査一課十一係〉で統一されている。

第一作『石の繭《まゆ》』の刊行は二〇一一年五月、最新刊である十二作目の『天空の鏡』は二〇一九年十月に刊行されている。およそ八年半の間に十二作が発表されたわけだから、順調なペースといえるだろう。もちろんそれだけでなく内容も充実しており、作品のレベルと人気もかみ合い、麻見和史の看板シリーズに成長したことに異を唱える者はいないだろう。

だがいま振り返ると、『石の繭』は著者にとって作家生命を賭けた作品だったのではないかと思われるのだ。

麻見和史は二〇〇六年に『ヴェサリウスの柩』（創元推理文庫）で第十六回鮎川哲也賞を受賞してデビューした。二作目の『真夜中のタランテラ』（東京創元社）の上梓はその二年後の二〇〇八年である。前者は解剖実習中の遺体の腹部から、教授を脅迫するような詩が書かれたチューブが、後者は義足ダンサーの切断遺体が、それぞれ発見されるという異様な事態が物語の発端となる作品だった。解剖教室、義肢装具士、再生医療など、広義の医療現場を舞台にした本格ミステリーとして強い印象を残したが、広く認知されるまでには至らなかったように思われる。前者の文庫化は六年後の二〇一二年まで待たなければならなかったし、後者はいまだに文庫化されていないことを見ても。

さらに『石の繭』が刊行されるまでの三年間、麻見和史は新たな著作を上梓することがなかったという事実もある。当時もいまもデビューする新人の数は多い。メジャーな新人賞を受賞したといっても、デビューから数年のうちに二作目、三作目を発表することが肝要であり、これをクリアできずにいつの間にか消えていってしまった作家は枚挙に暇《いとま》がない。詳しい事情は知る由もないが、麻見和史もその瀬戸際にいたのではなかろうか。

そんな状況で麻見和史は警察小説というジャンルを選択し、乾坤一擲《けんこんいってき》の勝負をかけた作品が『石の繭』だったのではないか。

モルタルで全身を覆われた死体という異様な光景が、冒頭から提示されるのは前二作と同様であり、装飾（損壊）された死体の発見などから物語が始まるのは、本シリーズを通しての趣向にもなっている。

猟奇的な殺人事件ということで、警視庁捜査一課十一係の面々が、遺体発見現場の所轄署に置かれる捜査本部に赴くことになる。警察小説ではよく見られる光景であるが、著者はあまたある警察捜査小説の後塵を拝するつもりは毛頭なかった。これまでこのシリーズを読んできた読者なら自明のことであろうが、麻見和史は警察捜査小説に本格ミステリーの趣向を持ち込み、両者の融合を図った新しいスタイルの警察小説を確立させたのである。

その決断は吉と出た。『石の繭』は驚きをもって迎え入れられ、後に累計六十八万部を超すヒットシリーズの礎になったとともに、作家としての確固とした地位ももたらしたのである。

それではこのシリーズの特徴と長所を見ていこう。

第一が先述したように、警察小説と本格ミステリーの融合である。警察小説でありながら、これほどトリッキーな作品が読めるシリーズは極めて稀である。

第二が主人公を所轄署の刑事ではなく、警視庁捜査一課所属の刑事にしたことだ。捜査一課は大きな事件が起きるたびに、警視庁管内の所轄署に設けられる捜査本部に派遣され、捜査にあたる。そのため、東京であれば、あらゆる地域を事件の舞台にできるのである。

ちなみに警視庁が管轄する地域は、十の〈方面〉と呼ばれる区域に分割されている。千代田区・中央区・港区という東京の中心が第一方面である（島嶼部も含む）。そして「の」の字を描くように、品川区と大田区の第二方面、世田谷区・目黒区・渋谷区の第三方面、新宿区・中野区・杉並区の第四方面と続いていく。第五方面は文京区と豊島区である。かつては北区・板橋区・練馬区も含まれていた。だがあまりに広範囲だったためだろうか、二〇〇二年からこの三区は第五方面から分離されて第十方面になった。続く第六方面は台東区・荒川区・足立区、第七方面が江東区・墨田区・葛飾区・江戸川区となる。第八方面は二十三区に隣接する市部、第九方面はさらにその外側の地域となっている。この方面の区や市町村の中に、百二の所轄署が置かれ東京都の治安を守っているのだ。

『石の繭』の捜査本部は第一方面の愛宕署、『蟻《あり》の階段』は第二方面の品川署、『水晶の鼓動』から『聖者の凶数』まで三作続けて第六方面が続き、『女神の骨格』で初めて舞台は二十三区を離れ、小金井署の第八方面になる。このように本シリーズでは東京の中心地から下町、自然豊かな東京都下まで、バラエティに富んだ舞台が選ばれるだけでなく、その地域ならではの特性を生かしたストーリーが展開するのである。

　第三が、リアルな警察捜査小説の形態を採りながら、適度なデフォルメを施している点である。本書の主人公は初登場時、二十六歳だった女性刑事の如月《きさらぎ》塔子《とうこ》巡査部長である。高校を卒業後、警視庁に奉職して八年。異例の若さで捜査一課に抜擢されたのだ。亡くなった父が元捜査一課の刑事だったとはいえ、通常では捜査一課に抜擢されるのは早すぎるかもしれない。だが塔子が「女性捜査員に対する特別養成プログラム」の対象になったという理由が付けられているのが作者の工夫である。そのため捜査本部では、捜査一課の刑事と所轄の刑事がペアを組むのが通常なのだが、塔子は同じ捜査一課の先輩の鷹野《たかの》秀昭《ひであき》警部補と常にコンビを組むことになる。事件に対して論理的なアプローチを取る鷹野に対して、塔子は優れた直感でしばしば硬直した状況に風穴を開ける。論理と直感。対照的な二人の資質が、事件解決に大きく寄与するのだ。

　そして捜査一課の中でも優秀な鷹野の薫陶を受けながら、塔子の成長を描く成長小説としても読めるのが第四の魅力である。これまで十一係は十二の大きな事件に挑んでいるのだが、小説の中の時間は二年弱しか経っていない。つまりふた月に一度センセーショナルな事件に遭遇するということになる。これも適度なデフォルメにあたるだろうが、塔子の成長を描くのにちょうどよい時間経過であるといえるのではないだろうか。

余談であるが、鷹野には捜査中に後輩の相棒を死なせたという心の傷がある。シリーズの中で折に触れて語られるこの事件は、いまだに未解決で、公安部が関与する案件である可能性も示唆されている。おそらくいつかはこの謎が絡んだエピソードが書かれるのではないかと期待している。

鷹野と塔子の関係だが、単なる先輩・後輩、先生と生徒のような関係を超えている。塔子の直感力や強固で揺るぎない正義感が鷹野にもよい影響を与えていくという、相棒小説としての興趣が第五の魅力として挙げられるだろう。

さて〈人定〉確認が長くなったが、本書の舞台となるのは東京湾岸エリアだ。江東区青海のショッピングモールのカフェとアクセサリーショップで、生活反応がある切断された四本の指が発見される。賑やかな場所にもかかわらず、犯人の手がかりはつかめない。やがて匿名の通報により、隣の埋め立て地にある海の森公園で、指の持ち主の女性の遺体が発見された。さらにまったく同種の事件が起きる。有明地区で二つの場所に四本の指が遺棄され、新木場地区から指を切断された男性の遺体が発見されたのだ。

それぞれの遺体には、犯人による声明が録音されたメモリーカードが残されており、被害者の身元を発表したら無差別殺人を行うというメッセージが吹き込まれていた。

このシリーズでおなじみの、劇場型犯罪の幕が開く。だがその前に注目したいのが、東京湾岸地区を事件の舞台にしたことだ。同地区を舞台にした警察小説といえば、今野敏のシリーズが有名だ。商業施設がほとんどない、荒涼とした埋め立て地に過ぎなかった〈ベイエリア分署〉時代から、一時は渋谷区の神南署に異動したことはあるものの、湾岸地区を舞台に安積警部補の活躍を今野敏が三十年以上にわたって書き続けている、警察小説シリーズの大看板である。

本書は警察小説の大先輩である今野敏が開拓した〈地〉に、ついに足を踏み入れたのである。先に述べたように、今野敏の臨海署安積班シリーズに負けない、しかもこの地でなければならないプロットを用意して。

本書の中でも触れられているが、青海は江東区だが、同じ〈島〉にある台場地区は港区になるように、湾岸地区の埋め立て地は品川・港・江東の三つの区に属しているのだ。そのため、この一帯は区をまたぐ形で二〇〇八年に開署した東京湾岸署の管轄となっており、同署は第一方面に所属している。

本書の中にも湾岸地区の地図が挿入されているが、江戸時代後期から埋め立てが始まったこの土地の地勢、施設、アクセス方法などをじっくりとご覧いただくことをお勧めする。なぜ犯人は劇場型犯罪をこの地で行うことにしたのか。そして犯人の狙いは奈辺にあるのか。それはすべてこの地の特性に隠されているのだ。だが、それを見抜くのはたやすいことではない。犯人の狙いが分かった時、快哉《かいさい》を叫ばない読者はいないだろう。

麻見和史は完璧な形で、湾岸地区ならではの物語を作りあげたのだ。きっと先達の今野敏も感心するに違いない。

今一度言う。本書は〈警視庁殺人分析班〉シリーズの中で、ベスト三に入る作品である。

この作品は、二〇一八年十月に小社より『凪の残響　警視庁捜査一課十一係』として刊行された作品を改題したものです。

この作品はフィクションであり、実在する個人や団体などとは一切関係ありません。

|著者|麻見和史　1965年、千葉県生まれ。2006年『ヴェサリウスの柩』で第16回鮎川哲也賞を受賞しデビュー。ドラマ化され人気を博した「警視庁殺人分析班」シリーズに『石の繭《まゆ》』『蟻の階段』『水晶の鼓動』『虚空の糸』『聖者の凶数』『女神の骨格』『蝶の力学』『雨色の仔羊』『奈落の偶像』『鷹の砦』『凪《なぎ》の残響』（本書）『天空の鏡』、「警視庁文書捜査官」シリーズに『警視庁文書捜査官』『永久囚人』『緋色のシグナル』『灰の轍《わだち》』『影の斜塔』『愚者の檻』『銀翼の死角』がある。その他の著作に『水葬の迷宮　警視庁特捜７』『死者の盟約　警視庁特捜７』『深紅の断片　警防課救命チーム』など。

凪《なぎ》の残響《ざんきよう》　警視庁殺人分析班《けいしちようさつじんぶんせきはん》

麻見和史《あさみかずし》

講談社文庫

定価はカバーに
表示してあります

2020年11月13日第１刷発行

発行者――渡瀬昌彦
発行所――株式会社　講談社
東京都文京区音羽2-12-21　〒112-8001
電話　出版（03）5395-3510
　　　販売（03）5395-5817
　　　業務（03）5395-3615

Printed in Japan

デザイン―菊地信義
本文データ制作―講談社デジタル製作
印刷――――大日本印刷株式会社
製本――――大日本印刷株式会社

ISBN978-4-06-521610-1

講談社文庫刊行の辞

二十一世紀の到来を目睫に望みながら、われわれはいま、人類史上かつて例を見ない巨大な転換期をむかえようとしている。

世界も、日本も、激動の予兆に対する期待とおののきを内に蔵して、未知の時代に歩み入ろうとしている。このときにあたり、創業の人野間清治の「ナショナル・エデュケイター」への志を現代に甦らせようと意図して、われわれはここに古今の文芸作品はいうまでもなく、ひろく人文・社会・自然の諸科学から東西の名著を網羅する、新しい綜合文庫の発刊を決意した。

激動の転換期はまた断絶の時代である。われわれは戦後二十五年間の出版文化のありかたへの深い反省をこめて、この断絶の時代にあえて人間的な持続を求めようとする。いたずらに浮薄な商業主義のあだ花を追い求めることなく、長期にわたって良書に生命をあたえようとつとめるところにしか、今後の出版文化の真の繁栄はあり得ないと信じるからである。

同時にわれわれはこの綜合文庫の刊行を通じて、人文・社会・自然の諸科学が、結局人間の学にほかならないことを立証しようと願っている。かつて知識とは、「汝自身を知る」ことにつきていた。現代社会の瑣末な情報の氾濫のなかから、力強い知識の源泉を掘り起し、技術文明のただなかに、生きた人間の姿を復活させること。それこそわれわれの切なる希求である。

われわれは権威に盲従せず、俗流に媚びることなく、渾然一体となって日本の「草の根」をかたちづくる若く新しい世代の人々に、心をこめてこの新しい綜合文庫をおくり届けたい。それは知識の泉であるとともに感受性のふるさとであり、もっとも有機的に組織され、社会に開かれた万人のための大学をめざしている。大方の支援と協力を衷心より切望してやまない。

一九七一年七月

野間省一